시간의
마음을
묻 다

시간의 마음을 묻다

펴낸날   초판 1쇄 2018년 7월 20일

지은이   이동식
펴낸이   서용순
펴낸곳   이지출판

출판등록 1997년 9월 10일 제300-2005-156호
주 소   03131 서울시 종로구 율곡로6길 36 월드오피스텔 903호
대표전화 02-743-7661 팩스 02-743-7621
이메일   easy7661@naver.com
디자인   박성현
인 쇄   네오프린텍(주)

값 15,000원

ISBN 979-11-5555-094-6 03810

※ 잘못 만들어진 책은 바꿔 드립니다.

이 도서의 국립중앙도서관 출판시도서목록(CIP)은 e-CIP홈페이지(http://www.nl.go.kr/ecip)와 국가자료공동
목록시스템(http://www.nl.go.kr/kolisnet)에서 이용하실 수 있습니다.(CIP제어번호: CIP2018020940)

이동식 기자의 人文探索

시간의
마음을
묻다

이지출판

누가 시간의 마음을 보았는가

10년이면 강산이 변한다지만 요즈음엔 그 절반인 5년만 지나도 세상이 온통 변하는 것 같습니다. 무슨 말인가 하면, 제가 영등포 문래동을 떠나 은평 북한산 자락으로 옮겨 온 지 5년이 넘었다는 뜻입니다.

아주 깊은 산골도 아니고 같은 서울 시내에서 겨우 집자리를 조금 옮겼을 뿐인데 뭐가 달라졌다고 세상 타령인가 하시겠지만, 자리가 바뀌니 보는 각도가 달라지고 보이는 것도 달라지더라고 말씀드려야 할 것 같습니다.

제가 살고 있는 북한산 자락은 서울이면서 서울이 아니고, 깊은 산속이 아니면서도 제가 살아온 서울을 낯설게 만듭니다. 그만큼 시내에서 보이지 않던 하늘, 구름, 나무, 숲이 있고 자동차 소리 대신 새들의 지저귐, 다람쥐의 부스럭거림, 나뭇잎에 빗방울 떨어지는 소리, 사람들의 두런두런하는 소리가 들리고, 지나가는 바람뿐 아니라 시간의 마음이 보이더라는 것입니다.

누가 시간을 보았습니까? 누가 시간의 마음을 압니까? 여기 북한산 자락에서는 시간이 보였습니다. 나뭇잎이 새로 나서 녹색이 짙어지고 황색으로 물들었다가 땅으로 떨어져 흙으로 돌아가는 것을 보는 그것이 자연의 목소리였습니다. 그 목소리가 곧 시간이란 존재의 마음이 아니겠습니까? 세상의 탁한 공기를 살짝 걷어 그 속에 있는 시간의 마음을 보니 변하지 않는 무엇이 보였습니다.

저도 한때는 세상 속에서 먼지와 풍파를 받으며 살았습니다. 국민의 눈과 귀의 역할을 맡았다며 36년 동안 그 속에서 열심히 살다가 퇴직에 즈음해서 북한산 자락으로 옮겨 살게 되자, 여기서 느끼고 생각하는 것들이 많았습니다. 그 속에는 저 혼자만의 것으로 하기에는 아깝고 아쉬운 것들이 있어, 같이 보고 같이 알고 같이 생각해 보면 어떤가 하는 바람(風) 아닌 바람(願)이 생겼습니다. 아직도 세상을 완전히 떠나지 못했다는 변명이기도 합니다.

변하는 계절과 시간 속에서 사람을 다시 보게 되었습니다. 사람의 도리뿐 아니라 사람들의 길, 사람들의 눈과 마음, 즉 우리의 현재와 미래를 과거라는 거울에 비추어 보게 되었습니다. 거울에 비춰진 자신의 모습, 이웃의 옷차림, 세상 사람들의 말, 그런 것들이 먼저 보이다가 거울에 비춰진 상(現狀) 뒤의 본래의 밝은 상(本像)이 보이는 것 같더라고요. 그것을 말씀드리고 싶었습니다.

지난 5년 동안 북한산에서 쓴 이 글들이 얼마나 세상 사람들의 눈에 들고 마음에 닿을 수 있을지 걱정을 하면서 여러분에게 시간의 마음을 물어봅니다.

2018년 여름
북한산 자락 제각말에서

◈ 차례

제2부 **문화란 것은**

제3부 나라라는 것도

제4부 역사는 말이지요

제1부
삶이란 게

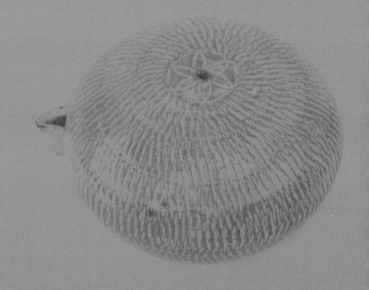

순간이 쌓여서

　　중국 동진(東晉)의 정치가 사안(謝安, 320~385)은 국난을 구해 낸 명재상으로 유명한데, 정치에 나오기 전에 동산(東山)에 은거하고 있다가 조정의 부름을 거듭 받고 할 수 없이 나와 환온(桓溫)의 사마(司馬)가 됐다.

　　당시에 어떤 사람이 환온에게 약을 보냈는데, 그중에 원지(遠志)라는 약초가 있었다. 환온이 그 약초를 들고 사안에게 묻기를, "이 약초의 다른 이름이 소초(小草)인데 어찌 하나의 물건에 두 가지 이름이 있는가?" 하자, 사안이 얼른 대답하지 못했다. 그때 동석한 학륭(郝隆)이라는 사람이 대답하기를, "그것은 어려운 문제가 아닙니다. 산속에 있을 때는 원지라 하고 산을 나오면 소초라 합니다" 하자, 사안이 몹시 부끄러워했다고 한다. 이후 원지 혹은 소초라는 말은 명성은 요란하지만 실제 일을 하는 면에서는 보잘것없는 사람을 놀리는 말이 됐다. '세설신어(世說新語)'에 나오는 이야기다.

조선조 중기 임진왜란을 승리로 이끈 유성룡(柳成龍, 1542~1607)은 출사하기 전 고향인 안동 땅에 원지정사(遠志精舍)라는 작은 건물을 지었다. 세상에 나가기 전에도 큰 뜻을 품었던 것은 아니지만 실제로 나가서는 일을 제대로 한 것이 없어 마치 소초처럼 된 것이 아닌가 부끄러워하며 시골에 은거하겠다는 뜻을 담은 이름이다. 바로 중국 사안의 원지 소초의 고사를 인용한 것이다. 그러나 유성룡은 뒤에 임진왜란이라는 초유의 국난을 극복하는 데 가장 큰 공을 세움으로써 동진의 사안보다도 더한 이름을 우리 역사에 남기게 됐다. 그야말로 풀이름인 원지가 선비의 길고 원대한 뜻을 대변하는 이름이 된 것이다.

　'원지'라는 집 이름과 비슷한 '원우(遠憂)'를 집 이름으로 쓴 사람이 있으니, 유성룡보다 반세기 뒤에 활동한 이경여(李敬輿, 1585~1657)다. 병자호란 때 왕을 모시고 남한산성에 피란했으며 형조판서를 거쳐 효종조에는 영의정을 지냈는데, 재상이 되기 전 충남 부여 들녘 경치 좋은 곳에 집터를 잡아 아름답게 꾸미고는 원우당(遠憂堂)이라 이름했다. 사람들이 이리 좋은 곳을 차지하고서 왜 '멀리서 근심한다'는 이름을 붙였냐고 물으니, 사시사철 아름다운 계절이 오고 갈 때마다 우리 임금이 잘 계시는가, 정치를 잘 하시는가 매번 걱정이 돼 그 마음을 담은 것이라고 대답했다고 한다.

　과연 그러한 마음이 조정에 전해졌는지 이경여는 병자호란 때 왕을 잘 모셔서 나중에 영의정까지 지냈지만, 유성룡처럼 국난을 극복한 인물로서가 아니라 단지 왕을 잘 모셔 최고위직에 오른 인물로 기억될 뿐이다. 애초에 유성룡은 크게 나라를 걱정하고 자신의 역량이 이에 미치지 못함을 아쉬워했지만, 이경여는 나라보다는 임금의 안위를 걱정하는 데 머물렀기에 개인적으로는 출세하고 부러움을 샀지만 역사에서는 그리 높게 기억되지는 않는다. 두 사람이 멀리서 걱정을 하고 뜻을 세웠지만 그 뜻의 방향이 애초부터 달랐기에 그 결과도 달랐을 것이다.

유성룡은 원지정사를 준공하고 나서 쓴 글에서 이런 말을 했다.

> 먼 것은 가까운 것이 쌓인 것이고
> 뜻은 마음이 가는 방향이다.
> 遠者 近之積也
> 志者心之所之也

멀다는 것, 먼 시간도 눈앞의 순간이나 시간이 쌓이는 것이고, 순간순간의 마음이 이어지면 그것이 뜻이 된다는 것이다. 바꾸어 말하면 지금 눈앞의 행동이 별것 아닌 것 같지만 그게 모이면 멀고 원대한 경지에 도달할 수 있다는 말이다. 마찬가지로 지금의 마음 방향을 올바로 세우고 그 마음을 계속 이어가면 그것이 올바른 뜻이 되어 마침내 성취를 이룰 것이라는 말이다. 그것이야말로 제갈량이 자기 아들에게 해 준 말이자 안중근 의사가 순국하기 전에 남긴 '영정치원(寧靜致遠, 마음을 차분히 하고 뜻을 바로 세워야 원대한 뜻을 이룰 수 있다)'이다.

새해는 또 다른 시작이고 늘 새로운 포부와 희망을 건다. 새해를 맞으면서 우리는 거창한 각오로 뭔가 큰 것을 이루겠다는 각오를 하지만 매번 중단한 경험이 너무나 많다. 일 년이란 시간이 긴 것 같지만 매 순간순간이 연장되는 것이기에 흔들리지 않고 중단하지 않고 가 보자. 작은 목표로나마 뚜벅뚜벅 가다 보면 지난해보다 멀리 가 있을 것이다. 그것이 우리가 매번 새해를 맞이하는 절차를 치르는 의미가 아닌가.

삶의 진정한 가치

14세기 일본의 와카(和歌) 작가인 요시다 겐코(吉田兼好)가 눈
이 아름답게 쌓인 날 어느 분에게 편지를 써서 부탁할 일이 있었는
데, 눈에 대해 한마디도 쓰지 않았더니 편지를 받은 사람이 답장을
보내면서,

오늘 아침 이 아름다운 눈을 어찌 생각하느냐고 한마디도 쓰지 않는
그런 비뚤어진 분이 부탁하는 일을 어찌 들어줄 수 있겠습니까. 아무
리 생각해도 섭섭하고 딱하십니다.

라고 해 부끄러우면서도 이런 마음을 발견하고 즐거워했다고 수필
집 《도연초(徒然草)》에 썼다. 그리고 이런 말을 덧붙였다.

명예와 이익을 좇아서 조용한 여가도 없이 평생을 고뇌 속에 지내는

것은 어리석은 일이다. 재산이 많으면 자신을 지킬 수 없게 된다. 재산은 해(害)를 만들며 고뇌를 만드는 주범이다. 죽은 뒤에 황금으로 북두칠성을 만들고 달만큼 재산이 있다 해도 그것은 남의 웃음거리밖에 되지 않는다.

우리나라 사람들의 생각은 어땠을까. 조선조 중후기의 대문장가 장유(張維)는 시를 잘 쓰면서도 가난하게 사는 사람들에 대해 평가가 그리 후하지 않은 것을 보고, "대체로 사람의 신분이 얼마나 귀하고 천하며, 생활형편이 얼마나 풍족하고 궁핍하냐에 따라 사람들은 함부로 영달과 빈궁의 평가를 내리곤 하지만, 사실은 얼마나 아름다운 명성과 더러운 이름이 후세에 드리워지느냐를 살펴보아야만 하늘이 진정으로 그 사람을 빈궁하게 했는지 영달하게 했는지를 알 수 있는 것이다. 사람 세상에서는 뜻을 얻지 못했어도 하늘의 뜻과 합치되고 세상의 인정은 못 받았어도 하늘의 참된 평가를 받은 자, 그런 이야말로 내가 말하는 달자(達者, 영달한 사람)다"라고 했다.

그렇지만 우리는 살아가는 데 결코 이것을 초연할 수 없다는 게 문제다. 이것은 "날개가 없는데도 날아다니며 발이 없는데도 걸어다닌다. 위태로운 것을 편안하게 할 수 있고 죽은 것을 살릴 수 있으며, 귀한 것을 천하게 할 수 있고 살아 있는 것을 죽일 수 있다"는 것이다. 바로 현대인들이 신으로 모시는 돈이다. 이것은 우리 삶을 유지시키는 역할을 넘어서 삶의 성공의 기준이 돼 있다.

엽전이라고 흔히 부르는 옛날 돈은 생김새가 겉은 둥글고 속 구멍은 모나게 뚫려 있어 이를 공방(孔方)이라고도 불렀다. 고려 의종 때의 문인 임춘(林椿)은 〈공방전(孔方傳)〉에서 돈의 힘을 이렇게 묘사했다.

공방은 권세 있고 귀한 사람을 몹시 재치 있게 잘 섬겼다. 그들의 집에 자주 드나들면서 자기도 권세를 부리고 한편으로는 그들을 등에 업고 벼슬을 팔아, 승진시키고 갈아치우는 것마저도 모두 그의 손에 매이게 됐다. 이렇게 되니, 한다 하는 고관대작들까지도 모두 절개를 굽혀 섬기게 됐다.

돈은 살아 있는 것을 죽일 수도, 죽을 사람을 살릴 수도 있다고 하니 돈이야말로 진정 이 시대의 신이라 할 것이다. 그 신을 좇아서 현대인들은 죽을 둥 살 둥 맹목적으로 달려간다. 지난 한 해도 그렇게 달린 한 해가 아니었을까. 정신없이 달려만 가다가 어느 날 돌아보니 우리네 삶이 다 지나갔더라는 탄식을 듣는다. 돈과 권력을 탐하다가 개인뿐만 아니라 본인의 자녀까지도 함께 망신을 당해 자손의 미래까지도 망치는 사례를 많이 보았다. 모두 돈만을 생각하고 살아온 데 따른 참혹한 결과일 것이다.

옛 문인들은 시를 읊고 쓰는 것을 즐겼고, 선비들은 정당한 부가 아니면 취하지 않고 차라리 가난을 즐겼다. 이웃 나라 일본의 경우에도 이런 전통이 있었다. 나카노 고지(中野孝次)는 《청빈의 사상》에서 이렇게 밝혔다.

물건을 만드는 사람이나 돈을 모으는 사람 등 현세의 부귀나 영달만을 추구하는 사람뿐만이 아니라 그 이외에 일편단심으로 마음의 세계를 존중하는 이들이 있었다. 일본에는 현세에서 생존은 가능한 한 간소하게 살지만 마음은 풍아(風雅)의 세계에서 유유자적하는 것을 참된 인간의 가장 고결한 삶의 방식으로 여기는 문화적 전통이 있다. 나는 이것이야말로 가장 자랑할 만한 일본의 문화라고 생각한다.

눈(雪)이 아주 멋지게 내리는 날, 그 눈의 아름다움을 보고 느낄 수 있는 마음(心), 그것을 볼 수 있는 눈(眼)이 없는 사람들은 삶의 아름다움과 가치를 보지 못할 수도 있다. 아침에 지저귀는 작은 새소리와 함께 그 새의 고마움을 아는 사람들은 나만을 보는 것이 아니라 주위를 볼 수 있다는 데서 진정으로 마음이 풍족한 사람들일 것이다.

마음이 편안하고 담담하여 족한 것을 알면 세상의 재물을 구하여 어디에 쓸 것인가. 청풍명월에는 돈이 들지 않으며, 대나무 울타리 초가에는 돈 쓸 일이 없다. 책을 읽고 도를 이야기하는 데 무슨 돈이 필요하겠는가. 다만 사람을 구제하고 만물을 이롭게 하는 데는 돈이 모자랄 수 있다.

중국 명나라 학자 정선(鄭瑄)이 말한 것처럼 재물은 어려운 세상의 사람들을 구제하는 데에 그 효용이 있는 것이다. 자기 일신만을 위하는 것이 되면 맹목적으로 광분하고 무리를 범하게 된다.

최근 우리는 부질없는 돈 욕심, 공권력의 지나친 사유화 등은 결국 패가망신한다는 것을 배웠다. 돈을 떠나서 보다 의미 있고 가치 있는 삶을 살아야 진정으로 영달했다는 평가를 받을 수 있다니, 우리의 삶도 지향점을 바꾸고 그것을 위해 사는 것이 어떠한가.

금수저 논란

　　1700년쯤 유럽에서는 지금처럼 식기나 수저류를 미리 세팅해 놓고 손님을 받는 풍습이 정착되지 않아 자신의 숟가락을 직접 들고 가야 했다. 이때 땅이나 돈이 많은 사람은 은수저를 들고 왔는데, 여기서 은수저는 곧 부유함이나 재산의 상징이 되었다. 물론 당시에도 금이 더 비쌌지만 금으로 수저를 만들면 너무 물러 오래 쓸 수가 없으니 은수저 정도가 최고급 수저였을 것이다. 그러다가 돈 많은 집에서 아이들에게 은수저로 우유나 음식을 먹여 주는 것이 알려지자 이를 보고 "은수저를 물고 태어났다"는 속담이 생겨났고 한다.

　　스페인에서는 돼지 뒷다리를 쇠갈고리에 꽂아 말려 만드는 하몽이란 음식이 있고, 세르반테스의 소설 《돈 키호테》에 "갈고리가 없으면 하몽도 없다"는 말이 있는데, 어떤 사람이 1719년에 이를 영어로 번역하면서 "번쩍이는 것이 다 금은 아니고요 사람들이 다 입에 은수저를 물고 태어나는 것은 아니에요"라고 살짝 달리 번역해 놓아 18세기 초 당시 영국에 벌써 이런 관념이 있었음을 추측하게 한다.

동양에서는 8세기 초인 중국 당나라 현종 때 이야기가 전해 온다. 당시 송경(宋璟)이란 재상은 강직하고 현명하게 업무를 처리해 조야의 민심이 다 모이고 칭찬이 자자했다. 이에 현종은 황제가 평소에 쓰던 금젓가락(金箸)을 송경에게 하사했다. 갑자기 금젓가락을 받은 송경이 무슨 뜻인지 몰라 당황해하자 현종은 "경(卿)이 강직하고 일을 잘 해서 그것을 칭찬하기 위함이니 잘 간직하세요"라고 했다.

그가 지방관을 하고 나오자 남쪽 광주(廣州)의 관리와 백성이 그를 위해 송덕비를 세우고자 하니 송경은 현종에게 글을 올려 "이렇다 할 만큼 대단한 업적이 없는데 송덕비를 세우는 것은 아첨하는 풍조를 만드는 것이니 금지토록 해 주십시오"라고 청원해 그 뒤부터 송덕비를 세우는 일이 줄어들었다고 한다.

그러므로 우리나라에서는 금수저나 은수저가 부자가 대를 잇는 방편이라는 식의 개념은 없었다. 결국 영미권에서 부자를 지칭할 때 쓰던 은수저라는 말이 1960년대를 전후로 우리나라에 들어와 쓰이기 시작한 것인데, 그것이 어느새 보다 번쩍이는 금수저로 바뀌어 오늘날에는 부자의 자녀들이 교육이나 양육에 많은 지원을 받아 부가 대물림되는 현상을 비판하는 의미로 받아들여진다. 말하자면 경제 불황, 가계부채 증가, 고용 불안 등으로 중산층이 줄고 부의 편중이 심해지는 사회적 현상 속에서 경제적 계층에 따라

인생의 출발 지점이 달라지고 이를 극복하기가 너무 힘들다는 상대적 박탈감을 표현하면서 어느 유명 대학생이 금수저를 물고 나오지 못했다며 삶을 포기하는 현상까지 일어났다.

이러한 '금수저 논란'을 어떻게 보아야 할까. 부모의 부유함을 자신의 능력으로 착각하고 사는 사람들에게 금수저를 물고 났다고 하는 것은 이해할 수 있지만, 부유한 집이나 권력 있는 집의 자식이 잘 된다고 모두 싸잡아 비난하는 것은 부모가 열심히 일해서 부귀를 이룬 것도 비난하는 것이 되기에 합당하다고는 할 수 없을 것이다.

최근에는 유명 정치인의 2세들이 정계에 진출하는 것도 금수저가 아니냐는 말도 있다. 이웃 일본에는 당장 총리인 아베 신조를 포함해 그런 정치인이 부지기수다. 다행인지 불행인지 우리나라에는 그런 사례가 아직 많지 않고, 또 직접 후광을 얻은 것으로는 보이지 않지만 곧 2세 정치인 시대로 들어가는 중이어서 여기서도 논란이 일 수는 있겠다.

영어권 사전에는 '금수저'의 어원인 '은수저'를 풀이하면서 한국의 사례를 긍정적인 역할로 등장시킨다. 은은 비소 등 독극물에 푸르게 반응하는데, 예전에 한국에서는 임금의 수랏상에 몰래 비소를 넣는 것을 막기 위해 은수저로 미리 음식을 검사해서 독을 찾아내는 좋은 역할을 했다는 것이다.

사회생활에서는 단어 하나, 말 하나가 돌연 사람들의 마음을 파고드는 경우가 있는데, 금수저라는 말도 그런 것 같다. 부의 편중이나 그로 인한 기회의 불평등에 대해 원망하고 싶은 마음이 있겠지만 금숟가락이든 금젓가락이든, 물고 태어나는 것이 아니라 자신이 노력해서 이루는 성취가 진정한 가치가 있는 게 아닐까. 무엇이든 남 탓, 사회 탓으로 돌리는 것은 삶의 의미를 포기하는 것이기에 우리가 추구하는 가치가 될 수 없다. 은수저나 금수저가 불평의 대명사가 아니라 오히려 사회의 독을 미리 걸러내 제거하는 긍정적 역할로 새롭게 인식되도록 하는 것이 바람직하다.

사주를 보는가요

　　선조 때 사람 차천로(車天輅)가 지은 《오산설림(五山說林)》에 나오는 이야기다.

　　조선 9대 왕인 성종은 운명론에 관심이 생겨 자신과 생일, 나이가 같은 사람을 찾도록 했다. 한 여인이 있어 궐내로 불러 물으니, 그녀는 "저는 아버지께서 제가 어릴 때부터 총명하고 예리하다고 특별히 사랑해 주셨고, 미천한 집에서 태어난 것을 안타깝게 여기시고, 종 값을 속량하고 주인집에서 어진 남편을 구해 시집을 보내 주셨사옵니다. 그러나 졸지에 남편을 잃고 홀로 된 지금은 역사와 책을 보면서 세월을 보내고 있을 따름입니다"라고 대답했다.

　　성종이 상세히 들어보니 자신이 즉위하던 바로 그해에 이 여인이 종을 면했고, 지아비를 잃은 날짜는 곧 왕비가 세상을 떠난 때였다. 성종은 몹시 기이하게 여겨 다시 "지금 나는 수십 명의 후궁을 거느리고 있는데 너도 후궁으로 들어오는 게 어떠냐" 하니 그 여인은 웃으면서 "말씀 드리기 송구스럽사오나 저는 원래부터 복잡하고 사치한 것을 좋아해 남첩을 둔 무후(武后)와 마찬가지로 열두세 명의 남첩을 두고 지내고 있습니다"라고 말했다.

성종은 이 말을 듣고 박장대소하면서 "이런 것까지 같으니 남자 중에는 과연 내가 있고, 여자 중에는 네가 있다고 하겠구나"라며 상을 후하게 주고 돌려보냈다.

성종의 이야기는 억지로 만들어진 느낌이 있지만 동양에서는 한 날 한시에 난 사람의 운명은 같게 진행된다는 사주운명론이 믿어지는 것도 사실이다. 그렇지만 요즘같이 전 세계에서 하루에도 수십만 명이 태어나고 하루 중 같은 시각에 또 많은 사람이 태어나는데, 만일 사주운명론이 맞다면 같은 시각에 태어난 사람이 서로 다른 길을 걷는 것은 어떻게 설명할 수 있을까. 같은 사주인데 어떤 사람은 왕이나 황제가 되고 다른 사람은 평범하게 사는 것은 어떤 연유에서인가. 10분 차이로 세상에 나온 쌍둥이들의 운명은 왜 다른 것인가?

서양에서는 태어난 날의 시(時)까지를 정밀하게 보는 것이 아니라 태어난 날을 기준으로 별점(astrology)을 보는데, 서양인 가운데 태어난 날이 같은 이가 두 사람 있다. 바로 미국 16대 대통령 에이브러햄 링컨과 영국의 과학자 찰스 다윈이다. 지금부터 200여 년 전인 1809년 2월 12일이 두 사람의 생일인데 이들의 운명은 과연 같았을까 아니면 달랐을까.

서양 점성술에서 보면 두 사람은 물병좌(Aquarius)에 속한다. 1월

21일부터 2월 19일 사이에 태어난 사람들로서, 대체로 이들은 의지와 추진력이 강하고 헌신적이라고 한다. 그러면서도 일단 자신의 생각이 틀렸음을 납득하면 의외로 선선하게 수정할 줄도 안다고 한다. 그럼 링컨과 다윈 두 사람의 경우는 어떨까. 두 사람 모두 200년 이후 인류의 역사와 사상을 크게 바꾼 위인이지만 출생부터가 다르다.

미국 켄터키주의 가난한 농부의 아들로 태어나 교육도 제대로 받지 못한 링컨과 영국의 부유하고 명성 있는 집안 출신인 다윈, 그중 링컨은 독학으로 변호사가 됐지만 다윈은 케임브리지대학에서 학위를 받았다. 링컨은 대중의 동의를 구하는 정치가였지만 다윈은 조용한 곳에서 연구를 하는 학자였다. 그런데 이렇게 다른 두 사람에게 어떤 운명적인 유사성이나 공통점이 있을까.

2008년 미국 체스트넛힐대학의 콘토스타 교수가 쓴 《반항의 거인들—에이브러햄 링컨과 찰스 다윈의 혁명적인 일생》이란 책이 그 해답이다. 콘토스타 교수의 분석을 보면 두 사람의 일생이 놀랄 정도로 유사하다고 한다.

두 사람은 어릴 때 어머니를 잃었고, 또 자신의 자녀도 어릴 때 잃었다. 아버지하고는 긴장된 관계였으며, 종교적 신앙보다는 이성의 고양을 중시한 당시의 계몽주의에 심취했다. 그리고 우울증에 시달렸으나 확실하고도 꾸준한 정신력으로 인내심이 강하고 야망도 있었다. 자신의 생각과 지도력이 성숙될 때까지 기다릴 줄 알았다.

이 분석대로 두 사람은 일종의 반항가로서 개인적 삶의 궤적에 유사성이 있으면서 특히 인류 역사에서 가장 중요한 전환점을 제시한 것은 사실이다. 그리고 모두 혁명가였다. 정치가로서 과학자로서 당시 세계를 지배했던 현실과 가치체계를 새롭고 크게 바꾸는 선한 혁명을 일으켰다는 점은 같은 자리로 볼 수 있다.

그러나 두 사람이 같은 날 태어났기에 비슷한 길을 걸었다는 운명론에 유혹받지는 말자. 그들은 운명론을 알지도 못했고 그저 자신의 길을 묵묵히 걸어 기존의 틀이나 제도를 바꾸고 인류의 보편적인 원리를 찾았기에 이것이 인류의 정신적 · 사상적 혁명으로 이어진 것이다.

대체로 해가 바뀌면 개인의 운명을 알고 싶은 분들이 많다. 그러나 운명을 궁금해하기보다는 링컨과 다윈처럼 현실을 넘어서려는 강한 의지와 정신력을 배우는 것이 더 맞지 않을까.

사람은 아니지만 남과 북은 한 민족이고 생일도 비슷하지만 다른 길로 들어선 지 반세기를 훌쩍 넘기면서 언제 충돌할지 모를 위험한 시간을 맞고 있다. 남북이 충돌이 아닌 이해와 소통을 통한 공존과 번영은 불가능한 것인가. 우리 민족은 분열할 수밖에 없다는 잘못된 전제나 운명론에 빠지지 않고 상대방의 입장에서 서로를 보면서 미래를 위한 과감한 결단과 실행을 추구한다면 우리 운명도 다윈이나 링컨처럼 분명 밝은 쪽으로 열리지 않겠는가.

내 것이 아니다

　　제35대 미국 대통령이 된 존 F. 케네디가 일본 기자단과 회견하는 자리에서 "당신이 가장 존경하는 일본 정치가는 누구입니까?"라는 질문을 받고 "내가 존경하는 사람은 우에스기 요잔(上杉鷹山)입니다"라고 대답해 기자들을 깜짝 놀라게 했다는 유명한 일화가 있다. 일본 기자들도 우에스기 요잔이 누구인지를 잘 모르고 있었기 때문이다.

　　케네디 대통령이 어떻게 이런 일본인을 알고 있는 것일까? 그 해답은 1894년 미국에서 나온 "*Japan and The Japanese*(일본과 일본인)"라는 책이었다. 일본의 기독교연구가이며 성서학자인 우치무라 간조(內村鑑三)가 능숙한 영어 실력으로 쓴 이 책은 미국에서는 안 읽은 사람이 없다고 할 정도로 유명해 케네디 대통령도 틀림없이 이 책을 보았을 것이기에 대통령이 그를 알고 존경심을 갖게 된 것이라고 사람들은 말한다.

우에스기 요잔. 임진왜란 이후 150여 년이 지난 1751년 규슈의 작은 영주 집안에서 태어나 아홉 살 때 아들을 얻지 못한 우에스기 집안의 사위 겸 양자로 들어갔다. 9대째 일본 동북지방의 요네자와 번을 다스려 온 우에스기 집안은 열다섯 살 된 요잔에게 번주(藩主) 자리를 내준다. 번주가 돼 보니 번의 살림은 몰락 일보 직전. 과거에 비해 영지가 크게 줄어들었음에도 번의 가신 수에는 변화가 없었고 모두 옛날처럼 기득권을 차지하고 있었다. 농사 외에 별다른 생산이 없어 흉년이 들 때는 주민 사이에 끼니를 위해 갓난아이를 죽이기까지 할 정도였다.

　2년 동안 고심한 후 그는 정치개혁을 단행했다. 먼저 스스로 연봉을 1,500량에서 200량으로 7분의 1 감봉하고 비서실 인원도 50명에서 9명으로 대폭 줄인다. 식사는 매끼 밥과 국 한 그릇만 올리도록 했다. 그리고 번의 모든 살림을 철저하게 자본의 논리로 운영했다. 솔선수범의 철저한 검약, 행정 쇄신, 산업 장려정책이었다. 뽕나무, 닥나무, 옻나무 등 상품성 있는 작물 재배를 적극 권장했고, 농업 인구 확보를 위해 이웃 지방의 여성을 불러들여 '농촌 총각 장가 보내기' 같은 작전을 폈다.

　당시 통치자로서는 상상하기 힘든 일까지 몸소 나서서 행하자 번의 경제가 원활하게 돌아가기 시작했다. 그는 18년 후인 서른다섯에 번주 자리를 물려주고 뒤로 물러나 앉아 또 권력자의 모범을 보였다. 우에스기 요잔에 힘입어 이 작은 번은 일본 유수의 부유한 곳으로 탈바꿈했다. 케네디 대통령이 '가장 존경하는 일본인'으로

꼽았고, 김영삼 대통령이 청와대에 있을 동안 점심을 칼국수로만 하도록 결심케 한 바로 그 인물이다. 그 비결은 자기 희생이자 자기 검약이다.

최근 우리 경제에 구조조정 문제가 큰 회오리를 몰고 왔다. 잘나가던 해운, 조선 업종이 갑자기 빚이 크게 늘고 운영이 어려워져 그냥 방치할 수 없으니 과감히 구조조정을 하자는 것이다. 구조조정이란 말은 임금 상승을 억제하고 불필요한 인력을 대폭 잘라낸다는 말의 다른 표현이다. 남아 있는 사람은 안도하겠지만 또 많은 종업원이 길거리로 나앉아 먹고사는 걱정을 해야 한다.

다른 업종도 경제가 커지지 않아 고용을 늘릴 수 없어 높은 청년 실업률로 이어지기에 임금 인상을 자제해야 한다는 목소리가 나오고 있다. 고용노동부 장관이 30대 그룹 최고경영자들과 가진 간담회에서 노사 자율로 근로소득 상위 10% 수준인 연 임금 6,800만 원 이상 임직원의 임금 인상 자제를 주문한 것도 이런 상황의 반영일 것이다.

그런데 한 언론이 간담회에 나온 경영자의 연봉을 분석해 눈길을 끌었다. 금융 공기업의 평균 임금이 1억 원을 훨씬 넘는 곳이 수두룩하고, CEO들은 그 열 배 이상을 받는 상황에서 임금 인상 자제 합의가 자율적으로 될 수 있을까? 스스로 연봉을 7분의 1로 줄인 우에스기 요잔이 생각나는 대목이다.

우에스기 요잔은 서른다섯에 번주를 넘기면서 후임 번주에게 세 가지 글을 남겼다. 이 땅은 선조로부터 자손에게 전해지는 것으로 결코 자신의 것이 아니기에 백성을 자신의 것으로 해서는 안 된다. 또 백성이 번주를 위해 존재하게 해서도 안 된다는 것이다. 번주는 백성의 부모란 뜻이다. 굶주리는 자식을 두고 부모만 호의호식하는 경우는 없지 않은가?

우에스기 요잔은 높은 연봉을 포기하고 스스로 쟁기를 들어 논을 갈고 밭을 일구는 모범으로 이런 난국을 헤쳐나갔다. 일본이 성공한 것은 청부(淸富), 곧 깨끗한 이윤을 긍정하는 정신 때문이라고 말한다.

정당하게 일해서 버는 이윤은 아름다운 것이고 그것은 세상을 위해 다시 쓰여야 한다. 이윤을 밝히면 탐욕에 빠지기 쉬운 법이니 청빈하게 살아야 한다. 일본의 자본주의 윤리가 다시 보이는 때가 아닐까?

연꽃에서 배울 것

　　음력 5월 5일 단오를 지나 6월 6일 유두로 달음질치는 양력 7월은 우리나라에서는 연꽃이 피는 계절이다. 다만 묘하게도 시기적으로 장마와 겹쳐 꽃이 피는 것을 제대로 보지 못하는 경우가 아쉽지만 날씨가 어떻든 7월에는 연꽃을 보고 지나가야 한다. 그것은 송나라 때 학자 주돈이(周敦頤, 1017~1073)가 〈애련설(愛蓮說)〉이란 글에서 "국화는 꽃 중의 숨은 선비요, 모란은 꽃 중의 부귀함인데, 연꽃이야말로 꽃 중의 군자로다" 한 칭찬 그대로 연꽃이 가장 많이 활짝 피는 7월에 연꽃을 통해 군자의 풍모를 접할 수 있기 때문이다.

　군자란 어떤 사람일까.

　　진흙에서 나왔으면서도 물들지 아니하고
　　맑은 물에 씻기어도 요염하지 아니하니
　　줄기의 속은 통하고 겉은 곧아서

덩굴이나 가지 치지 않으며

향기는 멀수록 더욱 맑으며

맑고 우뚝하게 서 있는 모습

이면 군자라 할 수 있을 것이다. 연꽃도 대나무처럼 속이 비어 통하고 겉은 곧은 식물이다. 그것은 곧 재물이나 명예를 탐하지 아니하고 험한 세상을 이겨나갈 의지가 있되, 자신의 마음가짐이 맑고 깨끗하며 입에서 나오는 말 속에 향기가 있어, 그 향기가 멀리까지 잘 퍼져 나갈 수 있는 사람을 지칭한다고 하겠다.

이처럼 연꽃을 군자에 비유해 그 덕성을 잘 표현한 주돈이는 서예가 황정견(黃庭堅)으로부터 "인품이 매우 고결하고 마음결이 깨끗해 광풍제월(光風霽月)과 같다"는 평을 들었다. 그런데 이 '광풍제월'이란 말은 글자 그대로 비가 갠 뒤의 맑은 바람과 깨끗한 달처럼 마음결이 명쾌하고 집착이 없으며 시원하고 깨끗한 경지 혹은 그런 사람을 지칭하는 말로서, 조선시대의 숱한 선비들이 이 글귀를 혹 정자에 써서 걸며 그 경지에 이르기를 노력한 것으로 유명하다. 주돈이가 원래 자연을 바라보고 그 가운데서 도(道)가 무엇인지를 찾아가는 고결한 선비, 곧 연꽃과 같은 존재였기에 연꽃의 그 덕성이 보였을 것이다.

그러나 요즈음 광풍제월은 광풍제월(狂風悌月)이 아닌가 의심이 들기도 한다. 세상이 평안하지 않고 미친 듯한 바람이 불어 많은 사람들이 변을 당하고 화를 입어 눈물을 흘리는 그런 세월이 아닌가 생각되기 때문이다. 메르스라는 호흡기질환으로 갑자기 많은 사람이나 그것을 치료한다고 헌신적으로 일하던 의료진이 감염되고, 때로는 목숨을 잃기도 하고, 생활이 어렵다고 극단적인 선택을 하는 사람들이 끊이지 않으며, 부모와 자식 간에 인륜에 어긋나는 사건들이 잇따라 발생함으로써 점점 세상에 대한 염증이 많아지는 현상이 눈에 띈다.

이럴 때 연꽃을 봐야 할 터이다. 세상이 아무리 혼탁해도 그 속에서 맑은 마음과 곧은 의지로 아름다운 꽃을 피우는 연꽃이야말로 우리가 추구하는 인생이란 삶의 목표가 아니겠는가. 더구나 연밭은 아름다운 연인들이 만나 사랑을 이루는 무대다. 아름다운 아가씨들이 연밭을 찾아 연꽃 옆에 자신의 얼굴을 대어 보는 것은 자신이 곧 한 송이 연꽃이기 때문일 것이다.

중국에도 기후가 온화한 양쯔강 남쪽에 연꽃 피는 데가 많아서, 항저우 지방을 대표하는 미인 서시(西施)가 처녀 때 경호(鏡湖) 부근의 약야계(若耶溪)라는 데서 연꽃을 따러 나오면 젊은 청년과 동네 주민들이 모두 몰려나와 그 아름다움에 넋을 잃었다고 한다.

약야계 가에서 연꽃 따는 아가씨들
웃으며 연꽃 사이로 서로 이야기하네
새로 화장한 얼굴에 해 비추어 물밑까지 환하고
향기로운 소매 바람 불어 허공으로 날리네….

여기서 당나라 시인 이백(李白)의 〈채련곡(採蓮曲)〉이 나왔다. 중국에서는 음력 6월에 연꽃이 만개한 호수 위에 배를 띄우고 청춘남녀들이 꽃을 보며 놀았다고 한다.

우리나라는 중국처럼 자연호수가 많지 않아 사람들의 힘으로 늪을 파고 연을 배양하였는데, 문일평 선생에 따르면 서울에도 예전에는 남문 밖에 연지(蓮池)가 있었고, 서문 밖과 동문 안에도 있었으며, 각 성읍에도 이러한 연지들이 있어 화재 등 불의의 재난을 방지하는 한편, 풍광을 더하는 일석이조의 효과를 얻었다고 한다.

근대화 과정에서 이런 연못들이 많이 없어졌지만, 최근에는 양평 세미원이나 전남 무안 백련지 같은 인공 연밭이 생겨나 아침 일찍 피어나는 연꽃을 보며 옛날 상주 함창 공갈못에서 연밥을 따 주고 사랑을 받던 청춘 남녀의 정취를 느껴볼 수 있다.

그렇게 일찍부터 연꽃을 보고 자라며 맑고 깨끗한 마음을 키움으로써 이 세상에서 혼탁한 물을 정화하고 아름다운 꽃과 맑은 향기를 피워 이 세상을 아름답게 만드는 사람이 되기를 다짐해 볼 터다. 미친 바람이 불어도 휘둘리거나 슬퍼하지 않고 이를 이길 수 있는 평상심으로 가슴을 채워 나가자는 것이다.

옛 사람들의 지혜

장마 속에 소나기와 무더위가 번갈아 찾아오는 계절이 되니 다들 더위를 어떻게 이길까를 고민하는 것 같다. "그게 뭐 걱정인가요. 에어컨 켜고 있으면 되지요"라고 말하면 가장 첨단을 사는 사람일까. 그러나 에어컨병으로 인생 말년의 몸 걱정을 하지 않을 수 없다면 전기 에너지보다는 자연 에너지가 더 이롭다고 할 것이다.

힘 안 들이고 할 수 있는 자연 피서법은 없을까. 그런 고민이야 현대인들보다는 전기 피서법이 없던 옛 사람들이 더 많았을 것이다. 평생 공부하고 글만 쓴 것으로 알려진 다산 정약용 선생이 뜻밖에도 더위 피하는 연구를 많이 했으니, 〈더위를 가시게 하는 여덟 가지 일(消暑八事)〉이란 시가 그것이다.

첫 번째는 소나무 숲 그늘에 휘장을 치고 거기에 화살 과녁을 걸어 놓고 화살 쏘는 내기를 하는 것인데, 휘장 안에는 막걸리가 가득 담긴 술동이와 오이 안주 등이 기다리고 있다.

그 다음은 그네타기다. 큰 느티나무에 그네를 매고 타거나 그 밑 그늘에 배를 깔고 누워 남이 타는 것을 보는 것도 피서가 된단다. 그네를 어떻게 타던가.

굴러서 올 땐 흡사 허리 굽은 자벌레 같고
세차게 갈 땐 참으로 날개 치는 닭과 같아라
蹴來頗似穹腰蠖
奮去眞同鼓翼鷄

이와 같은 절묘한 표현으로 우리를 기죽인다. 고리타분한 공부만 한 줄 알았더니 전문 시인보다 더 표현이나 묘사가 생생하다. 하기야 평생 2천4백 수에 이르는 한시(漢詩)를 지은 대시인인데 몰라본 우리가 죄송한 것이지. 그렇게 그네를 타다 보면, "솔솔 부는 서늘바람이 온 주위에 불어오니 어느덧 뜨거운 해가 벌써 서쪽으로 기울었네"라며 시간 가는 줄을 모르게 된단다.

또한 시원한 나무 그늘에 바둑판을 놓고 바둑으로 생선회 내기를 하며, 그것도 아니면 호수에 배를 띄우고 연꽃을 감상하다가 연잎에 술을 붓고 잎에 구멍을 내어 그 틈으로 술이 흘러내리는 것을 입으로 받아 마시는 방법도 있다.

뭐 그리 요란을 떨지 않더라도 숲 속에서 우는 매미소리를 듣는 것도 힘 안 들이고 얻을 수 있는 훌륭한 피서법이란다. 그리고 옛 선비들이 늘 하듯 운자(韻字)를 하나 내어 시를 짓는 것도 무더위를 생각할 틈을 주지 않는단다. 그리고 저녁에 집에서 시원한 물에 발을 담그고 있다 보면 스르르 잠이 오면서 무더운 여름 하루가 금방 지나간다고 설명하고 있다.

옛 사람들이 하던 이런 피서법을 어떻게 할 수 있겠는가. 점점 날은 뜨거워지고 집에 있으면 짜증만 나는 요즈음, 에어컨에서 벗어나기 위해서는 식구들이나 친구를 초청해서 억지로라도 숲이나 물가를 찾아가 보자. 그렇게 숲이나 물가를 찾아 솔나무 사이에 앉으면 자연스레 불어오는 바람이 에어컨보다 더 시원할 것이다.

선풍기는 당연 손에 든 부채로 대신한다. 그 부채에는 소동파의 〈적벽부(赤壁賦)〉 구절을 써놓는다. "천지 사이의 사물에는 제각기 주인이 있어, 나의 소유가 아니면 한 터럭이라도 가지지 말 것이니, 강 위의 맑은 바람과 산간(山間)의 밝은 달은 귀로 들으면 소리가 되고 눈에 뜨이면 빛을 이루어서, 가져도 금할 이 없고 써도 다함이 없으니 조물주의 다함이 없는 선물 아니겠는가."

이런 얘기를 하면 "더워 죽겠는데 자연의 선물 운운하며 불어오는 바람이나 쐬라고 하는가. 이런 답답한 양반아"라고 불평이 쏟아질 것이다. 그래서 다산에게 다른 피서법이 없느냐고 물어보니 다시 더 방법(又消暑八事)을 가르쳐 준다.

첫째, 바람이 솔솔 불어 풍경 소리가 들리는 마루에서 오래된 오동나무로 만든 거문고를 힘차게 연주하는 것. 둘째, 삽과 삼태기를 들고 나가서 논의 물길을 틔워 물이 잘 흐르도록 한다. 셋째, 집 앞의 소나무에 그늘을 만들어 거기서 쉰다. 넷째, 한참 자라고 있는 포도나무 아래에 가 포도를 맛보는 것이다. 다섯째, 서책을 펼쳐 놓고 옛 사람들의 글을 읽다 보면 저절로 시원한 바람이 느껴진다. 여섯째, 아이들을 모아 놓고 시를 짓게 한다. 일곱째, 강물에 배를 띄우고 물 따라 흐르면서 되는 대로 물고기들을 잡으며 저녁까지 놀아본다. 그리고 고기를 냄비에 담아 끓여 내오는 것으로 술잔을 기울이며 더위를 잊는 것이다.

남한강과 북한강이 합치는 양수리가 고향인 다산은 강진에서 18년 동안 유배 생활을 하면서 바닷가 사람들의 삶을, 나중에 고향에 돌아와서는 농민과 어민들의 힘든 삶을 가까이에서 보았다. 틈틈이 한강을 배로 오가거나 운길산 수종사에 오르는 여가생활을 즐기곤 했지만 가까이에서 본 농어민들의 삶의 고통을 함께하고 그들을 위해 노심초사하느라 다산이야말로 여름 더위를 몰랐으리라.

우리 도시에 사는 현대인들은 자연 속에 사는 삶은 이제 엄두도 내지 못하는 형편이니 옛 사람들의 피서법은 잊어야 할 것 같다. 다만 우리는 지금 먹고사는 것이나 일상생활에서의 편리함이 옛 사람들을 훨씬 능가하고 있으니 그것을 생각하면 지금 무더위는 무더위가 아니다. 생각을 바꾸어 보면 무더위는 마음이 만드는 것일 수도 있다. 짜증이 생기면 그냥 보통 날씨도 무덥다고 느껴지니 말이다. 더워서 짜증이 날 만하면 이까짓 무더위쯤 하며 오히려 이웃과 탈 없이 잘 어울려 사는 법을 연구하는 것, 그것이 무더위를 이기는 방법이 아닐까.

얼음 계곡의 가르침

경북 의성읍 남쪽 40여 리 떨어진 곳에는 빙산(氷山)이 있다. 이 산에 쌓인 돌들은 울퉁불퉁하고 구멍이 많아서 마치 낙숫물을 담는 그릇과도 같고 사립문이나 방과 같은 모양을 한 곳도 있다. 이 산을 감돌아 흐르는 내를 빙계(氷溪)라 하고 동네를 빙계리라 한다. 여기에 빙계 계곡이 있다. 빙계 계곡은 깎아 세운 듯한 절벽 사이 골짜기를 따라 물이 흐른다. 이 계곡을 유명하게 하는 곳은 빙계리 입구에 있는 바위틈인 빙혈과 풍혈이다.

빙혈은 얼음이 어는 구멍, 풍혈은 시원한 바람이 나오는 구멍이다. 풍혈은 빙혈 위에 있는데 폭 1m, 높이 2.5m, 길이 10m쯤으로 좁은 편이다. 이곳은 입춘(立春) 때 찬 기운이 처음 나오다가 입하(立夏)에 얼음이 얼기 시작해 하지(夏至) 막바지에 이르면 영하 4도를 유지하면서 얼음이 단단하고 찬 기운이 더욱 매섭다. 공기가 차고 땅이 어는 만큼 이곳에는 풀이나 나무가 자라지 못한다. 그러다가 입추가 되면 따뜻한 기운으로 얼음이 녹기 시작해서 입동에 찬 기운이 다하고 동지(冬至)의 막바지에 이르면 더운 김이 나기 시작해 얼음이 모두 녹아 구멍이 비게 된다. 겨울에도 이곳은 영상 3도를 유지한다. 추운 날에는 훈훈한 바람이 나온다.

일년 중 가장 뜨거운 한여름에도 얼음이 있는 빙산, 시원한 계곡인 빙계가 되는 이 기이한 현상은 어떻게 생기는 것일까. 우리가 늘 입에 달고 사는 과학의 입장에는 이 빙계 계곡을 설명하기 어렵다. 그런데 옛 사람들은 음양의 원리로 이 현상을 설명한다. 천지의 기운을 살펴보면 봄과 여름에는 따뜻한 기운이 밖으로 많이 빠져나가 모든 생물이 발육을 하기에 안에는 음기(陰氣)가 많아지고, 가을과 겨울에는 밖에 차가움이 많아지면서 기운이 안으로 모여 그 속에서 머물게 된다. 안의 양기(陽氣)가 빠져나가는 봄과 여름에는 밖으로부터 응결된 음기가 안으로 모여 있게 되고 가을과 겨울에는 온후(溫厚)한 양기가 안에 모여 있게 된다는 것이다.

다시 말하면 바깥 온도가 올라가는 입춘에 오히려 안의 기운은 춥기 시작하여 입하에 얼음이 얼고 하지에 얼음이 굳으며, 하지를 지나 외기가 추워지기 시작하면 입추에 얼음이 녹기 시작하여 입동에 얼음이 다 녹고 동지에 구멍이 비는 현상이 생긴다고 한다. 이것은 천지에서 볼 때 음의 기운이 컸다가 사그라지면서 양이 크고 그러다가 다시 음이 크는 식으로 음양이 번갈아 자랐다가 사라지는 현상, 한번 음이 오면 그다음엔 양이 오는 음양의 왕래 현상이 있기 때문이라는 것이다.

그런데 왜 이곳만 그런가? 이곳은 바위 구멍이 땅속 바닥까지 뚫려 있어 여름에는 땅속에 잠복한 음기가 이를 통하여 나올 수 있다는 것이다. 이 역시 우리가 납득하기는 쉽지 않지만 아무튼 천지의 음과 양의 기운이 번갈아 나오고 사라지는 원리가 이런 데에도 적용된다는 것은 재미있는 일이 아닐 수 없다. 여기서 핵심은 양의 기운이 최고조라 할 하지에 이미 음의 기운이 시작돼 있다고 보는 것이다. 그것은 다른 말로 하면 한참 잘나갈 때 쇠퇴 혹은 쇠망의 기운이 이미 시작돼 있다는 것이다. 음양은 기(氣)에서 비롯된 것이지만 무형의 기(氣)가 유형의 질(質)을 창조하여 이 세상에 존재하는 모든 것은 단 한 가지도 음양(陰陽)으로 분류되지 않는 것은 없으며, 존재하는 것은 무엇이건 음양의 법칙에 지배받지 않는 것은 없다.

일 년의 음양은 동지(冬至)에 양(陽)이 생기기 시작해 점점 자라서 하지(夏至) 바로 전에 양이 최고가 되면서 곧바로 음(陰)이 생겨나서 음이 점점 자라나 동지 전에 극(極)에 달했다가 동지에 다시 양(陽)이 생한다. 동지에 양의 기운이 시작되어 커지다가 하지 바로 앞에서 가장 커지고 하지에는 음의 기운이 시작된다는 것이다. 그래서 동지에 일양(一陽)이 생긴다고 하고 하지에는 일음(一陰)이 생긴다고 한다.

하루를 놓고 보면 밤 12시쯤인 자시(子時)에 일양(一陽)이 일어나서 커지다가 낮 12시인 오시(午時)에는 일음(一陰)이 생하여 커지고 그러다가 밤 12시에 가까워지면 다시 양의 기운이 시작된다. 그것은 음이 지극하면 양이 생기고(陰極生陽) 양이 지극하면 음이 생기는(陽極生陰) 음양의 순환이자 자연의 법칙이다.

이 같은 순환 법칙은 곧 모든 이들에게 잘나갈 때를 조심해야 한다는 교훈으로 다가간다. 조선조 선조 34년(1601) 사간(司諫)인 송영구가 영의정 이항복에 대해 왕 앞에서 칭찬을 많이 하자, 왕은 그것이 지나침을 지적해 송영구를 해직시키면서 "나는 일음의 조짐이 하지에서 시작되는 것을 두려워하였다"고 말하고 있다. 이처럼 세상 일은 지나침이 있어서는 안 된다는 가르침을 이 음양성쇠의 법칙에서 찾고 있다.

추운 겨울 손 비빌 때가 언제였는데 벌써 하지가 지났다. 올해의 반이 지나가고 이미 음이 시작되었다. 그렇다고 이 음은 차갑기 때문에 나쁜 것이 아니라 양과 대립되는 개념으로서의 원리일 뿐이다.

다산 정약용은 〈하지〉라는 시에서 이렇게 읊었다.

　　달은 삼십 일 동안에 겨우 하루만 둥그렇고
　　해는 일 년 동안에 제일 긴 날이 하루뿐이야
　　성쇠란 서로 꼬리를 무는 것이로되 언제나 성할 때는 잠깐이지.

지극히 성하면 곧 쇠한다는 원리, 세상 일을 음과 양의 두 가지 측면에서 치우치지 않게 보고 넘치지 않게 대우하고 행동하라는 지혜를 한여름 의성의 빙계에서 다시 새겨본다.

글쎄 이런 대책이

　세종 25년(1443) 음력 5월 16일, 양력으로 환산하면 6월 상순쯤 되는 날, 사간원에서 왕에게 심각한 가뭄에 대한 대책을 담은 상소문을 올린다. 한발이 나날이 심해져 비가 올 징조가 전혀 없으니 농사를 지어 손해가 나는 땅에 대해서는 조세를 면제하고, 억울한 죄수들을 풀어 주며, 성 쌓는 일 같은 부역은 한꺼번에 하지 말고 나눠서 해야 한다는 것이다.

　여기까지는 통상적인 가뭄 대책이라 할 것인데, 그다음이 의외다.

　경전에 이르기를 '안으로는 원망하는 여자가 없게 하고, 밖으로는 탄식하는 지아비가 없게 한다' 하였으니, 이것은 부부 사이 음양(陰陽)의 화합을 중하게 여긴 것입니다. 이제 나이 어린 여승들이 내심(內心) 정욕(情慾)을 쌓으면서도 밖으로는 절의(節義)를 가장하니, 마음으로는 비록 혼인하고 싶어도 형편이 말을 하기가 어려워서 한숨으로 날을 보내다가 몸을 마치는 자도 혹 있으니, 어찌 숨은 원망이 없다고 말할 수 있겠습니까. 중앙과 외방 관리에게 명하여, 30세 이하의 여승은 머리를 기르게 하여 혼인을 하도록 하는 것이 어떻겠습니까.

말하자면 가뭄 대책으로 젊은 여승을 머리를 길러 혼인을 하도록 해야 한다는 것이다. 상소를 받은 세종은 "재변이 있어서 신하들이 모두 걱정하고 염려하니, 내가 매우 가상히 여긴다. 그러나 이 일은 갑자기 할 수 없으니 마땅히 천천히 생각한 다음에 시행하겠다"며 일단 의정부에서 논의를 하도록 했지만(세종25 계해 5월 16일조), 실제로 여승을 시집보내는 조치는 시행하지 않았다.

영조 33년(1757) 봄, 무서운 한발이 몰아닥쳤다. 시내와 하천이 메마르고 하늘엔 뿌연 먼지만 가득했다. 왕은 이미 감선(減膳, 수라상의 음식 가짓수를 줄이는 것)을 한 지 오래지만 비는 내리지 않았다. 제관을 시켜 두 번이나 기우제를 지냈는데도 비가 오지 않자 임금은 형조에 명해서 억울한 옥살이를 하는 사람이나 경범죄자를 모두 석방하도록 했다. 예부터 억울한 영혼이 하늘에 올라가서 한을 품고 울부짖으면 가뭄이 든다고 믿은 데 따른 조치였다.

동양에서는 가뭄, 홍수 등 천재지변은 하늘이 임명한 임금이 제대로 정치를 하지 못한 데 대한 견책, 곧 '천견(天譴)'이라 했다. 천견이 자주 나타나면 군주는 자신의 덕이 부족한가를 반성하고 검소한 생활을 하며 잘못된 정치를 바로잡아야 그 견책이 풀린다고 믿어 왔다. 백성이 가물어 먹을 것이 없는데 왕 혼자만 맛있는 음식을 먹을 수 없다고 음식 가짓수를 줄이는 '감선'도 바로 이런 가뭄 대책의 하나다.

역사를 더 거슬러 가면 신라 진평왕 50년 여름에 크게 가물자 왕은 시장의 위치를 옮기고 용 그림을 걸어 놓고 비 내리기를 빌도록 했다는 얘기도 있다. 시장이 있는 곳은 음기가 성한 곳이기에 시장을 양기가 성한 남쪽으로 옮기면 비가 내린다고 믿었다. 음양이 합쳐야 비가 온다고 본 것이다.

또한 가뭄 대책으로 왕은 때때로 어사(御史)를 파견했다. 그 옛날 중국 당나라 때 안진경(顔眞卿)이 감찰어사를 맡아 백성의 억울한 옥사를 풀어 주자 비가 내렸다고 하는 '어사우(御史雨)'의 전설이 생겼다. 선조 때는 호조정랑(戶曹正郎)으로 있던 성식(成軾)에게 황해도 어사로 나가게 했다. 성식이 배천군(白川郡)의 오래된 원옥(冤獄)을 공정하게 판결해 주자 곧바로 비가 내렸고, 이에 사람들은 '어사우'가 내렸다며 좋아했다.

앞에 언급했던 영조도 기우제를 지내도 비가 오지 않자 홍양한(洪良漢)을 암행어사로 임명하고는 전국적으로 백성들의 억울함이나 한이 있으면 풀어 주라고 밀명을 내렸다. 어사가 전국을 돌며 백성의 억울한 옥살이, 관리나 권력자의 횡포, 특히 궁궐 내시부가 세금을 더 걷기 위해 뽕나무밭 훼손을 조장하는 것을 알고 왕에게 보고해 이를 시정하도록 하자 비가 내렸다고 한다.

단비가 내리긴 했지만 가뭄 때문에 난리다. 예전에 없던 혹독한 가뭄, 저수지는 바닥을 보인 지 오래여서 모 심을 물은 물론 먹을 물도 모자란다고 아우성이다. 급수차가 동원되기도 하고 가뭄이 더 심한 지역에서는 마을 주민이 모여 기우제를 지내고 있다. 사람들은 지난해 기우제를 지내자 바로 비가 왔다며 올해도 하늘의 응답이 있기를 소망한다.

만일 요즘에 가뭄 대책으로 여승을 시집보내라 했다면 종교에 대한 몰상식과 성차별이라며 성토를 당해도 한참 당했을 것이다. 그런데 당시엔 워낙 하늘만 쳐다보고 살았기에 그런 엉뚱한 대책이 나왔을 것이다. 기후변화와 산업화로 한국도 물 부족 국가가 된 지 오래이며 가뭄이 심각해지면서 물관리 문제가 더욱 중요해졌다.

그만큼 미리미리 물을 아끼고 저장하는 수리대책을 더 확충해 나가야 할 것이다. 그리고 농업 외에 다른 업종으로 전환하는 산업다변화도 장기적 대책의 하나가 될 수 있지 않을까.

맨드라미가 피는 이유

처서를 지나면서 확실히 가을이다. 언제 봄이 있었는지도 모를 정도로 이번 여름은 너무 무더워 곳곳에서 덥다는 비명을 지르다가 전력 예비율 걱정 없다는 소리에 에어컨 팡팡 틀고 지낸 기억만 남아 있다. 그런데 막상 그렇게 이 여름을 지나려니 조금 미안한 마음이 드는 꽃이 있다. 시골의 담벼락이나 울안, 사립문 부근에 많이 피는 맨드라미다.

맨드라미처럼 더운 꽃도 없다. 제 키의 반이 닭 볏처럼 생긴 꽃이다. 무겁게 꽃을 이고 있거니와 그 빛깔도 걸쭉한 붉은빛이니 덥다고 아니할 수 없다. 그러기에 이를 아름답다고 보기보다는 괴상하다고 보는 사람이 대부분일 것이다.

봄에 파종을 하면 7~8월에 가장 꽃이 활짝 피고 때로는 늦가을까지 가는 맨드라미, 다른 꽃처럼 꽃잎이 정돈된 아름다운 형태가 아니어서 누구한테도 예쁘다는 소리 한 번 들어보지 못했을 이 꽃은 그래도 이 여름 무더위 속에서도 아무 불평 없이 머리를 꼿꼿이 들고 기개 있게 더위를 싸워 이긴 장한 꽃이 아니던가.

그 어느 옛날인가, 왕의 신임이 두터운 장군이 있었는데 반란을 꾀하던 간신들이 미리 장군을 모함해 사지에 몰아넣고는 반란을 일으키려 하자, 장군은 간신들의 음모를 깨부수었지만 자신은 부상으로 죽게 됐다. 그런데 그 죽은 자리에 피어난 꽃이 맨드라미라는 전설이 있고, 한여름 최고의 무더위 속에서도 핏덩어리처럼 뻘건 꽃이 머리를 곧추세우고 서 있는 요량을 보면 과연 대단한 장군의 기개를 보는 듯하다. 그러니 꽃말이 열정, 수호, 지킴이로 됐을 터였다.

한여름에 곧게 자라는 줄기 끝 부분에 붉은색이나 노란색의 밀집한 꽃술과 함께 꽃술의 밑이 서로 달라붙어 넓게 주름진 꽃이 피는데, 그 모양이 닭의 볏같이 생겼다고 계관화(鷄冠花), 계두화(鷄頭花)라고도 부르고 영어 이름도 cock's comb, 곧 수탉의 머리빗이라 하여 동서양이 같은 이름을 붙여 준 드문 사례라 하겠다.

사실 맨드라미는 사람들이 자연의 아름다움보다는 위력에 힘들어하는 시기에 피는 관계로 그 덕이 잘 알려지지 않았다. 볼품은 없지만 이 꽃은 부귀(富貴)의 상징이라고 해서 옛 사람들이 뜰 안팎에 많이 심어 왔다. 꽃잎을 따서 술떡인 증편(기주떡)에 살짝 얹어 붙여 모양과 색깔을 내고, 소주에 담가 빨갛게 우려내면 고운 빛깔로 구미를 돋우기도 하며, 환약이나 가루약으로 만들어 토혈, 출혈, 하리, 구토, 거담 그리고 여름철에 자주 찾아오는 설사나 이질

등에 처방되기도 한다.

실제로 맨드라미꽃 말린 것 한 주먹을 물 2홉으로 달여 1홉이 될 정도가 될 때 1일 3회 식간 복용하면 여성의 백대하와 월경불순, 이질에 특효가 있다고 알려져 있다. 또 맨드라미꽃을 줄기와 함께 잎 10g을 말려 가루로 빻은 뒤 물에 달여 하루에 세 번 마시면 3일 안에 변비가 해소되고, 계속해서 오랫동안 복용하면 요통이 낫는다고 알려져 있다. 그러나 양약에 길들여진 도시의 우리가 그러한 효능을 알 턱이 없다.

여름꽃이지만 늦가을까지 꽃이 피는 데서 강인한 생명력이 있음을 알겠는데, 고려 중엽 때 대시인 이규보(李奎報, 1168~1241)까지도 〈맨드라미〉라는 시에서

　의심컨대, 옛날 싸우는 닭이

　문득 강적 만나 힘을 다해 싸우다가

　붉은 볏에서 피가 흘러내려

　화려한 비단 어지러이 땅에 떨어져

　그 넋이 흙과 함께 사라지지 않고…

　我疑昔者有鬪雞

　忽逢强禦至必死

　朱冠赤幘血落

　錦繡離披紛滿地

　物靈不共泥壤朽

라고 해서, 강인한 장군의 전설은 모르고 울타리 밑에서 싸움닭이 싸우다 흘린 피가 다시 살아난 것이 아니냐는 정도의 느낌을 표현하는 것을 보면, 역시 꽃도 외모가 중요하기에 맨드라미가 시인 묵객의 애호를 잘 받지 못한 것처럼 보인다.

그러나 외관으로 홀대를 받는 편인 이 꽃이 없었다면 우리의 긴 여름은 정말 자연의 위력에 순종하는 착한 양만이 존재하는 따분한 여름이 될 수밖에 없었을 것이다. 용감하고 기개 있는 장군 꽃이 존재하기에 여름철 우리는 더위에 항복하지 않고 이를 이겨 내면서 이제 곧 가을이 머지않았다고 스스로 버텨 낼 힘을 얻는 것이리라.

재미있는 것은 흔히 봉숭아와 함께 여름꽃의 대명사가 된 이 맨드라미가 나란히 일본으로 시집을 갔다는 사실이다. 조선조 성종 5년(1474) 12월에 임금이 정구(正球) 등 22인에게 일본에 국왕의 사신으로 보내는 하직인사를 받고 위로주를 내리는데, 이때 사신들의 손에 각종 면포와 인삼, 화문석, 유기그릇 등 토산품과 함께 봉숭아씨 1봉과 양귀비씨 1봉, 맨드라미씨 1봉, 해바라기씨 1봉도 보낸다. 이것이 일본 땅에 우리 봉숭아와 맨드라미가 전해진 최초의 일이 아닌가 하는데, 이때 일본에 건너간 봉숭아와 맨드라미가 일제강점기에 우리 민족의 저항정신을 담은 꽃으로 등장해 사랑을 받는 것은 역사의 아이러니라 하겠다.

어느 시인은 자연이 표현하는 색깔은 그 색깔로 우리에게 말을 걸고 영혼에 위로를 준다고 했는데, 서양 꽃에 밀려 적절한 대접을 받지 못하는 신세가 된 이 진한 붉은 여름꽃을 기억함으로써 우리를 위해 붉은 피를 흘린 선현 열사를 기억하고 아직도 진실을 마주할 줄 모르는 일본 정치인의 오만과 독선을 향한 우리 마음을 더욱 굳게 할 수 있을까? 광복 70년을 기리는 8월이 여름 무더위와 함께 어느덧 지나가고 있다.

9는 신성하답니다

한여름 무더위가 언제 갈 것인가. 무더위에 일없이 쉬는 사람들은 집안에서건 어디서건 훌훌 벗고 몸을 식히면 되지만, 공무에 나서는 사람들은 옷을 차려 입어야 하니 무척 힘들 것이다.

더위에 관한 우스갯소리가 있다. 조선시대 선조 때 비서실에 근무하던 이항복은 장인인 도원수 권율이 관복 안에 제대로 옷을 입지 않고 다닌다는 소문을 듣고는 어느 무더운 날 어전회의 중에 긴급 제안을 한다.

"날이 너무 더워 정신마저 혼미해지니 이래서는 제대로 회의 진행이 어렵습니다. 관복과 관모를 벗고 회의를 진행하면 어떻겠습니까."

높은 용상에 앉아 있지만 덥기야 마찬가지였을 선조도 못이기는 체 이를 윤허하니 신하들이 모두 반기며 관복과 관모를 벗었다. 그런데 단 한 사람 권율은 관복을 벗지 못한 채 얼굴을 붉히고 있었다.

임금도 용포를 벗었는데 도원수만 옷을 벗지 않자 "임금이 벗으라 했는데 어찌 벗지 않는가" 하고 채근하니 얼굴이 홍당무가 된 권율도 마지못해 관복을 벗었는데 요샛말로 팬티에 러닝 차림이 아닌가.

권율이 아무 말도 못하고 얼굴을 붉히고 서 있고 선조와 대신들 모두 당황해하는데 이때 이항복이 재치 있게 한마디 날린다.

"전하, 도원수가 워낙 청빈해 집안살림이 넉넉지 못해 옷도 제대로 못해 입고 다닌다 하옵니다. 도원수의 딱한 처지를 어여삐 여겨주소서."

그제야 이항복의 장난기를 깨달은 선조는 파안대소하며 비단과 무명을 하사했고, 그날 이후 권율은 아무리 찌는 삼복더위에도 의복을 갖춰 입고 다녔다는 것이다.

언제부터가 가을인가 하면 절기상으로는 입추에서부터 입동까지다. 그럼 입추에서 보름이 더 지난 처서(處暑)는 분명 가을이다. 그런데 처서란 말은 무슨 뜻일까. 글자로 보면 서(暑)는 이미 지나간 소서(小暑)와 대서(大暑)를 작은 더위와 큰 더위로 푸는 것에서 보듯 분명 더위를 뜻하는 것인데, 처서는 어떤 더위를 말하는 것인가. 인터넷을 검색하면 여름이 지나 더위도 한풀 꺾이고 선선한 가을을 맞이하게 된다고 하여 '처서'라 불렀다고 풀이하고 있는데, 글자만으로는 그런 뜻이 이해되지 않는다.

그런 쓸데없는 궁금증으로 찾아보니 처(處)라는 글자에는 '휴식하다', '머무르다', '돌아가다' 등의 뜻이 있다. 처서라는 이름에는 더위가 쉬거나 머물거나 돌아간다는 뜻이 들어 있다. 아니면 더위를 다른 곳으로 보내어 처리한다는 뜻도 될 수 있을 것이다. 어떤 뜻이든 처서는 아침저녁으로 제법 서늘한 기운을 느끼게 되는 계절의 분기점이다. 이맘때 농촌에서는 나락이 크는 소리에 놀라 개가 짖는다고 하는데, 그만큼 한창 내리쬐는 땡볕이 따갑지만 공기도 뽀송뽀송해지면서 긴 햇살이 결실을 촉진하기 때문일 것이다.

논과 밭의 작물이 결실기로 들어서는 것과 때를 맞추어 옛날 조선시대 임금들도 초복(初伏)부터 처서까지의 관례적인 휴가(?)를 끝내고 본격적으로 국정에 복귀했다고 한다. 임금의 휴가는 날수로 치면 대략 40일이 채 안 되는 기간인데, 한여름 너무 더우면 업무의 효율성이 떨어질 수밖에 없다는 생각에서 학문 높은 신하들과 경전을 토론하는 경연(經筵)을 중단하고 업무보고도 받지 않는 관례가 있었던 모양이다.

아무튼 사상 최악이라는 불볕 가마솥 더위가 아직 미련을 버리지 못하고 있지만 일단 절기상은 가을이고 달력은 곧 9월이 된다. 9는 가장 큰 양수, 가장 높은 수이기에 예부터 신성한 숫자이며 가장 좋다는 뜻을 담고 있다.

그러기에 왕이나 황제가 거하는 궁궐은 9를 기본단위로 만들어졌다. 중국 자금성의 가장 큰 전각의 높이, 황성의 정문인 정양문(正陽門)의 높이, 둥그런 지붕으로 유명한 천단 기년전의 높이가 모두 9장9척이고, 회음벽 바로 옆의 오래된 측백나무는 9마리 용이 함께 승천하는 것 같다는 뜻에서 구룡백(九龍柏)으로 불린다. 9가 겹치는 9월 9일은 중양절(重陽節)이라고 해서 이날을 중요하게 쇠었다.

중국인들은 자동차 번호판도 낮은 숫자로 시작해 9로 끝나는 것을 좋아한다. 사업이나 인생이 다 잘 되어 가는 형상이라는 것이다.

그러나 9월은 우주의 시간이 여름에서 가을로 바뀌는 때인 만큼 단순히 숫자의 의미를 넘어서서 시간의 변화를 바로 보고 삶에 대한 성찰을 해야 할 때인 것 같다. 9월은 코스모스가 피는 때고, 코스모스는 삶과 죽음이 교차하는 가을을 알리는 꽃이기 때문이다. 어느 시인은 도시의 아스팔트가 인간으로 가는 길이라면 들길은 하늘로 가는 길이라며 코스모스가 많이 피는 9월은 "삶과 죽음이 지나치는 달/코스모스 꽃잎에서는 항상/하늘 냄새가 난다"(오세영, 〈9월〉)고 9월의 가슴을 토해 낸다.

그러기에 이제 9월에는 또 다른 시인처럼 강가에 가서 흐르는 물을 보며 자연이 우리에게 주는 가르침을 가만히 받아들이면 어떨까.

뒤따르는 강물이 앞서가는 강물에게
가만히 등을 토닥이며 밀어주면
앞서가는 강물이 알았다는 듯
한 번 더 몸을 뒤척이며
물결로 출렁 걸음을 옮기는 것을

– 안도현, 〈9월이 오면〉

붉은 소나무

가을 산자락이 서서히 노랗게, 발갛게, 뻘겋게 변했다가 짙은 갈색의 옷을 입고 있다. 변하지 않을 것처럼 멀쩡하던, 공자가 '후조(後凋)'라고 해서 시들지 않을 대표적인 식물로 표현했던 소나무도 여름에 비해 색깔이 짙어졌다. 한여름 왕성하게 무언가를 생산해 낼 때의 푸르름 대신에 이제 추위를 견딜 두꺼운 옷을 만들기 위해 스스로의 피부를 두껍게 하기 때문이리라.

그런 가운데 멀리서 봐도 눈길을 끄는 소나무가 몇 그루 있다. 다른 소나무 몸이 짙은 흑갈색으로 변하는 것과 달리 이 소나무는 몸이 빨갛다. 웬일인가 초점을 맞추고 자세히 보니, 나무 몸을 빨간 담쟁이덩굴이 감고 있는 것이 아닌가. 담쟁이들이 여름에는 그냥 초록으로 감고 있어 그 존재가 드러나지 않다가 가을이 되니 빨갛게 변하면서 마치 소나무의 몸이 빨간 것인 양 착각하게 만든 것이다. 이를테면 '적송(赤松)'인 것이다.

그런데 진짜 적송은 우리나라 도처에 자생하는 소나무 가운데 몸체가 벌건 소나무를 의미한다. 조선시대에는 원래 나무 몸체가 누런 창자처럼 보인다고 해서 황장목(黃腸木)이라 했다. 그런데 일본 점령시대에 '적송'이라는 이름을 받았다. 일본인들이 누런색을 붉은빛으로 보고 붙인 이름을 따른 것이다. 따라서 우리가 우리 소나무를 '적송'이라고 부르는 것은 옳지 않지만 갑자기 다른 이름을 찾아서 붙이기가 어렵다.

  '빨간 소나무', 이렇게 이름을 붙여 보니 일본화에서 보는 소나무 그림 같다. 일본 사람들이 강조하기 위해 특정한 대상을 빨갛게 칠해 놓는 경우가 종종 있기 때문이다. 그런데 사실은 중국이나 우리나라에서 소나무를 빨갛게 칠해 놓는 경우가 있었다. 오래 사는 것을 기원하기 위한 경우였다.

  옛 사람들은 학(鶴)이 천년을 산다고 믿었기에 화폭에 학만을 그리고 이를 천수도(千壽圖)라 했다. 마찬가지로 소나무도 오래 사는 것으로 믿었기에 소나무만을 그리는데, 이를 백령도(百齡圖)라고 했다. 이때 소나무 등걸을 빨갛게 칠한다.

  소나무 등걸을 빨갛게 칠하는 것은 도교에 나오는 적송자(赤松子)라는 신선과 결부돼 있다. 적송자는 우사(雨師)로서 가뭄이 계속되면 지상에 내려와 비가 오도록 하는 좋은 신선이다. 그는 몸이 누런 털로 뒤덮여 있고 다리는 맨살이며, 봉두난발이고 머리 색깔이 붉다고 해 이런 이름을 얻었는데, 오랜 가뭄 끝에 고생하는 대지에 큰 비를 내려 주어 백성과 농작물 모두 크나큰 혜택을 입었다고 한다.

이 신선을 기려 그처럼 오래 살기를 기원하는 뜻에서 소나무만 그리고 그 몸체를 빨갛게 칠했던 것이다. 뭐든지 기상천외한 생각을 잘 하는 중국인이 만들어 낸 전설이지만 눈앞에서 담쟁이덩굴에 덮여 줄기가 빨갛게 된 일종의 가짜 빨간 소나무를 보니 중국의 그런 전설이 다시 눈앞에 펼쳐지는 듯하다.

중국 사람들은 신선 적송자가 인간세계에서 좋은 일만 하고 천상에 올라간 덕을 흠모하고 그를 닮고 싶어했다. 한나라를 통일하는 데 일등공신이었던 장량(張良)은 황석공(黃石公)이라는 노인을 흙다리 위에서 만나, 노인이 일부러 다리 밑으로 내던진 신발을 주워준 인연으로 태공(太公)의 병법을 전수받고 그것으로 한 고조(高祖) 유방(劉邦)이 천하를 통일하도록 해 유후(留侯)라는 벼슬을 받았는데, 그 뒤에 "원컨대 인간사를 버리고(願棄人間事)/적송자를 따라 놀겠다(欲從赤松子遊耳)"라고 말한 후에 곡식을 끊고 신선의 길로 들어간 것으로 사마천의 《사기(史記)》'유후세가(留侯世家)'에 나온다.

이 고사에서 적송자는 공을 이루고 몸을 물리는 대명사가 되어, 벼슬에서 물러나 자연 속으로 돌아가겠다는 선비들이 중국이나 우리나라에서 이를 많이 인용했으며, 심지어 안동 봉정사 극락전의 외벽에는 장량이 황석공으로부터 병서를 받는 광경과 신선 적송자가 바둑을 두는 모습이 벽화로 그려져 있다.

학이 천년을 산다고는 하지만 소나무는 아직 천년 산 것을 보지는 못했는데, 몇 년 전 태풍 때 우리나라 최고의 소나무라 할 충북 괴산 청천면의 용소나무가 쓰러져 결국 회생하지 못한 것을 보거나,

20여 년 전 서울 통의동 백송이 역시 태풍에 쓰러진 것을 보면 아무 래도 소나무의 수명은 천년까지는 가지 않는 것으로 보인다.

이웃 나라 일본은 워낙 산이 깊고 사람의 손길을 타지 않은 데가 많아서 소나무도 수백 년을 산 사례가 적지 않고, 한 소나무는 둘 레가 6.6m로 네 사람이 팔을 뻗어 겨우 닿는 거대한 크기로 수령 700년은 됐다고 전해지기도 하는데, 소나무가 천년을 살지 못한다 고 아쉬워할 것만은 아니리라. 천년을 살든 몇백 년을 살든 우리 인간보다는 오래 사는 셈인데, 우리도 이 생을 몇백 년을 사는 것 이 중요한 것이 아니라 기회가 될 때 남에게 혜택이 되는 삶을 살 고 또 적절하게 물러나는 지혜가 중요한 것이 아니겠는가.

가을이 겨울로 전환되는 이 시간이 언제나 누구에게나 생각과 성 찰을 하게 하는 의미 있는 시간일진대, 자연의 순환 속에서 물러나 는 삶의 의미를 배우는 기회로 삼는 것이 좋다고 하겠다. 눈앞에 펼쳐지는 자연의 예정된, 그러나 엄정한 변화는 그러한 지혜를 말 없이 가르쳐 주고 있고 그 속에서 유독 눈에 띈 가짜 빨간 소나무 또한 그런 것 같다.

명당보다 더 명당

　김영삼 전 대통령이 동작동 국립현충원에 안장될 때 묘소 터에서 알 모양의 바위 7개가 나와 화제가 된 적이 있다. 묘소 위치를 잡은 한 교수는 봉황이 알을 품은 명당이라는 뜻으로 풀이하였다.

　동작동을 국립묘지로 택한 국내 풍수계의 대부 지창룡도 1953년 이승만 대통령의 요청으로 헬기를 타고 후보지를 둘러보다가 관악산으로부터 맥이 뻗어 나온 동작봉 아래로 시선이 꽂히고는 "공작새가 아름다운 날개를 쭉 펴고 있는 공작장익형(孔雀張翼形) 길지였다"고 그의 저서에서 밝혔다. 김대중 대통령의 묏자리에서도 명당에서만 나오는 오색토가 출토되었다는 말이 있었다.

　그런데 옛날에 이 일대에 검붉은 구릿빛 돌인 '동재기'가 많아서 동작동(銅雀洞)이란 이름이 붙여졌다는 설명이 있는 것을 보면, 이 일대에 그런 돌이 제법 있었던 것으로 보인다. 그렇지만 동작이란 말은 그런 돌 때문이라기보다는 중국 삼국시대의 영웅 조조가 만들도록 한 동작대(銅雀臺)라는 누대(樓臺)에서 온 것이 아닌가 생각되기도 한다.

조조가 업성이라는 위나라 수도의 서북쪽 땅에서 찬란한 빛이 나오는 것을 보고 파게 하니 거기서 구리로 만든 참새가 나왔는데, 옛날 순임금의 어머니가 순임금을 임신했을 때 꿈에서 옥으로 된 참새를 얻었다는 전설이 있어 구리로 만든 참새가 곧 황제가 될 길조로 생각해서 거기에 높게 누각으로 된 대를 만들어 즐겼으니, 그것이 곧 동작대다. 실제로 현충원 서쪽 높이 179m의 서달산 정상에 동작대라는 이름의 정자가 있다.

다만 가장 높은 곳에 마련된 박정희 대통령과 육영수 여사 내외 묘역은 호사가들의 입담에 올랐다. 박근혜 대통령을 비롯한 삼 남매가 한때 어려움을 겪자 묏자리를 둘러싼 소문이 돌았다가 박 대통령이 당선되면서 명당 논란의 종지부를 찍었다.

정기가 충만한 좋은 땅을 찾아 조상의 유해를 모시거나 집을 짓고 살면 그 정기에 감응되어 가문이 흥성한다는 풍수설은 진시황의 진나라 때 시작되었다. 주선도(朱仙桃)라는 사람이 《삽산기(揷山記)》라는 책에 명당(明堂) 찾는 비법을 써 놓았는데 신통하게 적중하므로 황실 내에서만 전하게 되었으니, 이것이 바로 《청오경(青鳥經)》이라는 최초의 풍수지리 이론서다. 그 후 한(漢)나라의 장자방(張子房)이 《청랑정경(青囊正經)》을 만들고 진(晉)나라의 곽박(郭璞)이 《장경(葬經)》을 만들어 풍수지리설을 완전히 체계화하여 당나라 이후에 일반화되었다.

그것이 신라 말기 도선(道詵)과 조선조 초기 무학(無學) 대사 등을 통해 우리나라에 전해져 유독 돌아가신 조상의 묘를 쓰는 것에 온 통 정신을 빼앗기게 되어 지관(地官)들에 의한 폐해도 적지 않았다.

일찍이 판서 박기수(朴岐壽)가 수만금을 써서 한 지관을 통해 묏자 리 터를 잡았는데, 또 한 지관이 와서 다른 말을 하는 바람에 좌향(坐向)을 고쳐 장례를 하였다고 한다. 그 후에 박 판서가 대부분 낭패를 당하였으므로 한없이 탄식하였다는 이야기가 조선 말기의 문신 이유원(李裕元)이 쓴 《임하필기(林下筆記)》에 나온다.

이러한 풍수설과 지관의 문제에 대해서는 대학자인 다산 정약용의 〈풍수론〉이란 글을 읽어 보아야 한다.

이른바 길지(吉地)라고 하는 것은, 위로는 부모의 시체와 혼백을 편안하게 하고 아래로는 자손들이 복록을 받아 후손을 번창하게 하고 재물이 풍족하게 함은 물론, 혹 수십 세대토록 그 음덕이 그치지 않는다고 한다. 그렇다면 이것은 천하에 더없이 큰 보배다. 따라서 천만금의 보옥을 가지고도 바꿀 수 없는 것이 자명하다. 지사(地師, 지관)가 이미 이런 큰 보배 덩어리를 얻었다면, 어째서 자기 부모를 그곳에다 몰래 장사지내지 않고 도리어 경상(卿相)의 집으로 달려가서 이를 바친단 말인가…. 이것이 내가 깊이 믿을 수 없는 점이다.

다산은 또 말한다.

실제로 풍수설을 완성한 곽박(郭璞)은 죄 없이 참형을 당한 뒤 시체는 물속에 던져졌으며, 도선과 무학 등은 모두 중이 되어 자신의 종사(宗祀)를 끊었으며, 이의신(李義信)과 담종(湛宗)은 일점 혈육도 없다. 지금도 이런 사람들과 생각을 같이하는 사람들은 거의 모두 일생토록 빌어먹고 사는가 하면 자손들도 번창하지 못한다. 이것은 무슨 이치인가. 지사의 아들이나 손자로서 홍문관 교리나 평안도 관찰사가 된 사람을 몇 명이나 볼 수 있는가?

현대 풍수학자인 최창조 전 서울대 교수는 국립현충원에 대해서 "이타심의 최고봉이 모셔진 자리이기에 그것만으로도 명당이라고 할 수 있다"고 했다. 그는 특히 현충원 입구에서부터 평탄하게 펼쳐져 있는 사병 묘역이 최고 자리라고 봤다. 조국을 위해 몸을 던진 사람들의 마음이 모여 있으므로 최고의 명당이란 말일 것이다. 따라서 현충원에 가서는 병사들의 묘비 하나하나에 담겨 있는 고귀한 희생을 배우고 기릴 일이지, 어디가 명당이냐고 따지는 것은 무의미하다는 뜻일 것이다.

자기 한 몸을 위해 선거 때 조상의 묏자리를 옮기고 잘된 사람이 얼마나 있겠으며, 또 옮길 곳은 어디에 있겠는가?

또 다른 준비

　　겨울을 재촉하는 강한 바람에 가지에 매달려 있던 나뭇잎이 우수수 떨어져 나간다. 마지막 잎새가 언제 떨어질지 위태롭기만 하다. 이를 보는 우리 가슴은 마치 이 세상이 끝나는 것처럼 처연해진다. 그런데 나희덕 시인은 이런 때를 맞아서도,

> 그러나 세상에 남겨진 자비에 대하여
> 나무는 눈물 흘리며 감사한다.
>
> 　　　　　　　　　　　　　　　　　　　　　 - 〈11월〉

라고 쓴다. 어떻게 이 초겨울에 세상에 자비가 있고 나무가 그것에 감사할 수 있단 말인가.
　　"어허, 벌써 올해도 마지막 달로 접어들고 있네."
　　이런 탄식이 한해 마지막 달을 맞는 사람의 입에서 줄을 잇는다.

11월은 가을에서 겨울로 변하는 환절기이지만 계절과 계절 사이의 '간절기'이며, 거창하게 시작한 우리의 일 년이 또 덧없이 지나갔음을 다시 확인해야 하는 쓰라린 때이기도 하다.

"11월엔 생이 마구 가렵다"고 황지우 시인이 말했는데, 우리 누구도 가렵지 않을 리가 없다. 엄마의 치맛자락을 붙잡은 아이의 손처럼, 이별을 앞둔 연인의 맞잡은 두손처럼, 그렇게 깊고 짙어지던 가을이 어느 순간 우리 손을 탁 놓아 버릴 것 같은 불안감 때문이리라.

사람들은 오는 겨울을 견디기 위해 마음의 빗장을 서두른다. 그러나 견뎌야 할 것은 계절만은 아닌 것이, 불황이네 불경기네 하면서도 오르는 물가에다 우리나라 간판 기업의 좌절이나 몰락, 거기다가 풀릴 줄 모르는 정치적 혼돈으로 우리 마음의 추위가 더 무서워지는 것이다.

이런 계절이 되면 작가 오 헨리의 단편소설 〈마지막 잎새〉가 머리에 떠오른다. 병상에 누워 창밖 담장에 걸려 있는 담쟁이의 마지막 잎이 떨어지면 자신의 생명도 끝날 것이라며 죽음을 기다리던 소녀. 학창시절 교과서에 실린 소설의 이 대목을 읽고 밀려오는 막막함이 초겨울 막 눈을 뿌리려는 침침한 하늘 그대로인 것처럼 한숨을 쉬어 보지 않은 사람이 없었으리라.

우리 대중가요에도 이런 분위기가 있다. "그 시절 푸르던 잎 어느덧 낙엽 지고 / 달빛만 싸늘히 허전한 가지… 그 얼마나 참았던 사무친 상처길래 / 흐느끼며 떨어지는 마지막 잎새"(배호, 〈마지막 잎새〉)

라는 노랫말이 그것이다. 이 멋진 노랫말은 포항 출신의 정문(본명 정귀문) 씨가 만들었다. 학창시절 교장선생님의 딸을 좋아했는데, 교정에서 떨어지는 플라타너스 낙엽을 보며 이런 시를 지었다고 하니 일찍부터 감수성과 재능이 뛰어났던 모양이다.

그렇지만 소설 〈마지막 잎새〉는 절망의 상징이 아니라 희망이자 생명이었다. 소녀를 위해 몰아치는 비바람을 뚫고 밤새 담장 위에 떨어지지 않는 푸른 잎을 그려 놓고 세상을 떠난 늙은 화가가 있었던 것이다. 그 푸른 잎을 보며 소녀가 희망을 되찾고 다시 살아나지 않았던가? 그러기에 몇 년 전 중국 지린성 창춘(長春)시에서는 뇌종양 말기의 한 소녀를 위해 병원 관계자들이 마치 베이징 톈안먼 광장에서 중국 국기를 게양하는 양 연극을 해서 소원을 풀어 준 사건이 '중국판 마지막 잎새'라는 제목으로 알려지기도 했다.

나무에서 잎이 떨어져 나가는 것을 마지막이나 종결로 보는 것은 서양의 직선적 우주관에 의한 일방적인 관점일 수 있다. 동양의 순환적인 우주관은 나뭇잎이 떨어진다고 세상이 그대로 끝나는 것이 아니라고 말하고 있기 때문이다. 서양식으로 생각하면 봄은 탄생이고 여름은 성장이고 가을은 결실이고 겨울은 소멸이지만, 동양식으로는 봄부터 가을까지가 탄생과 성장과 결실인 것은 같지만 겨울은 소멸이 아니라 또 다른 봄의 탄생을 위한 저장과 비축인 것이다. 유명한 천자문(千字文)의 앞부분처럼 추위가 왔다가면 더위가 오며(寒來暑往), 가을엔 거두고 겨울엔 갈무린다(秋收冬藏). 그러기에 늦가을에 떨어지는 마지막 잎새는 그것이 생명의 끝이 아니다.

이제 얼마 안 있으면 또 다른 생명이 잉태된다. 그 생명들이 다시 태어나서 우리와 세상을 즐겁게 할 것이 아닌가, 그런 준비를 위해 이 낙엽은 얼마나 숭고한 임무를 수행하고 있는가, 이런 생각을 하다 보면 간절기의 낙엽은 슬픈 것이 아니라 또 다른 기쁨을 위한 준비이자 자기 완결이다. 오직 절망만이 있는 것 같은 눈앞의 정치 현실에 대해서도 그것을 보는 눈, 보는 마음에 따라 달리 보일 수 있다.

모든 권력에 4년이건 5년이건 주기를 둔 것도 바로 그런 뜻이리라. 우주에 봄 여름 가을 겨울이 있듯이, 그 겨울이란 것이 끝이 아니라 봄의 새로운 탄생을 위한 '위대한 포기'이며, 새로운 시작을 위한 준비라는 것, 그래서 나뭇잎이 떨어져 아무것도 남지 않는 듯한 이 계절을 우리가 두려워하거나 절망할 필요가 없다는 것이다. 나라 곳곳에서 드러나는 수많은 부정과 부패, 권력형 비리 현상 등 부패하고 썩은 것을 보면서도 안심할 수 있다. 썩고 있음을 알게 된 것은 아직도 썩은 것을 도려 낼 수 있다는 뜻이 되기 때문이다.

새벽과 봄날은 꼭 와야 하고, 또 올 것임을 우리는 믿고 있다. 이즈음 우리 주위 곳곳에서 볼 수 있는 나목(裸木)들은 자신의 옷을 스스로 벗어 버리며 자연과 우주의 깊은 뜻을 가르쳐 주는 스승이 아니겠는가.

우리에게 필요한 것은 버리는 것을 아는 것이다. 권력도 돈도 명성도 때가 되면 버릴 때에 영원히 자기 것이 되고 자신도 살 수 있음을 아는 것이다. 그것이 마지막 잎새가 가르쳐 주는, '세상에 남겨진 이 우주의 자비'인 것이다.

우주의 전환

　　동해의 떠오르는 아침 해 방향을 바라보며 깊은 법열에 들어 있는 석굴암 본존상, 인류가 구현해 낸 최상의 석조 걸작의 하나로 평가받는 이 본존상이 앉은 방향에 대해 미술사학자 황수영(黃壽永) 박사는 문무대왕의 대왕암이 있는 동해구를 바라보고 있다는 견해를 밝힌 적이 있다. 이에 우리는 그렇게 생각해 왔다.

　동해의 대왕암과 석굴암을 호국불교, 왜(倭)의 침략에 대한 수호, 진골 김씨 왕조의 안녕을 비는 기복신앙, 김대성이 전세의 부모를 위해 지었다는 설화 등을 근거로 삼고 있다. 그런데 그 뒤에 정확하게 방향을 측정한 결과, 석굴암 본존상의 방향은 '동동남 29.4도'이고, 그곳에서 대왕암의 위치는 '동동남 28.5도' 인 것이 밝혀졌다.

　작은 차이인데 그게 그것 아닌가 하지만, 그건 아니다. 생전의 삼불(三佛) 김원용 박사는 석굴의 위치 선정은 '호국용'이 아니라 어떤 정신적 성격일 것이라며 황수영 박사의 입장을 받아들이지 않았다.

이어 서울대 남천우(南天祐) 박사가 석굴의 정확한 방향은 동짓날 해 뜨는 방향과 일치한다는 견해를 발표한 이후 많은 사람들이 이에 동감하고 있다.

예부터 중국과 우리나라에서는 동짓날을 한 해의 끝이 아니라 새해의 시작으로 보았고, 그래서 동짓날 아침 해가 뜰 때 왕과 신하들이 떠오르는 태양에 예배를 올려 그 해의 안녕을 기원하였다. 그러기에 신라인들은 석굴암 부처님이 한 해를 시작하는 아침에 떠오르는 태양을 향해 앉으시어 그의 위력으로 바다의 독룡(毒龍)을 제압하고 온갖 귀신들을 항복시켜 나라와 백성의 평안과 안전을 지켜 주시기를 기원하였을 것이라는 해석이며 이것이 보다 자연스러워 보인다.

유럽에서는 성탄절이 동지 축제를 대신하고 있는데, 신약성서에 예수가 탄생한 날짜가 나오지 않는데도 12월 25일을 크리스마스로 기리는 것은 초기 기독교가 페르시아 미트라교(Mithraism)의 동지 축제일이나 태양 숭배 풍속을 이용해서 예수 탄생을 기념하게 한 것에서 비롯되었다. 천문학적으로 동지가 되면 해가 방향을 틀기 위해 사흘간 멈춰 있다가 사흘 뒤인 12월 25일에 비로소 움직이기 시작하므로 이 날을 예수 탄생일로 기린다는 것이다. 기독교가 움터 자란 로마제국의 경우 농경민족인 로마인의 농업신 새턴(Saturn)의 새턴네리아 축제가 12월 21일부터 31일까지 성했고, 그중 25일이 특히 동지 뒤 태양 부활일로 기념된 날이었다고 한다.

동서양의 이런 관념을 종합해 보면 일 년 중 밤이 가장 길고 낮이 가장 짧은 날인 동지는 태양으로 볼 때 한 해의 끝을 지나 새해를 시작하는 기점이었다. "동짓날에는 태양이 남쪽 끝에 있다(冬至之日 日南極)"고 《춘추좌전(春秋左傳)》 주소(注疏)에 있듯이 동지는 낮 길이가 가장 짧은 날이기에 태양이 죽음으로부터 부활하는 날이라고 할 수 있다. 이로 해서 새로운 생명의 기운이 생겨나고 생물이 꿈틀거리기 시작하는 날이기도 하다.

역사상 주역에 가장 달통한 학자로 알려진 송(宋)나라의 소강절(邵康節)은 동짓날 한밤중 자시(子時) 반에 하나의 양기가 처음으로 나온다고 주창하여 이 설이 정설이 되었다. 낮의 길이를 기준으로 생각해 보아도 동지야말로 그동안 자라던 음이 끝나고 양이 시작되는, 말하자면 새로운 음양의 전환으로 새로운 기운이 시작하는 때라고 할 수 있다. 실제로 중국의 《역경(易經)》에서는 태양의 시작을 동지로 보고 동지의 괘를 복괘(復卦)로 삼았다.

복괘라고 하면 맨 밑에 막대기가 하나 있고 그 위로 중간이 터진 막대기 다섯 개가 나란히 위로 쌓여 있는 괘인데, 그 모양에서 보듯 꽉 찬 음(陰)을 뚫고 막 양(陽)이 자라기 시작한 형상이다. '복(復)'은 '돌아온다'는 뜻인데, 본래 상태로 회복됨을 의미한다. 이것은 '위에서 극에 달하면 아래로 돌아와 다시 생한다'는 역리(易理)에 근거한 것으로 나무 열매 속에 들어 있던 씨앗이 땅에 떨어져 새로운 생명을 싹틔우는 상황으로 비유될 수 있다.

그러기에 중국 주(周)나라에서는 동지가 있는 11월, 곧 동짓달을 정월로 삼고 동지를 설로 삼았다. 그런데 태양력은 동지 후 8~9일이 있어야 새해가 되며 음력은 보름 정도 있어야 새해가 되니, 그것은 밤낮의 길이만으로 보면 동지가 분기점이지만 계절이라든가 추위, 하늘의 기운의 성장 등을 감안하면 동지에서 며칠이라도 지나가야 새해로 계산할 수 있는 모양이다.

우리가 잘 모르는 말 중에 동지를 '천근(天根)'이라고도 한다. 원래 동지는 영어로 Winter Solstice라고 해서 태양이 가장 남쪽에 가 있다가 다시 북으로 방향을 틀기 위해 잠시 정체되는 극점을 의미하는데, 천근이라고 할 때는 the Heavenly Phallus라고 해서 하늘의 기운이 남성의 성기가 뻗치는 것처럼 뻗쳐오르는 순간을 뜻한다. 태양이 다시 자라기 시작하는 것이니까 결국은 '복(復)'과는 같은 개념인데, 이것을 천근이라고 부르는 것이 재미있지 않은가?

일 년 중에서 가장 낮이 짧다가 다시 길어지는 동짓달, 얼어붙어 있는 지표(地表) 아래에 하늘의 새로운 기운이 마치 새로 태어나는 생명처럼 부활하고 있다. 굳이 주역의 설명을 빌리지 않더라도 연말은 곧 천지의 마음이 드러나는 때라고 하겠다. 우주의 가장 단순하면서도 심오한 이치는 "한 번 음이 되고 한 번 양이 되는 것으로서 그것이 바로 도(道)"라는 것이다. 음양의 순환이야말로 가장 위대하고 가장 보편적인 자연의 법칙이자 세상의 큰 이치이기에 우리는 우주가 전환하는 이 시점에서 한번 멈추어 서서 자신과 사회와 나라를 돌아보고 거기서 새로운 출발점을 찾는 것이다.

속도를 낮추세요

내가 살고 있는 동네는 환경이 쾌적한 편이다. 북한산과 이말산 두 산자락의 자연지형을 따라 대부분 12층 미만의 아파트들이 세워져 있기 때문에 산과 숲을 간간이 볼 수 있고 등산이나 산보도 할 수 있는 등 이점이 있다.

그런데 골치 아픈 문제가 있으니 그것은 폭주족의 횡포다. 서울시내 쪽에서 나올 경우 불광동과 연신내를 지나 은평경찰서가 있는 언덕을 넘으면 그때부터는 길이 반듯하고 차량도 많지 않아 운전사들이 억눌린 운전 본능을 되살리려는 듯 속도를 내기 시작한다. 하나고등학교 바로 전 네거리부터는 아파트가 끝나고 더욱 속도를 내기 시작하고, 특히 주말이나 명절 전 새벽에는 폭주족이 높은 엔진 소리를 내며 마구 달린다.

이 문제를 해결하는 방법으로는 차량 속도를 낮추는 것이 좋겠다는 생각에 시속 60km로 되어 있는 차량 속도제한을 시속 50km로 낮추어 달라는 청원을 구청에 했다. 구청에서는 경찰 소관이라 하고, 은평경찰서에서도 금방 추진하지는 못했다. 민원이 들어와도 내부 검토나 예산 확보에 시간이 걸릴 것이기에 그러려니 했다.

때마침 경제협력개발기구(OECD) 한국대표부가 "한국의 도심 기본 속도인 시속 60~80km는 너무 높다. 이를 50km로 변경해야 한다"는 내용을 담은 '한국 교통사망사고 감소 및 안전성 제고 방안' 보고서를 내놓았다. 나로서는 천군만마 원군이었다.

OECD 보고서를 보면, 한국은 도심과 비도심을 구분하지 않고 일반도로의 속도를 시속 60~80km 이하로 일률 규정하고 있는데 베를린, 취리히, 빈, 파리, 암스테르담 등 유럽의 주요 도시는 전체 차량 속도를 시속 30km 이하로 제한하고 있고, 유엔은 2020년까지 교통사고 사망자를 2010년 대비 절반으로 감축시키기 위해 도심 속도를 시속 50km 이하로 낮출 것을 강력히 권고하고 있는 만큼 한국도 그렇게 하라는 권고였다.

이러한 내용을 첨가해 다시 청원했다. 우선 이 지역은 뉴타운, 곧 주택지구이고 길가에는 한옥마을, 박물관, 고등학교 등이 세워져 있다. 일종의 모범 주택지구라 하겠는데, 그런데도 시속 60km를 그대로 고수하는 것은 쾌적한 생활환경을 제공해야 하는 행정당국으로서는 책임회피라는 점을 호소한 것이다.

그러한 청원이 받아들여져 드디어 하반기부터 동네의 제한속도가 시속 50km로 낮춰졌다. 교통신호등과 표지판 등 모든 교통시설에 반영됐고, 과속 측정 장비도 보강됐다. 조정된 속도를 지키며 운전해 보니 처음에는 답답하고 불편해 보였으나 천천히 시야를 확보하며 안전운행을 할 수 있어서 사고 위험이 줄어들 것 같았다. 실제로 차량 소음도 크게 줄어들어 그전보다는 환경이 쾌적해졌다.

한국의 도심 운전 속도가 다른 나라에 비해 높은 것은 2~4차선의 도로 폭에 따라 경찰이 일률적으로 속도를 부여하기 때문이다. 그런데 차량 운행 속도를 높인다고 도로 흐름이 좋아지는 것은 아니라고 한다. 프랑스의 연구 결과를 보면, 도심 일반도로 속도가 시속 50km일 때 교통이 가장 원활한 반면, 시속 60~80km 때는 오히려 교통 흐름이 느려지는 것으로 분석됐다. 반면 평균속도가 5% 증가할 때 사고 위험은 20%씩 늘어나는 것으로 나타났다.

OECD 보고서는 제한속도를 낮추는 것은 물론 회전교차로, 둔덕, 굴곡, 차선 삭제와 협소화, 교통섬, 속도표시기 등의 설치를 확대해 운전자가 자발적으로 속도를 준수하도록 유도할 필요가 있다고 지적했다. 특히 보고서는 "속도의 위험성에 대해 국민에게 정확히 알리되, 과잉속도에 대해서는 무관용 정책을 추진해야 한다"고 한 것이 눈에 들어온다.

프랑스는 규정속도 50km/h를 초과해 달리다가 두 번 적발되면 징역형을 받는다고 한다. 속도제한은 운전의 자유에 대한 속박이 아니라 운전자와 보행자, 나아가 길거리 주민의 안전과 품위 있는 삶을 위해서도 꼭 지켜져야 할 규범이라는 인식이 필요하다는 얘기다.

이렇게 속도 문제를 다루다 보니 우리가 그동안 너무 빠르게 달리는 데만 익숙하고 남의 과속에도 관용을 베풀어 사고를 유발한 측면이 있다는 반성이 들었다. 고속도로에서 속도 제한을 지키는 것이 답답하다며 과속하는 것은 그동안 경제건 사회건 뭐든지 남보다 먼저, 남보다 빨리 해야 한다는 습관적 강박관념, 나만 이기면 된다는 이기주의의 결과라면, 이제는 나 혼자만이 아니라 이웃, 주민, 국민 모두 같이 규율을 지켜야 함께 잘 사는 사회로 갈 수 있다는 생각을 해야 한다는 것이다. 그것을 지금까지는 이웃에 대한 배려라는 말로 개인의 선의에 맡겨 왔다면 이제는 행정력으로도 제한해야 한다는 얘기가 된다.

정치도 그렇고 경제도 그렇다. 나만 먼저 가려다 보니 가족도 이웃도 뒤처지고 문제가 생긴다. 나만 잘 달리면 된다고 생각했는데, 그러다 보니 미세먼지와 소음이 늘어나고 대기환경이 나빠져 나에게 되돌아온다. 나만 생각하다 보니 내 생각만 옳다는 아집과 자기합리화로 사회가 다시 분열된다.

차량 제한속도를 10km 낮추고 보면 우리는 보다 큰 깨달음을 얻게 된다. 생각의 속도도 낮추자는 말을 하고 싶다. 나만 옳고 나만 잘 먹자는 것은 이제 가능하지 않다. 내 생각, 내 욕심을 낮춰야 같이 오래 잘 산다는 것을 깨닫자는 것이다.

제2부
문화란 것은

문화가 피어나는 나라

10월은 문화의 달이다. 음악, 미술, 연극, 영화, 무용 등 문화예술 전 분야에서 공연, 전시, 축제 등이 화려하게 펼쳐지는데 중앙정부나 지방정부, 또 각종 단체들이 총력지원을 하고 있어 내용면에서도 풍성하기 이를 데 없다. 과연 10월이 문화의 달임을 실감하겠다.

문화의 달이 지정된 것은 1972년이다. 문화예술에 대한 국민의 이해와 참여율을 높이기 위해 마련된 제도인데, 어언 46년이나 되었다. 말하자면 성년의 나이인 스무 살을 지나도 한참 지났는데도 문화의 달이네, 문화의 날이네, 문화가 있는 날이네 하면서 여러 행사를 떠들썩하게 하는 것을 보면 역설적으로 문화가 아직 우리 생활에 가까이 온 것은 아닌 모양이다.

문화란 말의 영어 어원인 Culture는 원래 재배, 경작을 의미하는 라틴어 Cultura에서 파생되었다고 알려져 있는데, 처음에는 본래 의미인 경작, 돌봄이라는 뜻으로 사용되다가 16세기 초부터 본래 의미가 점차 인간의 발전 과정에까지 이르게 되어 18세기 말부터는 현재와 같은 의미의 독립된 명사로 쓰이게 되었다.

그렇지만 이 Culture가 '문화(文化)'라는 동양의 단어로 정착된 것은 근대 일본 메이지(明治) 시대에 활약한 쓰보우치 쇼요(坪内逍遙)라는 번역가가 처음 쓴 데서 비롯된 것으로 알려져 있다. 영국의 문호 윌리엄 셰익스피어의 모든 작품을 일본어로 번역한 사람으로 유명한 이 쓰보우치가 영어로 된 문학작품을 일본어로 번역하는 과정에서 자연의 경작을 뜻하는 이 단어를 사람들에게 글(文)을 알게 하는 문화(文化)라는 단어로 바꾸어 표현했고, 그것이 우리나라에도 전해져 오늘에 이른 것이라는 설명이다.

우리는 지금 문화 중흥을 외치고 있다. 한류를 세계로 확산시키고 싶어한다. 김구 선생의 소망처럼 우리나라가 무력으로 세계를 점령하는 것 대신에 향기로운 문화의 힘을 세계에 전하고 세계인들로부터 문화대국으로 존경받고 싶어한다. 그러기 위해서 문화의 날을 기념하고 각종 문화 관련 행사에 온갖 지원을 아끼지 않고 있다.

그런데 조금 생각해 보면 문화라는 단어는 농업, 자연을 경작하고 재배하는 과정에서 형성되었다는 점이다. 농업에서 하나의 작물을 잘 심어 가꾸면 그것이 성숙해서 좋은 향기가 난다. 그것이 곧 문화라고 한다면 문화는 곧 향기를 품어내는 작물을 가꾸는 일과 마찬가지다. 향기라고 할 때의 향(香)이란 글자를 뜯어 보면, 벼 화(禾) 밑에 해를 뜻하는 날 일(日)이 있어서 벼가 해에 잘 익어 저절로 나오는 익은 냄새라는 뜻이 된다. 그런데 어떤 사람들은 이 '日'자가 달고 맛있다는 감(甘)자의 변형으로, 쌀로 밥을 지을 때 풍기는 냄새가 달콤해서 입맛을 돋운다는 데서 향기롭다는 글자가 나왔다고 한다.

실제로 근대 조선왕조를 이끈 고종은 대원군에 의해 경복궁이 중건된 이후 후원에 있는 향원정(香遠亭)의 편액을 직접 썼다. 이때 향이란 글자의 날 일(日)자를 달콤하다는 감(甘)을 쓴 것이 서울대 규장각에 전해 오고 있다. 향원정은 북악산과 인왕산을 배경으로 서 있는데, 위태로운 시대에 새롭게 국정을 잘 펴고 싶다는 염원이 담겨 있다.

향원이란 말은 원래 중국 송(宋)나라의 성리학자 주돈이(周敦頤)가 연꽃을 칭찬하면서 쓴 〈애련설(愛蓮說)〉에서 "향기가 멀수록 더욱 맑다(香遠益淸)"라는 글귀에서 따온 것으로, 다른 한문에서 보는 "맑은 향기가 멀리까지 풍겨온다(淸香自遠)"라는 사자성어도 같은 뜻이 된다. 다만 이때는 연꽃이 아니라 난초의 향기가 멀리까지 풍긴다는 뜻이지만, 어느 것이든 향기가 멀리까지 전해지는 것, 그것이 바로 문화요 예술이라고 할 수 있다.

'높은 문화의 힘'은 곧 삶의 힘이며 지금과는 또 다른 것을 갈망하는 끈질긴 생명력이라고 할 수 있겠다. 한 알의 벼가 익어 맛있는 밥이 되어 멀리까지 향기를 내뿜으려면 씨를 심고 쌀로 길러 이 쌀에 물을 붓고 불을 때야 맛있는 밥이 되는 법이다. 즉 문화의 향기를 맡으려면 문화예술인들이 갖고 있는 생각을 마음껏 발휘할 수 있도록 이해하고 아끼고 키우고 도와주어야 한다는 말이다.

더구나 오늘날은 발달한 전자기기, 전자매체에 의해 모든 사람의 생각과 말과 행동이 곧바로 노출되고 전파되고 있으며 그러한 것들이 오히려 인간성을 제약하는 시대로 변하고 있다. 자율과 개방을 통해 서로 다른 문화를 흡수하고 새롭게 만들어 갈 수 있도록 하자는 것이 오히려 지나친 대중문화의 범람으로 인간성의 실종으로까지 이어지고 있는 시대 아닌가.

"현대의 매스커뮤니케이션은 인간을 획일화하며 독자적인 사고를 제약하고 행동이나 의욕, 또는 창의력을 상실케 했기 때문에 이른바 틀에 박힌, 획일화된 인간을 만들었다. 예술은 비인간화된 기술 때문에 고갈된 생명력과 에너지를 다시 한 번 부활시켜야 한다."

미국 문명비평가인 루이스 멈퍼드가 한 이 말은 우리가 왜 문화예술인들의 창조적인 활동을 지원해야 하는지를 설명하고 있다. 지금이라도 우리는 잠시 멈춰 서서 문화가 무엇인지, 문화예술이 왜 중요한지, 우리가 문화예술인들에게 어떻게 해야 하는지를 곰곰 생각해 보아야 할 것 같다.

말로만 '문화창조'

　　문화창조를 통한 문화융성이 21세기 우리의 살길이라고들 한다. 문화창조에 힘을 기울이라고 언론들은 연일 목이 멘다. 문화융성위원회는 뭘 하느냐는 목소리도 있다. 그런데 문화창조, 문화융성을 외치는 목소리도 크고 관련 단체나 조직도 수없이 많은데 문화창조는 잘 안 되고 있다는 목소리 또한 작지 않다.

　　왜 그럴까? 나는 언론에 문제가 있고 언론의 책임이라고 감히 단도직입적으로 밝히고 싶다. 도대체 언론의 주요 간부나 책임자, 혹은 일선 기자들도 문화에 대한 애정, 아니 인식이 있는가 하는 것이다.

　　가까운 예로 이탈리아 밀라노에서 5월에 개막하여 6개월 동안 열린 엑스포 문제다. 이번 엑스포의 주제가 '지구 식량 공급, 생명의 에너지(Feeding the Planet, Energy for Life)'여서 우리나라도 '한식, 미래를 향한 제안 : 음식이 곧 생명이다'를 주제로 한국관을 열고 전시에 들어갔다. 그런데 그 개막 소식이 전혀 보이거나 들리지 않았다.

엑스포 반대 시위 소식만 전할 뿐, 어떤 것들이 전시되었고, 그것이 잘 되었는지 잘못 되었는지는 전혀 알 수가 없다. 그만큼 우리 뉴스에서는 관심 밖의 일이었다. 이래서 문화창조가 되겠는가?

물론 언론의 문제만은 아니다. 정부 당국도 준비하는 데 약간의 차질이 있었다. 통상적으로 엑스포 준비는 산업통상자원부의 몫이어서 이번 밀라노 한국관 전시도 '한식 세계화'라는 테마를 산업적 관점에서 접근했다고 한다. 그런데 지난 정부에서도 경험했듯이 산업적으로 접근하다 보니 예산을 많이 쓰고도 진척이 잘 안 되더라는 것이다. 전시는 산업이지만 음식은 문화이기에 문화로 접근해야 했던 것이다.

엑스포 전시장 한국관을 소개하는 일부 기사들을 보니, 전시관 외형을 거대한 달항아리로 형상화했고 특히 전시관 바닥에 수많은 항아리를 설치한 작품이 단연 눈에 띈다. 일 년을 상징하는 365개 항아리는 땅과 접하고 있고 각각의 항아리 구연부에는 사계절의 영상과 한식의 숙성 과정이 비디오 아트 방식으로 보여지고 있다. 전체적인 배열방식은 과거 백남준 선생이 파리 퐁피두센터에서 텔레비전 수상기 300대를 옆으로 줄을 지어 눕히고 프랑스를 상징하는 삼색기를 비춰 주던 작품을 연상케 한다. 관람객들에게 한식의 건강함을 알게 하고 이를 느끼도록 보여 주는 방법이 문화적 · 예술적 방식으로 만들어진 것이다. '21세기는 모든 것이 다 문화다'라는 명제에 맞춘 개념이라고 하겠다.

세계에서 크게 성공한 일본 음식점 중에 '노부'라는 것이 있다.

런던에 있을 때 보니 음식은 나오는 양이 정말 소량이고 맵시, 볼거리 그리고 미학적인 배열로 영국인들의 호응을 얻는 것을 보았다. 그때까지 우리 한식을 내는 방식이 가짓수 위주에다 단순 나열 형식이었다면 그때 노부의 음식 내는 법은 일종의 패션쇼를 보는 느낌이었다. 음식도 문화와 예술로 승화된 것이다.

2000년 10월 영국 엘리자베스 여왕이 이탈리아를 방문했을 때 언론들은 여왕 방문을 톱뉴스로 전하면서 여왕의 핸드백, 구두, 드레스, 코트 등 옷차림에서부터 음식까지 철저히 해부하고 그 장점을 치켜세웠다. 그런 열정이 패션의 나라, 멋의 나라를 만들어 가는 힘인 것이다.

언론의 책임을 지적한 것은, 이제 정치나 경제, 사건 위주로 보도하던 언론 보도 행태도 21세기에는 이 시대의 화두인 문화, 여가, 창조, 인간적인 생활 위주로 바뀌어야 하며, 그러기 위해서는 뉴스에 대한 가치기준이 바뀌어야 한다는 것을 말하고 싶어서다. 밀라노 음식엑스포가 열리면 거기서 얼마든지 세계 각국의 아이디어 경연을 볼 수 있고 음식과 철학, 음식과 예술이 어떻게 결합되고 있는지도 살필 수 있다. 주요 사건 현장에 특파원을 보내듯 이러한 현장에 특파원들이 대거 가서 전 세계인들의 문화 전쟁, 생활 전쟁을 유심히 보고 이의 장단점을 지적하고 알려야 한다.

스마트폰 신제품 발표회가 열리면 미국이건 어디건 열심히 쫓아가지만 그동안 우리의 기능이나 디자인이 미흡하다는 지적을 받은 것은 인간에 대한 생각과 고려, 사람들의 편함에 대한 고려, 아름다음에 대한 안목이 그만큼 부족했기 때문이라는 지적도 있었다. 정치, 경제, 사건 이런 곳만 따라다니다 보면 그만큼 나쁜 면을 조장하는 역기능이 우려된다.

인간의 자유로운 상상력, 표현력, 창조력, 이런 것들은 문화에 대한 우선순위가 올라가지 않으면 피어날 수 없다. 뉴스에서 문화예술에 대한 인식과 가치평가가 달라지지 않으면 문화창조는 정말로 가기가 쉽지 않은 험한 오솔길이 될 것이다.

드러내지 않아도

한동안 젊은 여성들이 핸드백을 왼쪽 어깨에서 오른쪽 허리로 가로질러 메는 것이 유행한 적이 있다. 그 무렵 한국을 방문한 백남준 선생은, 사실 뉴욕에 하도 소매치기가 많으니까 여성들이 핸드백을 뺏기지 않으려고 어깨에 가로질러 메고 다니게 됐는데 이것을 본 외국인들이 멋인 줄 알고 따라하다가 유행이 됐다고 알려 주었다.

1980년대 우리나라를 찾아온 서양 여성들이 허벅지가 다 드러나는 짧은 옷을 입고 있는 것을 보고 민망해서 정면으로 쳐다보지 못했는데, 요즈음 마치 하의를 안 입은 것처럼 다리만 드러나는 이상한 복장이 대세인 것 같다. 이런 하의 실종이 가능한 것은 우리가 우유를 많이 먹고 좌식 생활을 하다 보니 어느새 하체가 길어져 자신감이 생긴 때문이라고 할 수 있겠다.

이런 '하의 실종' 패션을 퍼지게 한 일등공신은 단연 텔레비전에 나오는 걸그룹이다. 원조격인 원더걸스 시대만 해도 그 정도는 아니었는데, 소녀시대를 지나면서 허벅지 노출 경쟁이 시작돼 요즈음엔 어떻게 하면 여성의 다리를 더 높은 데까지 혹은 속살 근처까지 비춰 보여 주는가를 경쟁하고 있다는 생각이 들 정도다.

1983년 세상을 뜬 탄허 스님이 생전에 한 예언이 최근에 맞았다고 해서 놀라는 사람이 많다. 우리나라에 여성 임금(대통령)이 나온다는 예언은 이미 적중했고, 또 우리 여성들이 점점 아름다워질 때 나라의 국운이 융성해진다는 말도, 요즘 다니다 보면 정말 예쁘지 않은 젊은 여성을 보기가 어려운 것을 보면 맞다고 생각할 수도 있다.

그런데 예언 중에 좀 찜찜한 것이 있다. 그것은 "여자들이 부끄러움 없이 자신의 몸을 노출하고 다니는 것처럼 지구도 적나라하게 변신할 것이다"라는 말이다. 지구가 변신을 한다는 것은 곧 지구 속의 것이 지상으로 솟아올라 자연 재앙으로 온다는 말과 통할 것이다.

탄허는 "땅 속의 불기운이 북극으로 치올라가면서 북극의 빙산이 녹고 해수면이 올라가 손방(巽方)에 속하는 일본 영토의 3분의 2가 바닷속으로 가라앉으며, 중국 대륙에서는 대지진이 일어나고 한반도 서부 해안으로 2배 이상의 땅이 융기할 것"이라고 말했다. 현재 지구 온난화로 북극의 빙산이 녹고 해수면이 올라가는 것은 사실이며, 인도 대륙이 북쪽으로 밀려 올라와 중국 약한 지역에 지진이 자주 발생하고 있어 그 예언이 틀리다고는 할 수 없다.

하지만 일본 영토가 많이 가라앉는다는 부분은 그대로 믿기가 그렇고 실제로도 일어나서는 안 되는 일이다. 이런 탄허의 예언이야 예언일 뿐이고 미래 먼 일이라고 제쳐놓을 수 있겠지만, 눈앞의 것만을 본다면 여성들이 너무 자신의 몸을 노출하는 것이 혹 그런 지구의 변신과 궤를 같이하는 것이 아닌가 하는 쓸데없는 걱정이 들기도 한다.

남성과 여성은 몸의 구조가 다르다. 남성의 경우 일본처럼 사내아이를 겨울에도 일부러 내놓고 키우는 것도 가능하지만, 여성의 경우 노출이 심할 경우 찬 기운으로 인해 혈액순환이 원활하지 못하면 생리불순이 동반되기도 하는 등 자궁 건강에 악영향을 끼칠 수 있다고 의사들은 경고하고 있다. 남자들이야 잘 모르지만 한동안 여성 병에 관한 광고가 많았고 또한 젊은 여성에게서 자궁근종 환자가 늘고 있는 것도 여름철 강한 냉방과 가벼운 옷차림과 관련 있다는 분석이 나오고 있다.

의료보험이 공짜인 영국에서 한 엄마가 가슴이 빈약한 딸에게 인공보형물을 넣도록 권해 나라가 그런 비용까지 대줘야 하는지 논란이 된 적이 있다. 그 엄마의 설명은 그래야 또래 남자의 시선 속에서 딸의 자존심을 지켜 줄 수 있다는 것이었다. 그러니 멋있게 보이고 싶은 그 마음을 어떻게 막을 수 있을 것인가. 그런 점에서 여성의 옷차림을 이렇게 언급하는 것 자체가 별로 품위 있어 보이지는 않지만, 그래도 분명한 것은 텔레비전이나 무대에 나오는 걸그룹의 복장은 일반 대중용이 아니라 제한된 공간에서 보여 주기 위한 상품이어서 평상시에 입기는 곤란한 수준이다.

우리가 상품의 마네킹처럼 하고 다닐 수는 없다. 멋은 드러내는 데 있는 게 아니라 자연스럽게 드러나는 데 있다. "감춰진 것보다 더 잘 보이는 것이 없고 작다고 안 드러나지 않는다(莫見乎隱 莫顯乎微)"는 말이 《중용(中庸)》에 있지 않은가. 감추는 것이 더 아름답게 보이는 것은 남을 아끼거나 배려하는 마음만은 아니다. 멋있다고 자랑하고 싶은 자신의 신체, 그것을 멋있게 보이면서도 스스로의 몸도 지킬 수 있는 지혜가 필요하지 않을까?

온돌에게 물어보자

옛말에 하로동선(夏爐冬扇)이라고 하면 여름에 화로 신세요, 겨울에 부채 신세라고 해서 철 지나면 찬밥이 되는 것을 말하는데, 한겨울 추위가 닥칠 때 가장 먼저 찾는 것은 화로 같은 '등 따뜻하게 해 주는 것'이라 하겠다.

얼마 전 여름에 느닷없이 온돌난방이 화제가 된 적이 있다. 우리나라에 와 있는 한 외국인이 《한국인만 모르는 다른 대한민국》이란 책에서 '유기농법'과 '선비정신'과 함께 '온돌난방'을 세계에 자랑할 우수한 문화라고 지적한 것이 다시 알려지면서다. 대체로 서양에 살다 온 사람들은 히터로 대변되는 서양식 난방이 얼마나 영양가가 없는지를 안다. 난방 열기가 위로 그냥 날아가면서 실내가 여전히 춥기 때문이다. 그러기에 방 밑에서부터 열이 골고루 위로 올라가는 우리 온돌을 그리워하게 된다.

탐구정신이 강한 서양인들이 벌써 그들의 건축에 온돌난방을 채용한다는 소식도 있다. 적어도 열효율 면에서는 온돌의 우수성을 인정받고 있으니 우리가 조금 더 머리를 써서 현재 시스템을 더 편리하게 개량하면 '한류' 바람이 온돌에서부터 불어나오는 '온풍'이 될 수도 있겠다.

이런 전통적인 생활문화의 우수성이 이제 다시 언급되는 것을 보면 우리가 전통의 가치, 특히 건축이나 주거문제에 있어서 조상들이 왜 이런 문화를 지녀왔던가에 대한 연구와 활용이 미진했거나 부족했음을 느끼게 된다. 우리보다 앞선 것으로 보였던 서양의 논리, 서양의 방법론을 따라오는 과정에서 건축이나 주거문화도 우리 것은 제대로 쳐다보지 않았던 때문이 아니겠는가.

조선시대에 도읍인 한양이나 각 지방 고을은 지역의 등뼈라 할 진산(鎭山)을 뒤에 두고 그 앞 평지에 남향으로 자리 잡는 것이 일반적이었고 전통건축은 지형에 알맞게 터를 잡고 바람과 햇빛을 최대한 활용하는 자연순화적인 방법이었는데, 갑자기 도시가 팽창하면서 도시 전망을 높은 아파트들이 다 가리게 돼 어느 지역 어느 도시건 자연적 풍광과 지형적 이점이 다 죽어 버린 것을 요즈음 우리들은 후회하고 있다.

집이나 공공건물을 짓는 것도 전통적인 양식이 무시되고 일찍이 일본이 받아들인 서양식 건물, 그리고 해방 이후 미국식이 가미된 성냥갑 같은 얼치기 사각형 건물들이 고을과 도시의 얼굴을 덮었다. 요즈음에야 그것이 잘못이라는 것을 알게 됐지만 이미 일그러진 도시 전체의 얼굴을 다시 찾는 것은 엄두도 내지 못할 지경이다.

새로 만든 경상북도 도청이 우리 전통 건축양식을 응용했다고 하는데, 그런 작은 성과를 넘는 걱정거리이자 부끄러운 일은 전국 곳곳에서 특정 건축가를 서로 모셔 가려고 경쟁하는 현상이 벌어지고 있는 것이다. 안도 다다오(安藤忠雄)라는 일본의 건축가는 노출 콘크리트의 묵직함과 빛, 그림자, 물을 활용한 검박한 스타일로 '일본성'을 구축함으로써 세계 건축계에서 높은 평가를 받았고, 그가 일본의 어느 섬에 설계한 지중미술관 등이 한국인 관광객이 즐겨 찾는 관광명소가 돼 있기는 하지만, 전국 지자체나 기업들에서 무슨 새로운 건물을 세운다며 다투어 그에게 설계를 의뢰하고 있다는 소문이다. 그러다가 자칫 잘못하면 우리나라 어디를 가나 그 사람 작품만 서 있는 경우가 되지 않을까.

일본은 지난해에도 이공 분야에서 또 수상자를 내는 등 노벨상을 다투어 수상했고, 건축 분야의 노벨상이라고 일컫는 프리츠커상도 우리는 아직 수상자가 없는데 일본 건축가는 10명 가까이나 수상하여 문화계의 부러움을 사고 있다. 이게 그냥 거저 되는 것인가.

일본이 노벨상 수상자를 많이 내는 것은, 기초학문 연구가 철저한 데다 남의 생각을 따라가지 않고 자신들의 독자적인 사고방식과 독창적인 연구방식으로 각고의 노력을 기울인 결과 자연스레 따라온 성과라는 분석이 많다. 마찬가지로 건축 분야에서도 수상자를 다수 낼 수 있었던 것은 일본의 전통적인 건축관을 바탕으로 현대라는 환경에 맞추어 잘 풀어내었기에 가능한 것이라고 한다.

그런데도 우리 건축가와 건축문화를 살릴 생각 대신에 너도나도 외국 유명 건축가에게 몰려가는 것은 이 시대 또 다른 문화 사대주의이자 문화 맹종이라고 비난받을 일이다. 외국 건축가들의 작품도 여러 작가의 장점을 취사선택해서 우리의 것으로 재탄생시켜야지 무조건 특정 작가에게 몰려가는 것은 오직 일등만을 찾고 추구하는 일류병에다, 외국의 좀 좋다는 것이라면 무조건 따라가는 병폐의 재발이 아닐 수 없다.

추위가 와야 온돌의 우수성을 알게 되듯 현대라는 시점이 되니 우리 전통 건축이 갖고 있는 공간구조, 철학, 자연관 등을 새롭게 발견하고 그 장점을 알게 된다. 사실 그것은 누가 언급하고 아니하고를 떠나서 진작부터 우리가 연구하고 활용했어야 하는 것이었고, 그렇게 해야 온돌뿐 아니라 유기농법, 선비정신 등에서 세계인에게 감동을 줄 수 있는 한류가 다시 새롭게 태어나 세계에 다가갈 수 있을 것이다.

과학이건 기술이건 예술에서건 남의 것이 좋아 보인다고 남의 것을 베끼고 따라가서는 우리가 자랑할 문화로서의 한류는 영원히 없다. 문화는 먼저 전통이라는 이름의 우리 것을 곰곰이 들여다보고 그것에 대한 가치를 정확히 알아 새롭게 시대의 환경과 요구에 맞도록 다시 창조해야 하는 것이다.

한 마음 두 얼굴

　　중궁(中宮)이란 말은 중궁전(中宮殿)의 준말로서 왕후(王后)를 높여 부를 때 쓰거나 왕후가 거처하는 궁전을 의미한다. 일본 나라(奈良) 지방에는 이런 특이한 이름을 갖고 있는 주구지(中宮寺)라는 절이 있다. 나라 지방은 고대 일본의 왕실이 있던 곳이고 특별히 당시 왕실이나 지도층은 우리나라 백제에서 건너간 사람이 많았다.

　　주구지는 고구려 스님 담징이 그린 금당 벽화로 유명한 호류지(法隆寺)와 이웃하고 있는데, 주구지 터를 발굴해 본 결과 금당과 탑의 배치, 탑의 유구 등이 7세기 초에 지은 호류지와 같은 형식임이 드러났다. 즉 같은 시대에 만들어진 절이라는 뜻이다.

　　이 절이 어떻게 왕후와 관련된 이름을 갖게 됐는가. 성덕태자(聖德太子)나 태자의 어머니와 관련된 설화가 전해 오고 있고, 고대 일본 왕실이 호류지는 남자 스님을 위해, 주구지는 비구니, 곧 여자 스님을 위해 만들었다는 분석도 나온다. 그렇다면 백제와 관련이 깊은 고대 일본 왕실의 여인을 위한 절이란 말이 된다.

이 절에 우리나라 삼국 시대에 만든 것과 비슷한 반가사유상이 전해 오고 있다. 높이가 87.9cm지만 좌대를 포함하면 167.6cm로 웬만한 어른 키 높이쯤 된다. 불상의 재료는 일본산 녹나무이기에 일본에서 만들어진 것으로 보인다. 반가사유상은 불상이 시작된 인도로부터 중국을 거쳐 우리나라와 일본에 오면서 가장 예술적으로 아름다운 형태로 태어나는데, 그 가운데서도 우리나라 국보 78호와 83호로 지정된 두 불상, 그리고 일본에서는 국보 1호로 알려진 교토 고류지(廣隆寺) 불상과 주구지 불상의 두 불상이 각각 유명해서 이들을 반가사유상의 4대 걸작품이라고 부른다.

잘 알다시피 우리나라 국보 83호인 금동미륵보살반가사유상은 연꽃 모양의 연화관(蓮華冠)을 쓰고 있는데, 그 높이가 93.5cm로 금동으로 만든 반가사유상 가운데 가장 크다. 이에 상대가 되는 것이 일본 고류지의 목조반가상으로 높이가 123.5cm다. 이 두 보살상은 머리장식에서부터 얼굴 표정, 체구, 옷매무새, 볼에 손가락을 대는 방법, 반가부좌로 발을 올리는 방법 등이 거의 같아 마치 한 사람이 만든 것 같은 느낌을 준다. 특히 고류지의 불상은 일본에 나지 않는 적송(赤松)으로 만들어, 이것이 신라에서 만들어 일본에 선물로 준 것이 아닌가 생각되고, 백제에서 만들었다는 설도 있다.

우리나라 국보 78호는 머리에 보관을 쓰고 있는데 크기는 83호보다 조금 작지만 전체적인 선이 더 화려하고 세련된 느낌을 준다. 우리 불상은 금동, 일본 불상은 목조라서 일본 것이 좀 더 크다.

그러나 기술적으로는 금동불상을 만드는 것이 더 어렵다.

일본 주구지의 이 반가사유상이 얼마 전 한국에 와서 용산 국립중앙박물관 전시실에서 우리 국보 78호와 함께 20여 일 동안 선을 보였다. 한일 수교 50주년을 기념하기 위해 일본의 국보가 처음 나들이를 한 것인데, 한국 전시를 마친 후 우리 국보 78호와 함께 도쿄국립박물관으로 옮겨져 일본의 관람객을 맞았다.

"한일 수교 50주년이니 그것을 기념하기 위해 한국과 일본을 대표하는 문화재를 서로 만나도록 하자!" 이런 아이디어로 우리 국보 83호와 일본 국보 1호인 고류지 불상을 한군데서 전시하는 방안이 추진됐는데, 일본 불상은 절에 모셔져 신도들의 경배를 받고 있는 신앙의 대상이기에 이동도 그렇고 해외 반출도 어림없단다. 좌초 위기에서 두 나라 문화예술인과 정치인이 막후에서 움직였고 차선의 방법으로 주구지 것이 한국에 오게 됐다. 이 절이 과거 일본 왕실 관련 절이었다는 것, 특히 금당에 안치된 본존불이라는 것을 감안하면 일본으로서도 꽤 마음을 써준 셈이다.

일본에 있는 문화재를 보면 우리는 은연중 우리가 만들어 일본에 보낸 것이 아니냐며 이를 확인하고 싶어한다. 그러나 주구지의 불상은 일본에서 제작된 것으로 보이고, 또 최근엔 고류지 불상도 뒤판이 녹나무로 돼 있다며 일본 제작설이 등장하고 있다. 어떻든 한반도의 백제나 신라 사람이 먼저 찾아내고 키운 뛰어난 미의식과 예술감각이 사람과 함께 일본으로 전해져 거기서 다시 걸작이 나온 것이라 하겠다.

현대에는 그 반대의 사례도 많다. 철강, 반도체, 가라오케, 비디오 아트, 하다못해 세계를 석권하는 라면까지 한국과 일본이 합쳐지면 세계 제일이 탄생한다. 이제는 한일 양국을 위한 긍정적인 사고법이 필요한 때다.

반가부좌를 튼 채 오른손을 얼굴에 대고 생각에 잠긴 모습, 눈을 살짝 감은 채 머금은 미소, 근세 로댕의 조각 '생각하는 사람'과 견주어 '동양의 시인'이란 별칭을 얻은 이 반가사유상은 당시 한국과 일본에 사람들이 찾아가 의지하던 이상적인 인간상이었을 것이다. 그들이 찾으려 했던 미소와 평안의 세계는 오늘날에도 여전히 유효하다.

대한해협을 건너온 일본의 불상, 또 일본으로 건너가는 귀중한 우리 불상이 한자리에서 두 나라 국민이 과거 공유했던 진실한 마음을 일깨워 주고 그리해서 서로 이해하고 화목하며 다시 세계 제일을 만들어 내는 새로운 한일 관계의 방아쇠가 되었으면 좋겠다. 그것이 서로 닮은 두 불상이 함께 전하고 싶은 마음이 아니었을까?

예술가의 부인

　　서기 663년 9월 7일 백제 부흥운동의 거점이었던 주류성이
함락되자 백제 유민들은 "백제란 이름은 오늘 끊어졌다. 조상의 묘
소가 있는 곳을 이제 어찌 다녀올 수 있으랴" 하고 탄식했다 한다.
한국 출신의 천재 예술가 백남준의 부인인 구보타 시게코 여사가
세상을 떴다는 소식에 곧바로 이 표현이 떠오른 것은 무슨 이유에
서일까. 이제 더 이상 백남준의 삶에 대해서 직접적인 증언은 들을
수 없게 되었다는 뜻이 될 것이다.

　　우리가 구보타 여사를 아는 것은 백남준을 통해서이고 그녀의 죽
음을 기리는 것도 백남준의 부인이기 때문이다. 이 점, 자신의 작
품이 뉴욕현대미술관에 소장될 정도로 세계적 반열에 오른 예술가
인 구보타 여사의 입장에서는 억울하다고 할 수 있겠지만 어쩌랴.

　　1984년 6월, 35년 만에 한국으로 금의환향한 백남준과 함께 김포
공항에서 처음 한국인과 만난 구보타 여사는 생전에 친하게 지낸

존 레넌의 부인 오노 요코처럼 그리 스타일 있는 예술가의 외모는 아니었다. 하지만 백남준의 성공을 전후해서, 그리고 백남준이 세상을 떠날 때까지 항상 옆에서 그를 지켜 준 예술의 동반자였다.

백남준의 위성예술쇼 '굿모닝 미스터 오웰'을 KBS TV를 통해 한국에 중계하는 역할을 맡았던 나는 사전 협의나 취재를 위해 백남준과 함께 구보타 여사와도 여러 번 조우했다. 84년 6월 첫 귀국 이후 2000년 5월 뉴욕 백남준의 작업실에서 다섯 번째 만났고, 2006년 백남준이 사망한 후에는 백남준의 창조에너지를 우리 젊은 이에게 이어주는 기념사업 문제를 논의하기 위해 미국과 한국에서 또 만나게 됐다. 백남준을 먼저 보내고 혼자 있던 구보타 여사는 한국에서의 백남준 기념사업이 성공을 거두기를 기원하며 마음과 몸으로 이를 지원하겠다고 약속했다. 그러나 그 기념사업의 결실을 보지 못하고 건강 문제로 9년 만에 남편의 뒤를 따라가고 말았다.

예술가의 아내로 사는 데 가장 어려운 것이 경제적 문제다. 남편의 끊임없는 창작 열기를 지원하기 위해 생활비를 마련해야 하는 것은 물론, 백남준 같은 경우에는 텔레비전 수상기나 전기 설비 등에 들어가는 재료비도 확보해 줘야 했다. 때로는 남편의 요청에 따라 부인이 아니라 또 하나의 모델이나 예술가로서 퍼포먼스에도 나서는 등 1인 4역 혹은 5역을 마다할 수가 없었다. 더구나 백남준이 1996년 6월 뇌졸중으로 쓰러져 몸의 왼쪽 신경이 모두 마비된 이후에는 그의 손과 발이 돼 2000년 미국 구겐하임미술관에서의 대규모 작품전을 정점으로 하는 후반기 작업을 가능하게 해 주었다.

생전의 구보타 여사는 한국인 예술가의 부인임을 자랑스럽게 생각하며 백남준이 더 많은 한국인에게 제대로 기억돼 그를 잇는 많은 예술가들이 나오기를 희망했다. 그가 한국에 와서 남편 조상의 산소를 돌아보고 그 기억을 되살려 무덤 봉분 형태를 만들고 그 사이에 추억의 영상을 보여 주는 수상기를 배치한 작품을 뉴욕 스튜디오에 세워 놓고 언젠가는 이 작품이 한국에서 백남준 기념관에 영구 전시되기를 간절히 바란다고 말하기도 했다.

우리는 사실 백남준이 사망한 이후에 그를 기억에서 지우고 있지 않았던가. 80년대 그의 창조정신이 꽃핀 위성예술쇼도 이미 38년 전의 일이고, 그의 퍼포먼스를 본 기억도 가물가물하다. 무엇보다 멀리 뉴욕에서 활동하다 보니 우리와는 물리적 거리에다 정신적 거리까지 점점 멀어졌고, 그의 예술에 대한 이해조차도 막연해지고 있었다. 그가 한국인이었기에 우리는 환호했지만 그의 진정한 예술성이나 천재적인 위치에 대해서는 그가 타계한 이후 사실상 망각의 시대로 들어간 상황이라고 해도 지나치지 않을 것이다.

백남준은 이상한 행동예술을 선보이고 괴상한 영상과 설치미술을 만들어 낸 작가 정도로 기억되지만, 2012~2013년 8개월 동안 미국 워싱턴의 스미스소니언 박물관이 그의 아카이브를 정리해 장기 전시회를 하면서 그를 미술 역사상 레오나르도 다 빈치와 파블로 피카소에 이은 세계의 3대 작가라고 평가한 것은 잘 모르고 있다.

스미스소니언의 이런 평가는 그가 비디오 아트라는 한 예술장르를 그 자신이 당대에 만들어 냈다는 것을 근거로 하고 있다. 예술장르라는 것은 어느 일정한 시기에 많은 작가들이 참여해 자연스레 이루어지는 것인데, 백남준은 단신으로 당대에 새로운 예술장르를 만들어 내었고, 그것은 그의 천재성과 노력이 그만큼 뛰어났기에 가능했다는 것이다.

구보타 여사의 별세로 백남준을 보다 가까이서 증언하고 그의 예술을 그의 조국인 한국에 회귀하도록 도와줄 사람이 사실상 사라졌다. 이제 그의 예술은 냉혹한 국제 미술시장에서 홀로 살아남아야 한다. 그러나 백남준은 그가 남긴 작품만이 아니라 세계 최초로 제시한 정보화 고속도로의 개념에다 미래 사회에의 비전 등 창조적인 에너지로 이미 세계를 밝힌 바 있다. 자라나는 세대들이 그의 이름을 기억하도록 하고 백남준이 열어 보인 창조의 빛을 더 밝게 빛나도록 하는 일은, 그를 진정으로 사랑한 조국 한국과 한국인밖에는 할 사람이 없을 것이다. 구보타 여사는 그 일을 우리에게 부탁하고 저세상으로 간 것이리라.

우리말도 알고 보면

　　교육부에서 초등학교 교과서에 한자를 병기하는 문제를 논의하는 공청회를 열자 다시 한글–한자 논쟁이 일어나는 듯하다. 이즈음 국내 쌍벽을 이루는 두 여자대학교의 학교 안내 광고가 눈길을 끈다. 한 학교는 '혁신을 쓰다'라는 한글로만 광고문구를 내세웠고, 다른 학교는 '겸인지용(兼人之勇)과 호연지기(浩然之氣)'라는 문구를 한자로만 내세웠다. 이를 본 한 젊은 신문 기자는 "한자 사자성어로 해야만 뜻이 명확하고 한글만 쓰면 그 뜻이 명확하지 않나요"라며 한자 병기 쪽을 비판했다.

　　언뜻 보면 한글 전용 쪽이 설득력 있게 보인다. 하지만 비교하는 문구가 다르고 교육부의 방안은 한자로만 쓰자는 것이 아니므로 비교 방법이 옳지 않다고 할 것이다. 그렇다면 수원시 관광안내책자에 있는 이런 한글만의 안내문은 어떤가.

화성의 각루는 4개소가 있으며 동북각루는 성의 동북요새지에 위치하고 있다. 또한 방화수류정으로 더 잘 알려져 있는 동북각루는 건축미가 화려하면서도 우아하여 화성의 아름다움이 절정에 이르는 곳이다. 방화수류정에서 바라보는 용연 위에 비친 달빛과 어우러진 버들가지는 용지대월이라 하여 수원팔경 가운데 으뜸이다.

우리는 수원 화성을 들어보았지만 왜 화성이라고 했는지, 화성이 별이름과 어떻게 다른지는 알지 못한다. 각루는 무엇인지, 방화수류정은 혹 방화시설이나 수류탄 투척지가 아닌지 헷갈린다. 용연은 방패연과 다른 무슨 연인가. 수원팔경 중에서 으뜸이라고 하는 용지대월은 어디에 쓰이는 종이 혹은 서식을 말하는 것인지 알 수가 없다. 여기에 한자를 병기하면 이렇다.

화성(華城)의 각루(角樓)는 4개소가 있으며, 동북각루(東北角樓)는 성(城)의 동북요새지(東北要塞地)에 위치하고 있다. 또한 방화수류정(訪花隨柳亭)으로 더 잘 알려져 있는 동북각루는 건축미가 화려하면서도 우아하여 화성(華城)의 아름다움이 절정에 이르는 곳이다. 방화수류정에서 바라보는 용연(龍淵) 위에 비친 달빛과 어우러진 버들가지는 용지대월(龍池待月)이라 하여 수원팔경 가운데 으뜸이다.

여기 나오는 한자는 우리가 늘 쓰는 것들이고, 이 문장을 읽으면 방화수류정이란 정자는 네모진 모퉁이에 있는 누각으로서 아름다운 꽃들과 버들이 많은 곳이며, 그 꽃과 버들이 달밤에 용의 연못에 비치는 것이 이곳 화성의 제일 멋진 경치이고, 그러기에 이 성을 만들도록 한 정조대왕이 화성(華城), 곧 꽃처럼 아름다운 성이라고 이름지어 주었음을 쉽게 알겠다.

광복 후 처음 한글날을 제정할 때만 해도 신문 지면이나 교과서, 공문서 등이 한자 위주였지만 이제는 한글로 다 표기하고 있어 한글 전용은 성공했다고 하겠다. 그러기에 한자 없이도 뜻이 잘 통하는데 왜 어려운 한자를 어릴 때부터 가르치려는가 하고 비판한다. 그것은 한글만 쓰다 보니 단어나 말의 개념이 불명확해지고 혼동이 발생하기에 그 뿌리인 한자를 배워서 정확한 언어를 쓰자는 것일 터이다. 그것은 한자 전용으로 가자는 것은 아니다. 배우기 어려운 게 문제라면 수학이나 물리, 화학 등은 왜 어릴 때부터 가르치는가?

한글이 우리글이기에 모든 우리말은 한글로만 적어야 한다고 말하는 것은, 영어도 배우지 말고 한글만 쓰자는 주장과 같은 논리다. 한자에는 뜻과 생각하는 힘이 있어 새로운 현상이나 개념과 맞부딪칠 때 그것을 우리말의 범위 안에서 표현해 낼 수 있지만 한자 뜻 대신 발음만 배우면 우리말은 남의 나라 개념이나 현상을 따라가는 것 외에는 다른 수가 없다. 한글로 표기하되 중요한 개념은 한자로 공부하고 필요할 때 병기를 하자, 아니 배워 두기만이라도 하자, 그것은 우리말을 해치는 것이 아니라 우리말에 생각 능력을 되찾아서 이 시대 진정한 한국말로 키우자는 것이라 말할 수 있다.

최근 우리말이 급속히 외국어에 침식당하는 현상이 많아진 것도 한글로만 읽다 보니 새로운 개념에 적응할 능력을 상실해서 일어나는 것이 아니겠는가. 어느 방송의 드라마 제목이 '어셈블리'라나 뭐라나, 그런 제목이 우리말 속에 들어와야 할 것인가. 최근 영어단어를 써서 '~한', '~하다' 등으로 얼버무리는 우리말이 많아진 것도 그것 아니겠는가.

광복 이후 70년, 우리는 우리말과 우리글을 마음대로 쓸 수 있다. 다만 2000년 가까이 우리 생각과 뜻의 뿌리가 된 한자를 끝까지 배제시키면 우리말이나 우리 생각은 영어 등 외국어에 종속될 수밖에 없다. 한글만이 우리글이라면 영어는 왜 가르치는가. 초등학교에서 영어 교육을 시작했다면 한자 교육도 당연히 함께 해야 한다. 한글날 전후에 반복되는 한글 전용 논쟁은 배우기 쉬워 누구나 금방 다 배우는 한글을 더 배우자는 것이 아니라 21세기에 우리말을 더 힘 있고 튼튼하게 만들어 잘 쓰자는 것에 초점이 맞추어져야 하지 않을까.

잃어버린 납일(臘日)

　　술꾼들에게 1977년 연말은 푸근했다. 어언 40년도 더 지난 옛날이 어찌 푸근했을까. 그것은 그해 처음으로 쌀 생산이 소비를 넘어서자, 그때까지 밀가루로 만들던 막걸리를 비로소 쌀로 빚을 수 있도록 했기 때문이다. 쌀 막걸리가 나오자 당시 간이 술집의 주류였던 포장마차에서는 참새구이가 덩달아 유행했다. 너무 조그마해서 한입도 안 되지만 참새구이를 안주로 해서 막걸리를 마시던 기억이 있다.

　　요즘 시골집은 기와 아니면 슬레이트로 바뀌어 그런 풍경이 없지만 우리가 어릴 때는 대부분의 집이 볏짚으로 이엉을 이어 지붕에 올렸기에 볏짚 처마는 곧 참새의 좋은 서식처였다. 그래 설을 앞둔 겨울날에는 청소년들이 한밤중에 처마 앞에 사다리를 놓고 올라가 참새 집 앞에 통발을 갖다 대고 플래시를 비추면 놀란 참새들이 어쩔 줄 모르고 그물 속으로 날아 들어간다. 이렇게 참새를 잡곤 했다.

그때는 듣고도 몰랐지만 그것이 말하자면 납일 풍속이었다. 납일은 중국 하(夏)나라에서 시작됐다고 하니 아득한 옛날부터 내려오던 것이 우리 민족에게 전해지면서 나름대로 전통 세시풍속이 되었다. 우리가 배운 대로 부여에서는 영고(迎鼓)라 하여 12월 중 하루를 택해 하늘에 제사 지내는 풍속이 있었는데, 그것이 곧 납일 풍속이었을 것이다.

신라에서는 12월 인일(寅日)에 제사를 지내다가 고려 문종(1079) 때 송나라 역법(曆法)에 의거해 술일(戌日)로 바꿨으나, 2년 후인 1081년 태사국(太史局)에서 상소를 올려 "대한(大寒)을 전후해 가장 가까운 진일(辰日)이 납일이 된다"는 음양서의 기록을 근거로 복구하기를 청해 다시 진일을 납일로 사용했고, 조선시대에 이르러 동지로부터 세 번째 미일(未日)을 납일로 정하게 됐다고 한다.

어느 날로 하든 납일은 대개 음력으로 12월 연말, 곧 대한(大寒) 근처이므로 이때 지난 일 년을 돌아보고 조상에게 제사를 올린다. 한 해 동안의 농사 형편이나 그 밖의 일을 고하는 제사를 묘사(廟社)에서 지내는데, 조정에서는 종묘에 제사를 지내면서 나라 형편에 대해 고했고, 또 사직단에서는 농사 형편을 아뢰고 제사를 지냈다. 이것을 종묘대제(宗廟大祭)와 사직대제(社稷大祭)라고 한다.

처음 짐승을 사냥해 신에게 제사를 올리던 의례가 후에 조상에 대한 제사로 바뀌었다. 이 제사를 납향(臘享)이라 하고 이날 종묘사직에 제사 지내는 것을 춘하추동 각 첫 달인 음력 정월, 사월, 칠월, 시월에 지내는 사맹삭(四孟朔) 제사와 함께 오대제향(五大祭享)이라 했다.

납일의 '납(臘)' 자는 사냥한다는 뜻의 '렵(獵)' 자에서 유래된 글자로 이날 사냥하는 풍속이 있었는데,《경도잡지(京都雜志)》에는 "경기도 산간에 있는 군(郡)에서는 전부터 이날에 쓸 돼지를 공물로 바치는데 군민을 풀어 산돼지를 찾아 사냥하므로 상감(정조)께서 특히 이를 금지시키고, 장용영(將勇營)의 장령들로 하여금 포수를 데리고 용문산과 축령산으로 가서 잡아다가 바치도록 했다"는 기록이 있다.

이날 잡은 짐승의 고기는 사람에게 다 좋지만 특히 참새는 늙고 약한 사람에게 이롭다 하므로 민간에서는 그물을 쳐서 잡는 관습이 있었다. 참새를 잡아 어린이에게 먹이면 병에 걸리지 않고 침도 흘리지 않으며 마마(천연두)를 깨끗이 한다고 하여, 서울 장안에서는 새총을 쏘지 못하게 돼 있는데도 이날만은 참새 잡는 것을 허용했다고 한다. 새는 여름 동안은 풀을 뜯어먹고 또 벌레를 잡아먹으므로 고기가 맛이 없으나 가을부터는 곡식만 주워 먹으니 납일 무렵이면 가장 맛이 있다는 것이다.

이날 궁중 내의원에서는 각종 환약을 만들어 올리는 납약진상(臘藥進上) 풍습이 있었다. 그러면 임금은 그것을 가까운 시종이나 지밀나인 등에게 나누어 준다. 청심원(淸心元)은 정신적 치료를 하는 데 효과가 있고, 안신원(安神元)은 열을 다스리는 데 효과적이며, 소합원(蘇合元)은 곽란을 다스리는 데 효과적이었다. 1790년 정조 때는 새로 제중단(濟衆丹)과 광제환(廣濟丸) 두 종류의 환약도 만들어 이것을 모두 영문(營門)에 나누어 주어 군사들을 치료하는 데 쓰게 했다고 한다.

또한 납일에 내린 눈 녹은 물은 약용으로도 쓰며, 그 물에 물건을 적셔 두면 구더기가 생기지 않는다고 한다. 납일에 충청과 호남에서는 저녁에 엿을 고는 풍속도 있었다. 꿀과 엿에서 주로 당분을 취하던 옛날에는 엿을 소중히 여겼고 그래서 길일인 납일에 엿을 고면 잘 되고, 또 납일의 엿이 맛이 좋으며 약으로도 쓰여 이날 엿을 고는 풍속이 생겼다고 한다.

며칠 있으면 옛날 납일이 있던 대한이고, 보름 남짓 더 지나면 설이다. 설을 앞두고 한 해를 정리하는 납일의 민속은 이미 사라진 지 오래이고 쌀 막걸리도 늘 있으니 더 이상 술로 푸근해질 일은 없다. 참새가 서식하는 초가지붕도 더 없다.

그렇지만 대한을 지나면 설 연휴다. 벌써부터 설에는 사상 최대의 출국 손님이 몰릴까, 다시 공항이 마비될까 걱정이란다. 이렇게 모두 짐 싸들고 외국 여행 나가는 것보다는 가정에서나 동네에서 식구나 이웃이 함께 오붓한 정을 나누던 이런 정경을 다시 복원해 볼 수는 없는 것일까.

까마귀의 효성

옛날 중국에는 다리가 세 개인 정(鼎)이라는 제사용 그릇이 있었다. 청동으로 된 이 그릇 표면에 글을 새기니 그것이 곧 명(銘)이다. 이 명(銘)은 자손이 선조의 미덕을 찾아내어 기록하는 것이라고 《예기(禮記)》에 전한다.

조선시대 유학자인 김종직(1431~1492)은 35세 되던 해 아버지 김숙자가 돌아가시자 부친의 일생과 교유관계, 주요한 행실과 말씀 등을 모아 정리한 후 이를 〈이준록(彝尊錄)〉이라 이름하고는 상자 속에 감추어 두었다. 《예기》의 "겨울 제사 때 이정에다 명문을 새긴다(施于烝彝鼎)"라는 문장에서 따온 것으로 '아버지에게 바치는 글'이란 뜻이다. 자식으로서 아버지의 행적을 정리하는 것은 당연하지만, 당시 이미 높은 추앙을 받고 있었기에 자신이 당대에 아버지에 대해 써서 발표하면 자칫 아버지의 실체를 가릴 수 있다는 우려 때문이었다.

예부터 부친을 칭송하고 싶은 것은 자식으로서 인지상정이라 하겠다. 요즘에도 돌아가시기 전에 미리 회고록을 쓰게 하거나 돌아가신 뒤에도 회고록을 써서 세상에 자신의 부모를 알리는 경우가 많다.

그런 것을 생각하면 최근 미국에 있던 유명 여류 화가가 사망했다고 하는데, 자신의 어머니가 언제 죽었는지, 시신이 어디에 어떻게 매장됐는지를 전혀 공개하지 않고 있는 맏딸의 행동은 이해하기가 어렵다. 급기야 다른 자식이 미국에서 건너와 "어머니 유골이 어디 모셔져 있는지만이라도 알고 싶다"고 호소하는 회견을 하는 모습이 공개됐다. 언니의 집을 찾아가 어머니를 본 뒤 한 번도 연락하지 못했고 장례식도 못 보았으니 어머니를 그렇게 보낼 수 없다는 뜻일 것이다.

요즘 자신이 진 빚을 갚는다고 미리 생명보험금을 들어놓고 부모를 죽이는 시대에 옛날 식의 효를 강조하는 것은 얼마나 무의미할 것인가. 그러나 우리는 인간이기에 감히 부모에게 위해를 가한다는 생각은 조금도 하지 못한다. 그것은 인륜을 넘어선 천륜이기 때문이다. 그러기에 자신을 낳아 주고 길러 준 부모에 대해서는 자식이 잘됨으로써 그 부모가 누구인지를 알리는 것이 부모에게 크게 효도하는 것이라고 배웠다. 혹 부모가 잘못한 것이 있더라도 자식은 감추고 잘된 것만을 드러내어 후세에 전하는 것이 자식의 의무란 것이며, 서양 법에서도 부모에 대해서는 반대증언을 인정하지 않는 판례가 있지 않은가.

동양에서 효의 대명사인 순(舜)임금, 자기를 죽이려 한 부모도 기지와 효심으로 극복한 순임금의 효를 우리 민족은 교과서로 믿고 따라왔다. 부모에 대한 효는 자기가 부모가 돼 자식이 얼마나 사랑스러운지를 알게 되면서 부모의 사랑도 비로소 알게 된다고 한다. 불교에서 전해지는 《부모은중경》을 열어 보지 않더라도 자신의 몸을 버리면서까지 새끼를 살리는 가시고기의 이야기라든가, 환란 속에서 자식 대신 죽음을 택하는 많은 부모의 이야기를 들으면서 우리 한국인들은 부모가 돌아가실 때까지 자식은 정성을 다해 봉양해야 한다는 것을 당연히 알고 실천해 왔다.

후손들이 발견한 〈이준록〉에서 김종직은 이렇게 말한다.

아버님이 조정에 벼슬할 적에는 낮은 벼슬에 있었으므로 사관들이 그 행적을 기록할 수가 없었다. 그리고 또 아름다운 학덕을 속에 쌓아 두고 스스로 드러내지 않았기 때문에 남들은 그 깊이를 엿볼 수가 없었다. 그런데 무릎 앞에 앉아 직접 얼굴을 뵈면서 한 번 찡그리고 한 번 웃고 하는 가운데 직접 눈과 귀로 듣고 보며 조그마한 것도 빠뜨리지 않고 다 겪은 것이 그 누가 이 자식만 하겠는가.

바로 그 때문에 자식은 부모를 하늘같이 알고 그 은공을 드러내고 싶어 하는 것이고, 아들딸들이 부모가 몸이 좋지 않으면 간을 베어 주고 콩팥을 떼어 주는 것이리라. 그러니 까마귀도 어미새가 나이 들면 먹이를 물어 와서 이를 잘 씹어 먹여 준다. 이른바 반포

지효(反哺之孝)다. 조선 고종 때 박효관이란 사람은 "뉘라서 까마귀를 검고 흉타 하였던고/반포보은이 그 아니 아름다운가/사람이 저 새만 못함을 못내 슬퍼하노라" 하고 읊었다.

　나의 삶을 있게 해 주고 키워 주신 부모, 먹여 주고 쓰다듬어 주고 씻어 주고 키우고 감싸 주신 부모는 언제나 마음의 등불이자 피난처이며 의지할 곳이었다. 조선 선조 때의 문신 홍가신은 말년에 《소학(小學)》을 읽다가, "인생이 백년을 살아가는 동안에 병들 적이 있고, 늙었을 때와 젊었을 때, 어렸을 때가 있다. 어버이가 이미 죽었으니 비록 효도하고 싶어도 누굴 위해서 효도하며, 자신이 이미 늙었으니 비록 우애 있고자 하나 누굴 위해서 우애하랴?" 하는 대목에 이르러서는 자기도 모르게 책을 덮고 눈물을 흘리며 종일토록 강개한 마음을 스스로 진정하지 못했다고 한다.

　설혹 아버지나 어머니가 사랑을 다 주지 못했더라도 부모는 부모다. 또 부모는 미운 자식이나 고운 자식 누구에게도 부모다. 돌아가신 부모가 자식으로 인해 누가 되고 명예에 손상이 가는 일은 결코 해서는 안 될 일임을 자식을 키워 본 보통 사람들은 다 알고 있다. 모르겠다. 혹 자식을 낳아 키워 보지 않은 사람들은 그렇지 않을지. 이런 전통도 우리가 지켜 나가야 할 우리의 우수한 미덕이자 가정과 사회의 문화일 것이다.

아파트에 사세요?

　　7월 마지막 주는 피서 절정기다. 영어 Vacation의 불어식 표현인 '바캉스'라는 말이 예전처럼 자주 들리지 않는 것은 다행이지만, 그런 어휘나 단어 사용의 문제를 떠나 7월 말에서 8월 상순까지 2~3주는 불볕 혹은 가마솥 속에 들어간 것처럼 무더위에 몸과 마음이 지치는 때가 아닌가.

　이럴 때 에어컨이 있는데 무슨 걱정이냐고 하겠지만, 우리나라에 아파트 문화가 들어온 이후 대부분 통풍이 잘 안 되어 에어컨에 의존하는 경향이 더 커지고 있다. 그러다 보니 건강문제도 있고, 평범한 가정의 경우 전기료 무서워 에어컨을 못 켜고 대신 은행이나 호텔 로비 등을 피서 장소로 애용하는 새로운 풍속도가 이젠 낯설지 않다. 이 같은 악순환 혹은 비극의 시작은 우리와 태생이 다른 서구의 주거 건축문화가 무분별하게 우리나라에 들어온 때문이라고 나는 주장한다.

1960년대 우리나라에 들어오기 시작한 아파트는 기존 주택들의 불편(?)을 해소하고 방범이나 생활의 편의를 가져다준다는 이유로 급속히 늘어나 이제는 대도시 주민의 70% 가까이가 아파트에 살고 있다. 문제는 이 과정에서 우리나라의 기후풍토나 생활문화 전통이 고려되지 않고 마치 서양의 호텔 칸막이 같은 이상한 구조의 주거문화가 보편화되었다는 것이다.

　우리나라 전통적인 가옥은 안채와 바깥채, 집 안에는 대청이나 마루라는 요소를 넣어 집 전체가 통풍이 잘 되도록 되어 있는데, 이러한 특징을 무시하고 손쉬운 설계로 일률적인 박스형 주거형태를 크고 화려하게만 키워 온 것이다. 이 때문에 집 안에 공기뿐만 아니라 가족 사이의 소통도 잘 되지 않는 원인을 제공해 왔다.

　왜 아파트 구조 때문이냐고 하겠지만, 우리 아파트를 잘 살펴보면 가족 간, 이웃 간에 서로 소통하기가 어려운 장애요소가 많다. 너무도 단단한 철문, 방마다 두꺼운 나무로 된 통문, 사랑방으로 대표되는 아버지 공간의 실종, 이웃끼리 얼굴도 못 보고 살게 하는 복도 등등.

　우리가 멋의 대명사로 알고 있는 외국의 초고층 건물을 보자. 기후적으로도 중동의 바레인 같은 곳은 문을 열 수 없으니 유리로 밀폐하고 에어컨을 무조건 써야 한다. 뉴욕이나 런던의 경우 비가 자주 오고 바람이 강하게 불어 문을 열어 놓을 상황이 아니다. 그러나 우리나라는 장마와 태풍이 없는 것은 아니지만 맑은 날이 훨씬 많으니 적당한 통풍만으로도 고온현상을 완화시켜 시원한 삶을 누릴 수 있다.

유리창이 전망은 좋지만 바람과 공기의 이동을 완전 차단하는 것이기에 바람이 효과적으로 지나가며 집 안을 소통시키는 노하우는 우리나라에 많이 있다. 그런저런 사안이 고려되지 않았기에 여름엔 통풍이 잘 안 되고 선풍기와 에어컨에 더 많이 의존하게 되었다. 더구나 그동안 서양 건축을 배운 사람들이 설계한 서구식 아파트는 짓기만 하면 돈이 되니 우리 전통이나 문화를 고려할 필요가 없었을 것이다.

공기는 그늘만 지면 기온이 내려가 기압이 낮아지기에 바람이 거기로 찾아들어온다. 우리 집들이 사랑채, 안채, 행랑채의 배치에 의해 바람의 통로가 생기고, 또 집 안의 마루에 의해 바람이 지나갈 통로가 만들어지면 여름엔 그리 덥지 않다. 물론 바람이 많이 통하면 겨울엔 춥겠지만 이때는 온돌이 열의 유출을 최소한으로 막으며 집 안을 따뜻하게 해 준다. 이런 자연주의적인 통풍 난방 방식이 예전에는 유치해 보이고 불편해 보였지만 현대 건축가들의 눈이 다시 그 장점을 발견하고 외국에서부터 응용하기 시작했다.

현대 건축에서 각광받고 있는 필로티 방식은 스위스 태생의 현대 건축가 르 코르뷔지에가 창안한 개념이지만 근본은 동양의 누각건축에서 보이는 기둥과 누마루 형식을 응용한 것이다. 미국의 현대 건축가인 프랭크 라이트는 도쿄의 한국 건축 자선당에서 온돌을 체험하고 이를 이상적인 난방이라고 생각해 1936~1937년에 지은 허버트 제이컵 주택에 난방설비로 온돌을 깔았으며, 미국의 경제

불황기인 1930년대 중산층 가정용 주거형태로 제안했던 유소니언 주택(Usonian House)에도 파이프 온돌을 난방설비로 채택했다. 이처럼 우리 건축이나 주거문화 속에는 이 땅에서 수천 년을 살면서 적응하고 만들어진 창의적인 아이디어가 많이 녹아 있다.

그런데 그것을 보지 못하고 서양의 주거문화, 그것도 대중적인 것의 외형만을 받아오다 보니 여름철에도, 겨울철에도 자연과 격리된 인공적인 시스템에 과도하게 의존하게 된 것이다. 다시 말하면 자연에 역행하는 비용이 엄청 많아지게 되었다.

우리나라의 가장 비싼 아파트들에서는 유리창을 열 수 없어 여름 내내 에어컨을 틀고 살아야 한다. 거기 사는 사람들은 집값 내려갈까 말도 못하고 있다는 소리를 들을 때마다, 이 여름이 덥다고 짜증을 내는 소리가 들릴 때마다 우리 선조들의 자연을 활용하는 건축문화가 다시 생각난다. 이 시대에 다시 살릴 전통문화는 의외로 많다.

좋은 학생, 좋은 선생

    '금방 찬물로 세수한 스물한 살 청신한 얼굴'이 무엇이냐고 물으면 "오월이에요"라고 대답할 정도로 수필가이며 시인인 피천득 선생의 '오월'에 대한 정의는 널리 유명해졌다. 그것은 이 시구가 의미하는 그대로 그만큼 참신하고 정곡을 콕 찌르고 있기 때문이다. 우리가 30여 일마다 새달을 맞지만 새로 맞는 달에 대한 정의(定義)가 거의 없는 형편이기에 은사인 피 선생님의 이 표현처럼 각 달마다 멋진 말이 나오기를 기대해 본다.

  군이 오월에 피천득 선생님을 은사라고 표현한 것은, 이 오월이 은사라는 멋진 말로 대변되는 스승과 제자의 달이기 때문이다. 아니 본래는 한창 자라나는 어린이를 위한 달이요, 그들이 성장하는 동안을 의미하는 청춘의 달이요, 자녀를 키우느라 애쓰는 부모를 생각하는 달이지만 여기에 스승을 생각하자는 뜻이 새롭게 추가된 것이라 하겠다.

우리가 청춘이란 말을 들으면 가슴이 뛰었듯이 스승이란 말, 은사란 말을 들으면 가슴에 온기가 흐르고 마음이 따뜻해지는 것을 과거엔 느꼈을 것이지만, 오늘날에는 '아니'라고 말하는 분이 많은 것을 보면 확실히 그만큼 스승 되기가 어렵고 또 제자 되기도 어렵다는 말이 될 것이다.

스승은 제자를 사랑과 정성으로 가르치고 제자는 스승을 믿고 따르고 존경해야 한다고 우리는 알고 있다. 스승의 따뜻한 사랑(愛)과 제자의 돈독한 믿음(敬)이 서로 합쳐질 때 진정한 교육이 이루어진다는 뜻이리라. 학식이 깊고 덕행이 높아 모범이 되는 사람을 우리는 사표(師表)라고 하고 또 사부(師傅)라고 한다. 스승이 가야 할 올바른 길을 사도(師道)라고 하고 스승한테서 받은 큰 은혜를 사은(師恩)이라고 한다. 그런 은혜를 베풀어 주는 분이 은사가 아니던가.

그렇지만 요즘 스승들은 사랑과 정성으로 가르치려니 그들이 안 따라오는 것 같고, 제자들은 스승을 믿는 것보다는 휴대전화를 더 믿고 스승보다는 휴대전화와 대화를 하려 한다. 그러다 보니 믿고 의지할 데가 없다는 절망감에서 때로는 극단적인 행동이 나오기까지 한다는 것, 우리 모두 피부로 느끼는 한심한 현상이 돼 버렸다. 그런데 혹시 우리 학교에 이런 현상이 있는 것은 아닐까.

지금 가르치는 것을 보면 교사는 오로지 눈앞의 교과서만을 읽고, 문자나 글귀의 질문으로 학생을 책하고 설명이 산만하며, 학습 범위를 넓히기에 급급해 천천히 연구하도록 가르치지 않고, 사람들이 본심에서 학문이 좋아지도록 인도하지 않으며, 사람을 가르치는 데에 그 재능이 다하도록 노력하지 않고, 가르치는 방법도 잘못돼 있으며, 학생이 배우는 방법도 바르지 못하다. 그러므로 학생은 학문이 좋아지지 않고 교사와 친하지 못하며, 학습에 괴로움을 느낄 뿐 그 이익을 모르게 된다. 따라서 모처럼 학업을 끝내도 마침내 학문을 버리고 만다. 지금의 교육이 성공하지 못하는 이유는 바로 이런 것이다.

마치 이 시대 우리 교육의 문제를 가장 핵심적으로 꿰뚫고 있는 듯한 이 말은 요즈음 이름난 교육학자의 말이 아니라 2000여 년 전 한나라 시대에 편찬된 《예기》 중 〈학기(學記)〉에 나오는 말이다.

학생의 잘못이 일어난 후에 이를 책망하고 금지하면 당사자는 이에 저항해 감당이 안 된다. 알맞은 때를 놓친 뒤에 가르치려 하면 학습에 힘만 들 뿐 성과가 없다. 이것저것 너무 많이 가르치려 하면 머리가 어지러워져 순서대로 학습이 안 된다. 친구도 없이 혼자만 있게 해서도 외톨이가 되고 편협해진다.

2000여 년 전 사람이 어찌 오늘의 현실을 그리 정확히 내다봤을까. 그렇다면 그 해답도 있을까.

스승이 학생을 잘 가르치려면 옳은 것을 가르치되 강제로 끌고 가지 않고, 힘을 부여하되 억압하지 않고, 생각을 열어 주되 금방 도달을 강요하지는 않는다. 강제로 끌고 가지 않으므로 학생은 저항하지 않는다. 억압하지 않으므로 학생은 편해지고, 금방 도달을 강요하지 않으므로 생각을 하게 된다. 이처럼 저항하지 않고 편안한 마음으로 잘 사고하도록 하는 것이 최고의 교육이라고 하겠다.

이러한 《예기》의 모범답안에 대해 현실적인 이유를 들어 그런 교육을 할 수 없다고 미리 단념하고 싶은 선생님도 있을 것이지만 스승의 책임은 절대 포기할 수 없다. 오히려 스승의 보람과 기쁨을 적극적으로 찾아가야 할 것이다.

많이 알고 암기하고 있는 것만으로는 남을 가르치는 좋은 스승이 되지 못한다. 필히 남의 말을 잘 들어야 하지 않겠는가. 학생이 힘이 달려 질문이 제대로 안 된다면 질문을 잘 듣고 대답해 주어야 한다. 대답을 해 주어도 알아듣지 못한다면 그것이야 어찌하겠는가.

어린이달, 청소년의달, 스승의달 오월이 가고 있다. 날씨가 더워지면 어린이들이 학업을 더욱 힘들어할 것이다. 어린이들에게 지식을 가르치는 데 머무르지 않고 그들의 궁금증을 덜어주고 바른 학업의 길로 나아갈 수 있도록 하려면 교육 목표가 바뀌어야 한다는 목소리도 크지만 교육을 담당하는 스승의 책임이 소중하다. 그것을 위해 우리 어른들이 오늘 찬물로 세수를 한 번 해 보자.

신문명시대에는

내 친구 한 명은 딸만 둘인데 이 딸들이 재주가 있고 인물도 좋아 친구 사이에 부러움을 샀다. 좀 늦었지만 큰딸이 결혼도 하고 아기를 낳자 이 친구는 드디어 할아버지가 됐다며 한껏 기대에 부풀었다.

그러다 반년 만에 딸의 아파트 바로 윗집으로 이사를 갔다. 멀리 있으니 딸 집에 다니면서 외손주 봐주는 게 너무 힘들어 고민하다가, 근처에는 집이 나온 게 없지만 마침 그 윗집이 나와 두말 않고 이사를 갔다는 것이다.

그런데 그 친구의 다음 말은 우리를 경악시켰다. 사위와 딸 둘 다 직장에 나가니 어쩔 수 없이 입주 육아 도우미를 불러 쓰는데, 집 안에 폐쇄회로(CC) TV를 6대나 설치했다는 것이다. 거실, 안방, 건넌방, 부엌, 현관, 화장실 등에 설치했는데 이 화면을 사위와 딸이 스마트폰으로 받아서 볼 수 있고, 또 우리 친구 내외와 사돈 내외도 각자 자기 집에 연결해 볼 수 있단다. 무려 어른 여섯이 손녀딸이 파출부와 함께 잘 크는지를 체크할 수 있다는 것이다. 그야말로 정보화시대, 정보기술(IT)시대의 최전선이 아닌가. 최근 맞벌이 가정에서 육아 문제로 CCTV를 설치하는 집이 늘고 있다는 보도도 바로 이런 것이라 하겠다.

설치 문제로 갈등은 없었을까. 도우미가 선선히 동의해 주더라는 것이다. 도우미 자신도 억울한 책임을 지지 않아도 되니 더 좋다고 했단다. 그래서 도우미와는 CCTV가 안 보이는 곳에는 아기를 데리고 가지 않기로 합의했단다. 그렇게 하고 조부모가 가끔 들러서 아기가 잘 자라는가를 봐주고 있다고 하니 서로 좋다는 것이다. 문제는 이 CCTV를 악용해 자신의 의붓딸을 감시하며 학대한 사건이 드러난 경우도 있다. 그러니 문명의 이기(利器)는 늘 좋고 편한 것만은 아니다.

아무튼 보통의 맞벌이 가구에서는 입주 도우미를 쓰기가 어려워 시간제로 쓸 수밖에 없는데, 가끔 CCTV 설치 문제로 갈등이 있다는 것이다. 그렇지만 집안의 CCTV가 실제로 육아 도우미의 학대나 방임과 관련한 소송에서 중요한 역할을 하기도 한다.

경북에 사는 한 부부는 생후 2개월 된 아기가 수막염에 걸리자 도우미를 상대로 소송을 냈는데, CCTV를 통해 도우미가 여러 차례 아기에게 먹다 남은 분유를 먹이고 트림도 시켜 주지 않는 모습을 확인해 도우미로부터 배상판결을 받았다고 한다. 그러니 설치를 기꺼이 받아들인 그 도우미의 생각이 이해는 간다.

맞벌이 가구가 늘면서 최근 대형 통신사들이 맞벌이 가구를 겨냥해 내놓은 가정용 실내 CCTV 상품 가입자가 크게 늘어나는 추세란다. 어느 통신사 상품은 출시 초기에 8,800명이었던 가입자가 2년 만에 10만7,000명으로 급증했다고 한다. 옛날처럼 엄마가 육아 문제를 전담할 때는 없던 걱정이 맞벌이 시대가 되면서 생긴 것이고, 그에 따라 CCTV도 새로운 임무를 띠고 등장하면서 바야흐르 첨단 정보통신기술(ICT)이 아기를 키우는 데까지 이용되고 있다. 바꾸어 말하면 조지 오웰이 그의 소설《1984년》에서 제시한 텔레비전에 의해 감시받는 사회 그대로가 아닌가.

집에서는 물론이고 문 밖을 나서면 거리마다 CCTV가 우리 걸음걸음을 보고 녹화하고 있다. 그것이 독재자에 의한 감시가 아니어서 다행이지만 어느 새 감시사회, 정보통제사회로 깊숙이 들어와 있는 것은 분명하다고 하겠다.

여성은 집에서 애를 낳고 키워야 한다는 전통적인 인식과 한계를 뛰어넘어 사회로 나가 자신이 배우고 키운 능력을 제대로 활용하는 시대가 되면서 육아 문제는 우리 사회의 큰 고민이 되고 있다. 인구 문제의 핵심도 바로 육아에 있는 것이라 하는데, 자녀의 혼인 연령이 높아지고 그 부모도 점점 손주 보는 나이가 노령화되면서 이들을 맡아 주기가 너무 어렵다고 아우성이다. 그래서 손주를 맡지 않으려는 조부모의 방법론이 서로 공유되기도 한다.

해결하는 방법으로 오래전부터 영아원 설립이 제기돼 왔지만 멀어도 한참 멀었다. 가장 큰 고민은 출산휴가가 끝나는 시점부터다.

시부모나 친정부모가 없는 경우 그야말로 육아가 가장 큰 고민이고, 이 때문에 애를 가지기 어렵다는 고민이 출산율을 세계에서 가장 낮게 만드는 게 아닌가. 그렇다면 우리 고민은 출산휴가 이후 직장인들의 아기를 어떻게 맡아 주는가에 집중돼야 한다. 전에 대기업의 고위 임원에게 이런 얘기를 했지만 자기들은 나름대로 잘하고 있다는 원론적인 답변만 들은 기억이 있다.

이 문제야말로 대기업이 사회 환원 차원에서 적극 나서야 할 일이라고 나는 말하고 싶다. 영아원을 많이 세우고 젊은 남녀를 고용해 0세에서 4세까지의 영아원을 운영하는 것이다. 비용은 합리적으로 책정함으로써 이런 영아원이 경영난으로 문을 닫게는 하지 않는다. 유치원도 중요하지만 가장 결정적인 공백기인 출산휴가 후부터 어린이집 전까지 맡아 주는 영아원이 정말 중요하지 않은가.

정부도 이 문제를 유심히 봐야 할 것이다. 경제를 살린다고 망해 가는 기업에 돈을 자꾸 지원해 헛돈을 쓰기보다는 국민이 안심하고 출산하고 아이를 맡길 수 있는 시스템을 갖추는 일이 가장 시급하다고 본다. 그렇게 하면 청년실업률도 내려갈 것이요, CCTV를 설치하며 속을 썩이는 일도 줄어들 것이다.

가장 큰 혁명

　"현재 지구상에서 진행되고 있는 가장 큰 혁명은?"

　이런 질문에 대한 대답에 "산업혁명입니다"라고 대답할 수 있는 사람은 세상의 변화를 그래도 열심히 보는 사람이라고 할 수 있다. 과연 그런가?

　"에이, 무슨 산업혁명. 과거 영국에서나 있었던 것 아닌가요?" 라고 물으면 우린 답을 준비하고 있어야 한다.

　"지금 진행되고 있는 산업혁명은 4차 혁명입니다."

　아니, 산업혁명이 벌써 4차까지 진행되고 있는가? 우리가 잘 알고 있듯이 1차 산업혁명은 1784년 영국에서 증기기관이 발명된 이후 증기나 석유로 돌리는 기계가 인간의 힘을 대체하는 것이었고, 2차 혁명은 약 100년 뒤인 1870년 전기의 발명으로 전기의 힘이 무한한 대량생산을 가능케 한 혁명이다. 3차 혁명은 이보다 또 100년쯤 지난 1969년 컴퓨터가 서로 연결되기 시작하면서 힘이 아닌 정보가 세상을 지배하게 된 것을 말한다. 그러면 현재 진행되고 있는 4차 산업혁명은 무엇인가. 여러 사람의 말이 다르지만, 컴퓨터의 발달로 형성되고 있는 인공지능(AI)이 이제 인간이 하고 싶은, 하려는 모든 일을 대신하고 주도하는 시대라고 정의하고 싶다.

4차 산업혁명이란 개념은 2016년 스위스 다보스에서 열린 세계경제포럼에서 처음 언급된 개념이다. 전 세계 기업인, 정치인, 경제학자 등 전문가 2천여 명이 모여 세계가 당면한 과제의 해법을 논의하는 자리에서 주최 측이 던진 화두라 할 것이다. 이후 각 나라는 4차 산업혁명을 위한 준비를 활발히 추진하고 있다. 아직 혁명이 명확히 보이지는 않지만 이미 시작된 것이라면 과거 100년에 한 번씩 오던 산업혁명이 이번에는 40년 만에 다시 오는 것이 특이하고 놀라운 일이다.

세계경제포럼에서는 4차 산업혁명을 "3차 산업혁명을 기반으로 한 디지털과 바이오산업, 물리학 등의 경계를 융합하는 기술혁명"이라고 설명한다. 무슨 말일까. 우리나라 사람들은 프로기사 이세돌과 AI 알파고의 대결에서 AI의 위력을 지켜 본 터라 누구보다도 세상이 변하고 있는 것을 실감하고 있을 것인데, 이처럼 컴퓨터망에 의해 방대한 자료들이 축적되고 그것이 분석·예측됨으로써 인간의 지능, 지식, 경험만으로는 접할 수 없는 새로운 차원의 산업과 세상이 열리는 것이라고 할 수 있을 것이다.

따라서 4차 산업혁명의 핵심 키워드는 융합과 연결이다. 정보통신기술(ICT)의 발달로 전 세계적인 소통이 이뤄지자 개별적으로 발달한 각종 기술이 융합돼 ICT와 제조업, 바이오산업 등 다양한 산업 분야에서 AI를 활용한 다양한 새 부가가치가 태어나고 있다는 것이다.

최근에 나온 《인공지능 2030》이라는 책에서 저자들은 AI 발전이 단순히 자율주행차, 산업용 로봇, 의료 로봇 같은 산업 분야에만 영향을 미치는 것이 아니라 인간 사회의 복잡한 의사결정을 대신함으로써 정치혁명과 사법혁명을 가져올 것이라고 전망한다. 기존에 가르치던 일방적인 주입 방식을 무너뜨리고 교육혁명을 촉발할 것이며, 실업에 대한 사회안전망을 갖춰 기존 시스템을 바꿔 놓을 것이며, 알파고나 IBM 왓슨처럼 한 가지 분야에만 특화된 AI를 넘어 다양한 분야의 온갖 일을 처리할 수 있는 인간의 뇌를 닮은 인공일반지능(AGI)이 등장해 지식의 폭발과 인간 수명의 연장도 이룰 것이라고 전망한다.

이러한 혁명이 어디까지 퍼져 나갈지 아직은 속단하기 어렵지만 기술을 넘어서서 사회 전반, 심지어 정치혁명으로 이어질 가능성도 제시된다. 세상은 갈수록 복잡하고 어지러워 합리적인 의사결정을 하는 데 필요하고 충분한 정보를 토대로 올바른 결정을 내리는 일이 점점 더 중요해진다. 현재 대부분의 사회에서 사회적 혹은 정치적 문제를 결정하는 데 있어 비효율성이 많고 때로는 국민의 대표자들이 편견에 사로잡혀 잘못된 선택을 하지도 않던가?

그러니 알파고보다 더 진보된 AI에게 모든 법률, 뉴스, 정책 브리핑, 전문가 분석, 소셜 미디어와 다양한 종류의 데이터와 폭넓은 정보를 입력해 내부적으로 유연한 방법으로 모두 상호 연관되도록 하고, 다양한 패턴 및 추론을 이끌어 낼 수 있는 데이터 유형으로 주입하고 학습시키면 AI는 인간에게 다양한 종류의 '편견 없는' 결과물을 생성해 주지 않겠느냐는 것이다.

20년 전, 사람 없이 혼자 운전하는 자동차가 미래에 나올 것이라고 말하면 대다수 사람은 비웃었지만, 이제는 모두 믿어 의심치 않는다. 정부나 국회는 사람이 운영해야 한다고 생각하고 있으나 이미 수많은 일들이 AI로 대체되고 있다. 세상이 너무나도 복잡해지고 생각할 것이 많아지니 차라리 AI가 인간의 의사결정을 대신해 주는 것이 더 좋다고 생각하는 사람도 생겨나고 있다.

4차 산업혁명이 산업과 기술을 넘어 인간 생활의 전반에서 지금까지 우리가 결코 생각하지도 예측하지도 못한 새로운 '멋진 신세계'를 가져다줄지도 모른다. 그런 혁명을 위해 우리는 무슨 준비를 어떻게 해야 하는가. 지금처럼 정치에서 아무런 빛이 보이지 않는 상황에서는 그런 미래가 기다려지기도 한다.

술 경보령

　　고려의 시인이자 문신인 이규보는 평생 거문고와 술과 시를 좋아해 스스로 삼혹호(三酷好)라고 호를 내세운 것으로 유명하지만, 중국 후한 때의 양병(楊秉, 92~165)은 스스로 삼불혹(三不惑)이라 했다. 술과 여색과 재물의 유혹을 받아도 흔들리지 않는다는 뜻이다.

　　그는 천성적으로 술을 싫어했고, 부인과 사별했으나 재취(再娶)하지 않았고, 물욕(物慾) 없이 청렴했다는 칭송을 들었다. 쉽지 않은 일이다. 특히 한국 남자로서 재물에 대한 유혹은 그렇다고 쳐도 연말에 술을 멀리할 수 있다면 그 사람이야말로 나이 사십을 넘지 않더라도 진정한 불혹이 아닐 수 없다. 사회가 그냥 두지 않기 때문이다.

　　옛날에 장기나 바둑을 좋아하는 사람들은 걸핏하면 《논어》의 공자 말씀을 끌어대었다. "온종일 먹고 마시기만 하며 마음 쓰는 곳이 없다면 지극히 곤란한 일이다. 장기나 바둑이 있는데, 차라리 그런 것이라도 하는 것이 낫다"는 것이다. 술을 좋아하는 사람들도 공자를 끌어댄다. "공자는 술을 마시되 양을 미리 정하지 않았다"는《논어》향당(鄕黨)의 묘사를 인용해 술자리 핑계를 댄다. 그러면서도 마지막 말은 인용하지 않는다. 술은 정해진 일정량이 없었으나 "흐트러지지는 않았다(不及亂)"는 말이 뒤에 꼬리표로 붙어 있는 것을 짐짓 모른 척하는 것이다.

술은 오랜 옛날 과일이나 곡류와 같은 당질 원료에서 야생의 미생물이 자연적으로 생육하여 알코올이 생성되었고, 이러한 발효산물을 우연한 기회에 사람들이 마시고 맛이 있음을 알게 되자 술을 만들기 시작했다고 한다. 중국에 예전에는 감주(甘酒)만 있고 술은 없었는데 우 임금 때 의적(儀狄)이란 사람이 술을 만들어 바쳤다고 하는 전설이 있는 것이 아마도 그런 정황을 말해 준다고 하겠다. 다만 우 임금이 맛을 보고 말하기를 "후세에 반드시 술 때문에 나라를 망치는 자가 있을 것이다" 하고 의적을 멀리했다는 것을 보면, 술이란 것에 해독이 있음을 일찍부터 알았다는 뜻이다.

당(唐)나라의 왕부(王敷)는 "군신이 화합하는 것도 술의 덕이다. 귀인 고관이 마시는 것으로서, 술 한 잔은 건강의 근원이고 기분을 전환하며 인물을 만들고 예의를 가르친다. 또 궁중의 음악도 술에서 생긴 것이다"라고 〈다주론(茶酒論)〉에서 술의 효능을 자랑한다.

그러나 〈분별선악소기경(分別善惡所起經)〉에서는 술 마시고 취하기를 즐길 때 서른여섯 가지의 허물이 나타난다. 부모(父母) 인군(仁君)을 공경하지 않게 되어 위아래가 없어지고, 두 번 말하기와 잔소리가 늘고, 하늘을 꾸짖거나 사당에 오줌 누는 일도 서슴지 않으며, 길 가운데 눕거나 소지품을 잃기도 하고, 비틀거리다가 구덩이에 떨어지기도 한다. 또 심해지면 처자가 굶는 것을 두렵게 여기지 않고, 법을 겁내지 않게 되며, 부끄러움이 없어져 심하면 옷도 벗은 벌거숭이로 다닌다. 남의 부녀자 앞에서 어지러운 말로 희롱하기를 예사로 여기며, 툭하면 옆 사람과 다투려 하고, 순간적으로 흥분하여 집안 세간을 부수기도 하고, 집안 사람들과 사사건건 충돌한다. 이러다 보니 집안에서건 길에서건 다른 사람에 대해 피해를 입히고도 잘못된 줄도 모른다.

술을 만들기 위해서는 또 많은 곡식들이 들어간다. 때문에 술로 인해 피해를 줄이자고 역대 제왕들이 술의 제조나 복용을 금지하기도 했으나 완전히 금지할 수는 없었다.

한(漢)나라를 건국한 유비(劉備)가 술 제조를 금하고 술 만드는 도구를 가진 사람을 찾아내어 처벌하려고 하자, 간옹(簡雍)이 길 가던 어떤 남자를 가리키며 그를 처벌하라고 요구하였다. 유비가 이유를 묻자 "저 남자는 음행의 도구를 소유하고 있으니 반드시 음행을 할 것이다"라고 말하자 이에 유비가 술 도구를 가지고 있던 사람을 용서해 주었다.

삼국시대 위(魏)나라 때는 조조가 금주령을 내렸는데 상서랑(尙書郎)으로 있던 서막(徐邈)이 술을 먹고 대취하고는 추궁을 당하자 "나는 성인(聖人)에 취하였다"라고 하였다. 조조가 대노하여 죽이려 하자 다른 사람이 그를 위해 해명하기를, "평소에 취객들이 청주를 성인이라 하고 탁주를 현인이라 합니다. 서막은 성품이 조심스러운데 우연히 술에 취하여 한 말일 뿐입니다"라고 하니, 조조가 서막을 용서하였다고 한다. 금지된 술이란 말 대신 성인, 현인이라고 음어(陰語)를 쓴 것이지만 그처럼 술을 높여 부를 정도로 완전히 금지하기가 어렵다는 이야기다.

최근 인륜을 벗어난 온갖 범죄들이 자주 일어나고 있는데 법정에서 피의자가 술에 취한 경우엔 형을 줄여 주는 판결이 나오면서 국민들의 우려가 늘어나고 있다. 흉악한 범죄를 저지른 조두순의 출소를 막아 달라는 청원과 함께 주취범죄 감형을 폐지해 달라는 국민청원에 20만 명 이상이 참여했다. 죄를 지은 사람을 무조건 엄벌에 처해야 한다는 것은 아니지만 술에 취했다고 감형해 주기 시작하면 더욱 술의 폐해가 늘어날 것이다.

술꾼들에게는 대목이라 할 연말, 지난해보다는 사회가 안정된 탓에 술자리가 많아진 듯하고 회식이니 2차 3차니 노래방이니 하며 몰려다닌다는 소식 또한 많이 들린다. 더구나 여성 음주도 늘어나 가끔 길거리에서 추태를 보이기도 한다. 옛 사람들은 술도 도(道)로서 마실 뿐 지나치게 술에 빠지지 않도록 경계하기 위해 많은 주계(酒戒)를 만들었지만 술을 완전히 끊을 수 없다면 술로 몸과 이웃을 망치기 전에 스스로 삼가는 것 이상으로 좋은 주계는 없을 것이다.

우리가 왜?

    크리스마스날 저녁 일본 도쿄에서는 도쿄도립교향악단, NHK교향악단, 도쿄필하모니교향악단이 각각 베토벤 교향곡 9번 '합창' 연주회를 가졌다. 하룻저녁 세 군데에서 '합창'을 연주한 것이다. 28일에는 도쿄, 요코하마, 오사카 등 세 도시에서, 29일에는 도쿄 두 곳과 오사카에서, 30일에도 두 곳에서 열렸다.

    일본의 연말은 그들이 '다이쿠(第九)'라고 부르는 베토벤의 교향곡 9번 '합창' 연주회가 전역에서 거의 매일 열린다. 대도시뿐만 아니라 중소도시에서도 연주가 이어진다. 일본의 연말은 가히 베토벤의 '합창' 교향곡으로 도배를 하는 느낌이다.

    베토벤의 '합창' 교향곡이 동서양의 구분을 넘어서 인간이 만들어 낸 최고의 음악임을 부정할 사람은 없을 것이다. 인간의 힘으로 쓸 수 있었던 가장 완전하고 위대한, 그리고 모든 사람에게 호소해 압도적 감동으로 인도하는 명곡이란 평가가 그것이다.

교향곡이란 음악 형식에 처음으로 합창을 넣어 클라이맥스를 유도하는 초유의 작곡 구상, 인간의 삶의 고뇌와 즐거움이 교차하는 듯한 1악장에서 3악장까지의 긴 서술에 이어 큰 굉음과 함께 독창과 중창, 합창으로 쏟아내는 4악장의 '환희의 송가'. 그 가사 "그대의 힘은 잔혹한 현실에서 찢어진 사람들을 다시 결합시킨다 / 그대의 다정한 날개가 깃들이는 곳 / 그곳에서 모든 인간은 형제가 된다"처럼, 모든 인간이 형제가 되는 장엄한 세상의 정경을 음악으로 구현해서 듣고 보는 모든 이에게 환희가 용솟음치도록 하는 강렬한 힘 때문이 아니겠는가.

우리 음악계에서도 주요 교향악단이 연말에는 이 '합창' 교향곡을 연주하는 것이 관례처럼 돼 가는 것 같다. 그러나 일본처럼 많지는 않다. 어느 일본 평론가는 베토벤 교향곡 9번은 일본의 '제2 애국가'라고 밝히기도 했다. 왜 유독 일본인들이 연말에 '합창'에 목을 매는 정도가 되었는가. 여기에는 일본만의 역사, 그것도 침략전쟁과 관련된 이야기가 있다.

한국을 병합하고 군사적으로 강력해진 일본은 중국 땅을 차지할 기회를 노리고 있다가 1914년 1차 세계대전이 터지자 곧바로 독일이 차지하고 있던 중국 칭다오(靑島)항을 공격한다. 그리고 그곳에 있던 독일군과 독일 민간인을 포로로 잡아 일본으로 후송했는데, 933명에 이르는 이 포로를 수용한 곳이 처음엔 도쿠시마(德島), 나중엔 나루토(鳴門)시 반도(板東) 포로수용소다. 수용소에는 독일군보다도 독일 민간인이 더 많아 이들은 수용소 안에서 신문을 발행하는 등 문화활동을 했고, 1918년 6월 1일 음악을 할 줄 아는 사람이 작은 교향악단을 만들어 베토벤 교향곡 9번을 연주했다. 그것을 기려 나루토시에서는 해마다 6월 1일을 '제9교향곡의 날'로 정하고 연주회를 열어 일본 각지에서 관광객이 찾아온다고 한다. 이렇게 본다면 일본에서 이 9번 교향곡이 처음 연주된 것도 일본과 독일의 전쟁 중에 꽃핀 인도주의와 친선의 의미가 있다 할 수 있다.

그러다가 일본이 태평양전쟁을 벌이면서 대학생 등 청년들을 대거 강제징집하게 된다. 1943년 도쿄음악학교(현 도쿄예술대학 음악부)의 20세 이상의 학생도 징집명령을 받아 전장에 나가야 하는 상황이 됐다. 학생들은 어차피 졸업도 가까웠고 하니 졸업연주회 겸 출전하는 학생의 장도를 비는 뜻에서 음악회를 열었고, 이때 베토벤 교향곡 9번 '합창' 4악장을 연주했다. 그러다가 전쟁이 끝난 후 살아서 돌아온 학생들은 전장의 이슬로 사라진 많은 동료 학생을 애도하는 의미로 출전할 때 연주했던 교향곡 9번 '합창' 4악장을 다시 연주했다고 한다. 죽은 학생을 위한 진혼곡이었던 셈이다.

그런 역사적 사실을 담고 있기에 일본에서는 연말에 '다이쿠', 곧 베토벤 교향곡 9번을 연주하는 것이 관례화 내지는 정례화됐고, 이 곡의 발상지인 서유럽, 특히 독일보다도 더 많은 곳에서 '합창'의 메아리가 들리고 있다. 마치 미국인이 새해를 맞으면서 반드시 부르는 '올드 랭 사인(Auld Lang Syne)'과 같은 지위를 얻게 됐다고 하겠다. 사실 인간의 갈등과 고통을 넘어 환희에 도달하는 그 과정이야말로 긴 전쟁을 끝낸 일본인에게도 자유를 얻은 기쁨을 나누는 의미가 있을 것이다.

그런데 우리는 어떤가. 우리가 연말에 합창교향곡을 연주하는 것은 혹시 부지불식간에 일본이 연말에 하니까 우리도 하자는 데서 비롯된 것은 아니었을까. 물론 서양에서도 연말에 연주를 하고 있으니 일본을 따라한다고 할 수는 없을 것이고, 우리로서도 이 연말 연주가 나쁘다고 할 이유는 없지만 뭔가 개운치 않은 것이 사실이다.

환희의 송가에 담긴 내용은 희망의 메시지다. 그 메시지는 어수선한 연말보다는 새해가 더 걸맞다는 생각이 든다. 마치 새해 보신각 종을 치듯이 해가 떠오른 뒤 그 태양의 빛으로 우리 가슴을 채워 그 빛이 우리에게 인내와 용기를 주도록 기원하는 것이기에, 그렇게 하려면 묵은해 끝자락보다는 새해에 연주하는 것이 더 어울린다는 생각이다.

보신각 종소리를 들으며 새해를 열 듯 그해의 평화와 안녕을 기원하는 제9교향곡을 앞으로는 새해 초에 연주하면 어떨까.

제3부
나라라는 것도

민주를 묻는다

　'대한민국은 민주공화국이다.' 대한민국 헌법 제1조에 나오는 이 구절을 모르는 국민은 없을 것이다. 그런데 '민주(民主)'라는 말은 국민이 주인이라는 뜻으로 알겠는데 '공화(共和)'라는 말은 무슨 뜻일까. 한자로 생각해 보면 공(共)은 '함께', 화(和)는 '골고루'라는 뜻이므로 여러 사람이 함께하는 나라로 풀어볼 수 있겠지만 확실치 않고, 더욱이 '공화국'이라고 할 때는 더욱 난감하다. '함께 두루 하는 나라'라고 풀면 되려나.

　정치학자들은 이런 얘기를 할 때면 공화국이란 말의 영어 리퍼블릭(republic), 그 말의 어원이 되는 라틴어 레스 푸블리카(res publica)를 인용한다. 이 단어의 원뜻은 '공공의 것'이라고 하니, 나라라는 것이 군주 한 사람의 것이 아닌 많은 사람 혹은 '공공의 것'이라는 뜻으로 풀이하는 것 같다. 다시 말하면 국민이 주인이 되는, 공공의 기준으로 운영되는 나라라고 할 수 있겠다.

그런데 정치학에서 쓰는 이 말은, 라틴어의 원뜻이 동양으로 들어올 때 '공화'란 단어를 골라 대입한 것인데, 이 공화국이나 공화정이란 것을 흔히 고대 이탈리아 일대를 통일한 로마가 BC 509년 이후 처음 실시한 것으로 알고 있지만, 사실은 그보다도 300여 년 전인 BC 841년에 중국에서 시작된 것임을 잘 모르고 있다. 그리고 이 공화정의 발단이 언로를 통제했던 데서 비롯됐다는 점도 흥미롭다.

고대 정치의 근간은 왕이든 황제든 절대권력을 가진 군주와 그 군주를 떠받쳐 주는 관리들이 피지배층인 백성을 지배하는 것이지만, 그것이 단순히 상하수직적인 관계, 일방적으로 위에서 내려가는 관계가 아니라 백성의 목소리가 위로 올라가서 신하나 왕과 소통되는 쌍방향이었다. 그런데 중국 주나라(BC 1046~771)의 10대 왕인 여왕(厲王)이 즉위 후 포악하고 사치스럽고 교만해지자 여왕을 모시던 사대부의 불평불만이 높아갔다. 그러자 왕은 비방하는 자를 찾아내 죽이는 등 박해를 일삼았다. 그러고는 세상이 조용해졌다고 좋아했다.

신하 중에 소목공(召穆公)이 "백성들이 하고 싶은 말은 냇물과 같은 것이고, 백성이 생각하고 말하는 것은 자연스럽게 이루어져 유행하는 것이니, 어찌 막을 수가 있겠습니까. 만일 그들의 입을 막아 버린다면 나라가 얼마나 오래갈 수 있겠습니까" 하고 시정을 호소했지만 듣지 않았다.

그러자 나라에는 감히 정치에 대해 말하는 자가 없었고 참지 못한 제후와 신하들이 3년 후에 반란을 일으킨다. 이에 여왕은 멀리

도망감으로써 주나라는 최고지도자인 왕이 없어지고 여왕이 죽은 BC 828년까지 14년 동안 귀족 고관들에 의한 통치가 실시된다. 이처럼 사대부들이 왕을 쫓아내고 정치를 맡은 것을 사마천은 '공화'라고 표현했다.

자세히 보면 동양 역사에서 최초의 반정(反正)인 공화정의 원인이 사람들의 입을 막은 데서 비롯됐다는 점이다. 사람들이 정치에 대해서 잘잘못을 말하는 것을 위력으로 막다가 나라를 잃고 자신도 쫓겨난 것인데, 이처럼 정치지도자는 자신의 잘못을 지적하는 목소리를 억지로 막으면 안 된다는 점을 이미 2800여 년 전에 경험으로 전해 주고 있다.

우리가 지향하는 공화제(共和制)는 군주가 존재하지 않는 정치체제다. 우리나라는 민주공화국임을 천명하고 해방 이후 70년 이상 이 개념을 지켜왔다. 때때로 정변이 있었지만 우리 국민은 선거를 통해 최고지도자를 뽑고, 또 다른 선거를 통해 국민의 대표를 뽑아 그들이 서로 견제하면서 국민의 뜻에 따라 국민을 위하는 정치를 하는 것을 당연하게 믿어 왔다.

다만 그들에게만 맡길 수 없어 사법제도와 언론에 감시와 길잡이 역할을 하도록 해 왔다. 언론은 지도자가 많은 사람을 만나 다양한 이야기를 듣고, 그들의 뜻을 받아들이라고 촉구한다. 더 이상 특정인만으로 그들의 리그를 형성하고 그것으로 나라를 운영하면 안 된다. 지도자를 모시는 사람들도 마치 군주를 모시는 것 이상으로 모든 지시나 명령을 그 옳고 그름을 따지지 않고 무조건 복종하기만 해서는 안 된다고 믿어 왔다.

군주와 백성의 관계를 배와 물로 비유한 맹자의 가르침에 따라 당나라 때 육지(陸贄, 754~805)는 이렇게 말했다.

배는 곧 왕의 길이고 물은 곧 인심입니다. 배는 물길을 따르면 뜨고 거스르면 가라앉습니다. 임금은 사람의 마음을 얻으면 굳건해지고 잃으면 위태로워집니다. 이 때문에 옛날 훌륭한 임금은 사람들의 위에 있을 때는 반드시 천하 사람들의 마음을 좇으려 하였고 감히 천하 사람들을 가지고서 그의 욕심을 좇도록 하지 않았습니다.

이 시대 국민의 바람은 무엇일까. 과거의 잘못을 다시 반복하지 않고, 명철한 비전으로 냉엄한 국제정세에 대응하고, 긴장만 계속되는 남북관계도 과감하게 개선해 전쟁의 위험을 줄이며, 경제를 살려 국민이 안심하고 살아갈 수 있도록 해달라는 것이 아닐까. 그 과정에서 국민의 입과 귀를 막고 눈을 감게 하면 안 된다는 것이었다. 또다시 임기 중간에 불명예를 안고 내려서는 지도자가 나오지 않는 진정한 민주공화국이 되기를 우리는 간절히 바라고 있다.

우리의 봄은 언제?

　　부산의 정관 신도시에 새로 문을 연 정관박물관에 가니 주둥이가 긴 오리 모양의 새 토기가 있는데 특이하게 발이 세 개다. 근처에서 출토된 것이라고 한다. 보통 오리라면 당연히 둘인데 몸을 길쭉하게 뽑은 이 오리는 몸 앞을 받치는 발이 하나 더 있다. 이른바 세발 오리, 곧 삼족압(三足鴨)인데 처음 나온 토기란다.

　　고구려 고분 벽화에 발이 세 개 달린 까마귀(三足烏)가 있는 것은 고구려를 필두로 한 동아시아문화권의 전통적인 신앙개념이라고 말할 수 있겠지만, 우리나라 사람들이 유난히 3을 즐겨 쓰는 것은 부정할 수 없다.

　　가장 멀리는 단군신화에서 환인, 환웅, 단군 등이 등장하는 것에서부터 가장 가까이는 술꾼들이 술을 주문하면서도 한 병은 외롭고 둘은 아쉽고 세 병은 되어야 한다고 굳이 한 병을 더 주문하는 것도 다 숫자 3에 대한 우리의 선호사상을 반영하는 것이리라.

가위 바위 보가 세 개의 요소로 되어 있다거나, 우리 음악에 3박자 음악이 많다거나, 서당 개가 글을 알아듣는 데도 3년이라는 숫자 3이 필요하다거나, 무엇을 겨룰 때도 삼세판은 해야 한다고 하고, 시집살이도 3년이요 시묘살이도 3년이다.

사실 3은 곧 인간을 의미하는 숫자이고 완성을 의미하는 숫자다. 3은 하늘과 땅, 그리고 인간이라는 이 세상의 구성원리를 상징하는 것이고, 남녀가 결합해서 탄생하는 새로운 생명을 뜻하는 숫자다. 생명의 탄생에는 삼신할매가 등장하는데 삼신할매의 어원은 삼이 아니라 산신(産神), 곧 출산을 도와주는 신이란 주장이 있기는 하다. 하지만 이 할매를 위해 제물로 올리는 것도 밥 세 그릇, 국 세 그릇, 정화수 세 그릇이다.

나아가서 3은 한 사물이 균형을 유지하며 스스로 설 수 있는 최소한의 단위다. 탁자 다리도 두 개만으로 서기가 어렵고, 자동차도 두 바퀴만으로 서거나 달릴 수 없다. 자전거 바퀴가 두 개 아니냐고 하겠지만, 그러니 사람이라는 존재가 그 바퀴를 굴려 주어야 설 수 있다. 이 우주도 하늘과 땅만으로는 완성이 되지 않고 세 번째 요소인 인간이 있음으로 해서 우주가 완성되는 것이다.

그러기에 3은 희망의 숫자이고 새로운 탄생이며 새로운 시작이다. 그런 숫자 3을 맞는 3월은 곧 봄이자 새로운 출발이다.

옛날 중국에서는 3월에 들어 첫 번째로 맞는 사일(巳日), 곧 상사일(上巳日)에 한(漢)나라의 온 관원과 백성들이 모두 동쪽으로 흐르는 물에 들어가 몸을 깨끗이 씻었으며, 그것이 위(魏)나라 이후에는

3이 겹치는 삼월삼짇날에 행사를 하는 것으로 바뀌어 굳어졌다고 한다. 이때 삼짇날은 물론 음력이고 들에는 꽃이 피고 새 움이 돋아나는 시절인데, 우리나라 역시 이날을 귀히 여겨 조정에서는 주요 고관들을 불러모아 답청연(踏靑宴)을 열었다고 한다. 이것은 이날 들에 나가 파랗게 난 풀을 밟고 즐기던 풍속이었다. 물가에 가서 흐르는 물에 목욕한 후 신께 빌어 재앙을 없애고 이어 시를 짓고 술을 마시며 복을 기원하는 것이다.

조선조 세조 14년 음력 3월 1일에 왕은 종친(宗親)과 재신(宰臣)을 불러 술자리를 베풀고, 정인지(鄭麟趾)에게 초록 단의(草綠段衣) 1령(領)을 내려주며 전교하기를 "내 오늘은 목욕을 이미 마쳤으니 장차 서울로 돌아가려 한다. 모레가 바로 삼월삼짇날이니 마땅히 경(卿)과 함께 술을 마셔야 하겠고, 내일은 신숙주 · 최항 · 노사신 등과 매사냥을 하고 한 번 놀아야겠다"고 말한 것이 실록에 전해져 온다.

조정에서는 새 봄의 기운을 들이기 위해 과거를 마련하여 젊은 인재를 발탁하기도 하였다. 민간에서도 조상께 제사를 지내고 진달래꽃 부침이나 쑥떡으로 손님을 접대했다고 한다.

양력을 쇠는 현대의 3월, 이제 우리 땅에는 생명이 돋아나기 시작했다. 옛날 쇠었던 음력과 다소 시차는 있지만 요즈음은 계절이 빨라지고 기온도 높아지는 추세여서 양력 삼월은 옛 음력 삼짇날과 큰 차이가 없을 정도로 봄의 생기가 대지를 데우고 생명들도 새 출발의 목소리를 올리는 계절임에 틀림없다. 이런 기운을 받아 우리 한반도에도 어서 봄이 오길 기대해 본다.

다행히 평창동계올림픽을 계기로 남북 관계, 북미 관계에 전에 없는 대화와 화해 분위기가 마련됐다. 답청놀이 가서 푸른 풀을 밟으면 재앙이 씻겨진다는데, 남과 북이나 주변국 사람들이 다함께 답청놀이를 갈 수 있을까?

도피를 넘어서

　　고대 로마에서 최하위 계급인 프롤레타리아트(proletariat)라는 말은 독일의 사회학자 칼 맑스가 1840년대에 자본주의 사회에서 자신의 노동력을 판매하여 생활을 영위하는 계층, 이른바 무산계급을 지칭하는 말로 써서 우리에게 익숙하다.

　　그런데 영국의 역사학자 아널드 토인비는 이 말을 다시 문명의 흥망성쇠와 연결한다. 하나의 문명이 새로운 도전에 알맞게 응전하지 못하여 여기저기 정지 상태가 되면 그때까지 왕성한 의욕으로 창조활동을 계속하던 소수 지배자들이 단순한 지배적 소수자로 변질되어 그들의 위신을 권력으로써 유지하려 하며, 이렇게 되면 영도자들을 중심으로 믿고 따르던 사람들이 겉으로는 따르는 척하지만 속으로는 불평을 가지게 되는데, 토인비는 이처럼 한 사회 안에 있으면서도 그것에서 벗어나려는 사람들을 '프롤레타리아트'로 지칭했다.

이런 상황에서 프롤레타리아트는 자기들의 지배자를 믿고 따르지 않게 되며, 그럴수록 지배적 소수자는 자신의 권위를 세우고 우월적인 지위를 계속 유지하고 싶어한다. 이때 프롤레타리아트는 사회 안에서 이 문제를 해결해 보려는 그룹과 변경으로 달아나 버리는 그룹으로 나뉘게 된다.

법학자이며 법무부장관을 지낸 황산덕 씨는 명저《복귀(復歸)》(1975년)에서 한 문명이 붕괴기에 접어들면 소수 지배자들은 점점 '독주'를 하게 되고, 사회 안에 남아 있던 내적 프롤레타리아트들은 사회에서의 '도피'를 하게 된다고 보았다.

위정자는 자기가 하려는 일은 언제나 옳다고 생각하고 자기 의사를 관철하려고 독주를 하게 되며, 도피자들은 현실에서의 불만족스러운 것에 대한 책임을 모두 남에게로 돌리려고 한다. 그들은 자신의 행복을 남에게만 의존시키고 있기 때문에 관심을 몽땅 밖으로만 쏟아내며 불평으로 꽉 차 있다.

우리가 제대로 일을 하기 위해서는 마음이 항상 제자리에 들어가 있어야 하는데, 이런 사람들은 마음이 몸 밖으로 나와 있어 사물을 올바르게 보고 제대로 처리할 수 없으니 하릴없이 사랑방이나 다방 같은 곳에 모여 앉아 이야기 꽃을 피우는 게 일이며, 실제로 해 보라면 더 서툴면서도 전혀 반성하려 하지 않는다. 이들이 내다보는 현실과 실제로 움직이는 현실이 아주 딴판이라는 이야기다.

특히 문명과 문명의 접촉에 있어서 한 문명이 높은 수준의 이질적인 문명과 접하게 될 경우 그 외래 문명을 되도록 빨리 흡수하여

자기 것으로 만들기 위해서는 '책을 읽을 줄 아는 사람'의 힘을 빌리지 않을 수 없는데, 이러한 사람들은 그들의 독서력으로 말미암아 외국 문물을 받아들이는 데는 이용가치가 있다고 하겠으나, 본질에 있어서 그들은 일종의 도피자여서 자신이 속해 있는 사회에 반기를 들 수 있는 잠재적인 소질을 항상 가지고 있다는 것이다.

그러기에 결국에 가서는 외국 문명과 자기 문명 어느 쪽에도 속하지 않는 허공에 뜬 기형적 존재가 되어 현실에 굴복해 독주자의 지시대로 따라가든가 또는 어디론가에 숨어 버리든가 둘 중의 하나를 택하게 된다고 황산덕 씨는 말한다.

마치 40여 년 전에 요즈음 우리 현실을 미리 보는 것 같은 생각이 들 정도로 예리한 분석이다. 황산덕 씨는 나아가 토인비의 도전과 응전 개념으로 우리 역사를 보면 통일되기 이전의 신라만이 하나의 도전을 맞이할 적마다 안으로 굳게 뭉쳐 적절하게 응전해 나갔지만, 그 이후 오늘에 이르기까지 이 땅의 역사는 붕괴 내지는 해체하는 문명에서나 인정될 수 있는 온갖 병적 현상을 다 보여 주고 있다고 진단한다.

위로 위정자들은 이렇다 할 인스피레이션(영감)도 없이 그저 집권욕에만 눈이 어두워 일방적인 '독주'를 일삼아 왔으며, 아래로 일반 대중은 자기 한 몸의 무사안일만을 위주로 사회적 현실로부터 '도피' 하기에 여념이 없었다고 한다.

이 때문에 상하의 마음이 하나로 뭉치는 일이 없어져 누르하치나 칭기즈칸, 일본 등 외부의 침입이 있을 때마다 쇠약해지고 나라를 부지할 수 없게 되었지만, 그래도 나라가 결정적으로 위급할 때는 으레 도인, 의인들이 출현해서 소생할 숨구멍을 터주었기에 우리가 기적적으로 살아남았다고 분석한다.

황산덕 씨는 주역 64괘로 보면 현대 우리나라는 극성을 부리는 음(陰)이 남은 양(陽) 하나마저 변질시키려고 덤벼드는 박괘(剝卦)로 볼 수 있는데, 이 괘를 완전히 뒤집어 양의 기운이 음을 몰아내는 복괘(復卦)로 전환되어야 우리에게도 희망이 생길 수 있다고 말한다. 그 방법은 깨끗하고 성실한 지도자가 각 분야에서 나와 사명감을 갖고 나라를 이끌어 가고, 일반 대중 속에서도 수많은 의인들이 나와 각자 맡은 분야에서 뛰어난 재주들을 부려 나가야 한다는 것이다.

그렇게 된다면 우리나라도 암흑이 아닌 광명으로 비약하는 놀라운 '복귀'가 일어날 수 있다고 한다. 도피를 넘어서서 복귀를 하라는 것이다.

40여 년 전 이야기가 현재에도 여전히 진행형이 아닌가?

물 위에 뜨는 배

동양에서는 군주가 천하와 국가를 다스리는 데 다섯 가지 요령이 있다고 말해 왔다. 즉 '학문을 좋아하며', '어진 이를 가까이 하고', '간언(諫言)을 받아들이고', '잘못을 고치며', '검소하고 덕(德)을 존중한다'는 것이다. 그런데 어느 군주건 처음엔 다 그렇게 하려 하지만, 실제로 부딪치고 혼란해지면 판단과 결정이 어긋나곤 한다. 이른바 학문을 좋아한다고 그 많은 서적을 어찌 다 섭렵할 것이며, 어진 사람이라는 포장 뒤에서 자기 사욕을 따르는 자를 어찌 분별할 수 있겠는가.

조선시대 군주는 사실 평소에도 일반 백성을 생각하며 밥이나 찬을 요란하게 차리지 않은 것으로 알려져 있고, 실제로 현대에 이르러 청와대 주인들도 식사가 단촐한 것으로 잘 알려져 있다. 그러므로 결국은 사심이 없는 제대로 된 신하나 부하를 만나서 그들의 도움을 받아 자기를 바로잡고, 혹 잘못된 것이 있다면 즉시 잘못을 고치는 것이 군주가 성공하는 길이다.

성악설(性惡說)을 주장한 순자(荀子)가 "임금은 배, 백성은 물이다. 물은 배를 띄울 수도 있고 뒤집을 수도 있다"고 한 이후 역대 임금도 백성에 대한 생각을 많이 가다듬었다.

조선조에서는 19대 숙종이 즉위 원년에 화공을 시켜 주수도(舟水圖)라는 그림을 그리게 해 옆에 두고 늘 생각을 바르게 한 것으로 유명한데, 이때 갈암 이현일(李玄逸, 1627~1704)이 주수와 관련된 역대 인물의 전승을 한데 모아 왕에게 올리면서 백성을 사랑하는 어진 정치를 당당하게 꾸준히 펴나가도록 당부했다.

> 배를 조종할 때 형세가 편중(偏重)되면 가기 어렵고 시내를 건너는 일은 굳건하지 않으면 순조로이 되지 않는다 합니다. 또한 물이 새어 배가 가라앉는 상황에서 사공이 닻줄과 노를 제대로 잡지 못하면 배 안의 사람은 모두 물에 빠져 죽게 될 터이고, 따라서 기슭에서 이 광경을 보는 사람은 모두 한심하다는 생각이 들게 될 것입니다. 이러한 때 사공을 일깨워서 평정을 되찾고 힘을 다하여 백성을 구제할 뜻을 조금도 늦춰서는 안 될 것입니다.

앞의 다섯 가지에 포함돼 있기는 하지만 정치에 있어서 가장 어렵고도 중요한 일은 잘못을 고치는 데 주저하지 말아야 한다는 점이다. 이를 한자말로 개과불린(改過不吝)이라고 한다.

동양에서 군주의 모범이 된 사례로서 요(堯)임금은 백성을 평등하게 대하고 덕을 잘 발휘해 만방이 화목하도록 했으며, 순(舜)임금은 무능한 관원을 퇴출시키고 유능한 관원을 승진시켰고, 우왕(禹王)은 훌륭한 말을 들으면 절하고 받아들였으며, 탕왕(湯王)은 허물을 고치는 일에 인색하지 않았으며, 문왕(文王)은 해가 중천에 뜨고 다시 서쪽으로 기울 때까지 한가하게 식사할 겨를이 없이 노력해 만백성을 모두 화합하게 했다고 《서경(書經)》은 기록하고 있다.

은(殷)나라의 시조가 되는 탕왕은 쿠데타를 일으켜 폭군으로 알려진 하나라의 걸왕(桀王)을 유배시켰는데, 역사상 처음으로 혁명을 일으킨 것이 후세에 다시 반복될까 두려워 자신의 잘못이 지적되면 이를 고치는 데 인색하지 않았다고 해서 개과불린이라는 고사성어가 생겼다.

현대에는 선거가 배를 띄우는 물로 비유되는 국민의 마음을 대변해 준다. 그런 만큼 선거 결과는 곧 국가지도자에게 정치 방향을 다시 생각하고 혹 틀리거나 잘못이 있으면 고치라고 알려 준다. 특히 민주주의에서는 다수결의 원칙이 모든 일을 결정하는 가장 중요한 원리이니 설혹 자기 의견과 다른 점이 있어도 이를 따를 수밖에 없다.

대한민국이라는 배를 잘 가게 하려면 우선 배를 띄울 만큼 물이 많이 모여야 한다. 물은 곧 백성의 마음이라면 윗사람은 겸손하고 아랫사람은 윗사람을 믿고 따르는 형상이 되면 누구나 그 밑에 모여 큰 물이 이루어질 것이다. 물이 불어나면 자연히 배가 뜨듯이 국민의 마음이 모아지면 대한민국이라는 배는 선장인 대통령과 함께

거친 바다도 항해를 잘할 수 있다.

주역의 풍택중부괘(風澤中孚卦)가 설명하는 경지가 바로 이것이다. 지도자는 이러한 이치를 잘 알고 국민에 대한 믿음을 가지고 정도(正道)로 국민을 이끌면 국민도 지도자를 믿고 함께 가는 멋진 세상이 펼쳐질 수 있을 것이다.

정치는 인(仁)입니다

　　고대 정치와 근현대의 정치에서 가장 큰 차이점은 아마도 권력의 분립이고 그중에서도 국민대표제의 유무일 것이다. 과거라고 임금과 신하들이 완벽한 정치를 구현하기 위해 노력을 안 한 것은 아니지만, 통치를 받는 국민의 뜻보다는 지식층이나 권력층의 뜻을 전달받아 군주가 일방적으로 판단하고 결정했다는 취약성이 있었다. 현대의 의회제도가 상대적으로 강하고 중요하다는 뜻이다.

　　이제 우리 국민은 오랜 우여곡절과 진통 끝에 자신들의 뜻을 대변할 대표자를 뽑았다. 이후 정부와 국회가 앞으로 어떤 정치를 해나갈 것인가가 새로운 과제이자 관심의 초점이다.

　　이번 선거 이후 기존의 국정수행 방식에 변화가 불가피하다는 데 많은 이들이 동의하는 것 같다. 그동안 국회가 당리당략에 갇혀 국민을 위한 진정한 정치를 하지 못했기에 우리 국민이 이번에 새로운 인물을 선택했다는 것이다. 이런 비판에 대통령도 자유롭지는 못하다. 국회로 표현되는 정치권력과의 진정한 대화, 협력이 아쉬웠다는 것이다.

차기 대통령 선거를 1년여 앞둔 2006년 12월 초 당시 호주를 방문한 노무현 대통령이 동포들과 가진 간담회 자리에서 과거 군사 독재 시절의 '상대를 인정하지 않는 문화', '편가르기 사고방식'에서 자신도 벗어나지 못한 측면이 있었다면서 "앞으로 정치 영역에서 더 가야 할 부분이 있고, 그것은 상대를 인정하고 존중하고 대화와 타협을 하는 것"이라고 말한 것으로 전해졌다. 임기 마감을 앞둔 대통령의 독백이라는 데서 그 의미가 회자됐었다.

그런데 과거 조선시대와 현대의 차이를 살펴보자면, 과거에는 왕과 신료 사이의 대화와 타협이 과제였다면 현대에는 정치를 담당하는 대통령과 이를 견제하고 보완하는 국회의 관계 정립과 협력이 가장 어렵고 힘든 부분이라고 하겠다. 앞서 노 전 대통령의 독백도 그런 뜻이 많이 담겨 있었던 듯하다. 그렇다면 정치는 어떻게 되는 것이 좋을까.

동양인들의 정신적 스승인 공자는 정치의 주관자는 곧 왕인데 그 왕이 행하는 정치의 요체는 '인(仁)'이라고 말한다. 왕은 생각하고 행동하는 바탕에 '인'이 있어야 하며, 그 '인'이란 것은 마음의 덕이요, 사랑의 이치라는 것이다.

우리말로 어질다는 뜻인 이 '인'이란 구체적으로 무엇인가. 공자는 제자 안연(顔淵)과의 대화에서 "문을 나갔을 때는 큰 손님을 뵌 듯하며, 백성에게 일을 시킬 때는 큰 제사를 받들 듯하고, 자기가 하고자 하지 않는 것을 남에게 베풀지 말아야 하며, 나라에 있어서도 원망함이 없으며, 집에 있어서도 원망함이 없어야 한다"고 설명했다. 백성을 어려워하고, 백성에게 원망하는 마음을 갖지 않도록 하라는 것이다.

조선시대 중기에 살았던 기대승(奇大升)은 막 집권한 선조에게 《논어》를 강의하면서 이렇게 진언했다.

군주는 구중궁궐 안에 거처하여 총명이 사방에 미칠 수 없습니다. 이 때문에 정사와 명령을 하는 사이와 인재를 등용하는 사이에 혹 잘못이 있을 수 있으니, 잘못이 있으면 대신이 건의하고 대간이 바로잡습니다. 근래에 대신이 아뢰는 말과 대간이 탄핵하는 일을 성상께서는 모두 머뭇거리고 어렵게 여기시니, 지극히 어려운 일입니다. 국가를 위하는 뜻이 있으시다면 반드시 대각(臺閣)의 말을 따르셔야 할 것입니다. 그런 뒤에야 언로(言路)가 열리는 것입니다. 대각의 말을 따르지 않으신다면 공론이 막히고 인심이 해이해질 뿐만 아니라, 왕께서도 또한 습관이 되어 "비록 대각의 말을 따르지 않더라도 무슨 해로움이 있겠는가"라고 하시게 될 것입니다. 왕의 생각이 이와 같이 되신다면 어찌 크게 두려워할 만한 일이 아니겠습니까. (《論思錄》)

그동안 지난 정부의 정치 스타일에 대해 상대를 인정하고 존중하고 대화와 타협하는 정치의 부족을 지적한 목소리가 많았다. 결국 공자가 지적한 대로 정치에 있어서 '인'이 부족했다는 뜻이 아닐까.

그리고 국정에 대한 원로나 언론의 권고가 점차 줄어든 것은 기대 승의 말처럼 '공론이 막히고 인심이 해이해지게' 된 것이라고 볼 수도 있다. 그것이 이어지면 국민과 대통령 사이에 마음의 간격이 생길 수 있는데, 이번 선거의 결과가 그것이라는 것이다.

왕과 백성의 관계는 흔히 바람과 풀의 관계로도 비유된다. "백성 을 긴장만 시키고 늦추어 주지 않으면 문왕(文王), 무왕(武王)도 다스 릴 수가 없다"는 말이 《예기(禮記)》에 있다. 대통령이 만들어 주는 따뜻한 바람은 풀로 비유되는 국민을 따뜻하고 부드럽게 한다.

5년이란 대통령의 임기는 짧게 느껴질 정도로 지도자나 국민의 마음은 바빠진다. 4년 중임 이야기가 나오는 것도 그 때문이리라. 하지만 그동안의 정책이 뿌리를 내리지 못할까 조급해한다고 될 일은 아닐 것이다. 대화와 타협을 통해 서로의 주장에 담긴 뜻을 받아내고 서로의 장점을 찾아내는 새로운 정치풍토가 열린다면, 보다 많은 국민이 인정하고 지지하는 정책이 돼 우리 국민도 이 정 책에 참여해서 나라 발전을 위한 좋은 아이디어를 찾아내는 따뜻 한 바람이 불어올 것이다.

대화와 타협이란 말은 내 주장 내 의견만을 고집하는 것이 아니 라 상대의 입장도 들어주는 것이다. 그래야 나라 발전을 위해 정치 인도, 또 그 정치인에게 정치적 가치를 걸고 있는 다른 쪽 국민도 마음을 합칠 수 있는 것이다.

연줄을 끊어라

　　조선왕조를 연 태조 이성계가 1392년 음력 7월 17일 개경의 수창궁에서 백관의 추대를 받아 왕위에 오르자, 이틀 후 사헌부에서 새 임금께 상소문을 올렸다. 사관들은 역대 지도자들의 성공과 실패를 살펴보고는 임금은 하늘의 가르침(天道)을 공경하고 받들어 이른 아침부터 밤늦게까지 조심하고 두려워해야만 성공할 수 있다며 "원하옵건대 전하께서는 경(敬)을 마음에 두고 하늘(上帝)을 대한 듯이 하여, 일이 없을 때라도 항상 하늘이 굽어보고 있는 듯하며, 모든 일을 처리할 때도 더욱 생각이 함부로 움직이는 것(萌動)을 삼간다면, 이 마음의 경(敬)이 하늘에 감동하여 지극한 정치(至治)를 일으킬 수 있습니다"라고 말했다.

　　그러면서 왕이 지니고 실천해야 할 지침 10가지를 열거했다. 첫째는 당대의 기강을 바로 세울 것, 둘째는 상 주고 벌 주는 일을 분명히 할 것, 셋째는 군자(君子)와 친하고 소인(小人)을 멀리할 것, 넷째는 간(諫)하는 말을 받아들일 것, 다섯째는 참언(讒言)을 근절할 것 등 우리가 역사나 고전에서 익히 배운 것들이다.

또 여섯째는 편안함과 욕망을 경계할 것, 일곱째는 절약하고 검소함을 숭상할 것, 여덟째는 환관(宦官)을 조심하고, 아홉째는 스님들을 물리쳐야 한다고 했다. 스님을 멀리하라는 것은 고려시대 불교의 폐해 때문이겠지만, 마지막 열 번째로 궁궐(宮闕)을 엄중하게 하라는 것이 눈에 크게 들어온다.

언뜻 보면 궁궐 담장을 높임으로써 내외(內外) 출입을 엄격히 통제하라는 것 같은데, 자세히 보니 궁궐에서 내외의 한계를 엄격히 하라는 것이었다. 무슨 말인가 하면 왕으로 즉위한 이후 예전 민간인으로서 사저(私邸)에 있을 때 출입하던 친구들과 사돈의 8촌 친척들이 연줄을 타고 출입하는 사람이 있는데도 문을 지키는 사람이 감히 조사하지 못하면 안 된다는 것이다.

이로 말미암아 몰래 인사청탁이 성행하고, 참소하는 말로 내외를 이간시키고 정치와 형벌을 문란하게 할 것이니, 문을 지키는 군사로 하여금 직임(職任)이 없으면서도 함부로 궁문(宮門)에 들어오는 사람은 일절 금단(禁斷)시키게 하고, 부녀들의 주문(呪文)을 외고 간사하게 아첨하는 무리들은 더욱 마땅히 물리치라는 것이다.

최근 일을 되돌아보면, 정부에서 임명하는 사람도 아닌 많은 민간인들이 경호실도 모르게 대통령과 실무 비서진의 개입 혹은 방조로 수시로 청와대를 드나들었고 그것에 대해 누구도 문제 제기를 하지 않았다. 그렇게 비선 민간인들이 횡행하다 보니 엄격히 관리

되어야 할 대통령의 일정이 제멋대로 돌아갔고, 그러한 청와대의 행태에 대해 내외부의 감시가 모두 불가능하게 됨으로써 나라의 가장 위급한 순간에 대통령이 어디서 무얼 했는지를 아무도 모르고 있는 일이 생긴 것이리라. 그것으로서 국민들의 지도자에 대한 믿음이 사라지고 지도자는 자리에서 내려왔다.

사헌부의 상소문은 결론에서 임금과 신하 사이에서건 임금과 백성 사이에서건 임금의 모든 생각과 행동, 정책에서는 믿음과 신뢰를 가장 중요하게 지켜야 한다고 강조한다.

믿음(信)이란 것은 임금의 가장 큰 보물이니 나라와 백성은 믿음에 의해 보전되는 것입니다. 성인(聖人)은 군대와 먹을 것을 버릴지라도 믿음을 버림을 허락하지 않았으니, 후세에 전하는 훈계의 뜻이 깊습니다. 기강을 세우고 상벌을 분명히 하는 일도 믿음으로써 하지 아니하면, 반드시 지나친 데에 이르게 될 것입니다. 군자(君子)를 친하고 소인(小人)을 물리치는 일도 믿음으로써 하지 아니하면, 군자는 쉽사리 멀어지게 되고 소인만 가까이에 있게 될 것입니다. 궁궐을 엄중히 하는 일까지도 믿음으로써 하지 아니하면, 연줄을 타고 출입하는 사람이 그치지 않을 것입니다. 원하옵건대, 전하께서는 이 믿음을 지키기를 금석(金石)과 같이 굳게 지키고, 이 영(令)을 시행하기를 어김없이 꼭 맞게 하소서.

오늘날 대통령은 옛날 임금과는 같지 않기에 사헌부의 새 임금에 대한 상소문이 그대로 맞는다고 할 수는 없다. 그러나 국정을 이끄는 최고지도자로서의 자세나 몸가짐은 다를 수 없다. 옛날 백성이 하늘이었다면 요즘엔 국민의 마음, 곧 민심이 하늘이다. 대통령이 당연히 청와대에 더 이상 몰래 아무나 들락거리도록 하지는 않을 것이겠지만 궁궐을 엄중히 단속하라는 말이 사람 출입을 무조건 막으라는 것이 아니다.

국민은 조선 건국 초 사헌부가 임금에게 올린 상소문에서 말한 것처럼 대통령이 각 분야에서 국정을 골고루 잘 살피고, 특히 지난 시대 가장 크게 실패한 소통과 인재 등용을 제대로 해서 그들의 옳은 말을 적극 받아들이는 모습을 보고 싶어한다.

대통령은 저마다 당선에 기여했다고 자리를 요구하는 사람들부터 조심해야 한다. 선거 기간에 국민에게 내건 공약들을 가능한 한 실천해야 한다. 그래야 대통령에 대한 국민의 믿음이 생기고, 우리 사회도 믿음의 사회로 간다. 그동안 정치에서 국민을 생각지 않아 믿음을 잃고 거짓말과 이기주의, 패거리주의가 횡행했다면 이제는 달라져야 한다.

나루터를 묻다

　　공자의 언행을 기록한《논어》미자편(微子篇)을 보면, 장저
(長沮)와 걸익(桀溺)이 나란히 밭을 갈고 있었는데 공자가 지나가다
가 자로(子路)를 시켜 나루터를 물어보게 하는 장면이 있다. 장저가
"수레 고삐를 잡은 이는 누구요?" 하고 묻기에 자로가 "공구(孔丘)
라고 합니다" 하니, 장저가 "노나라 공구라는 사람이요? 그는 나루
터를 알 것이오"라고 하였다. 다시 걸익에게 물으니 "천하의 도도
한 물결이 다 그러한데 누가 바꾼단 말이오. 사람을 피해 다니는
선비를 따르기보다는 세상을 피해 사는 선비를 따르는 것이 나을
것이오" 하고 여전히 김을 맸다.

　　자로가 그 내용을 가지고 가서 공자에게 고하니 서글픈 표정으로
말하기를, "조수(鳥獸)와는 함께 살 수 없는 법이다. 내가 이 백성들
을 버리고 어디로 간단 말인가. 천하에 도가 있다면 내가 바꾸려고
하지도 않을 것이다"라고 하였다.

이 일화는 '나루터를 묻다(問津)'란 제목으로 유명하다. 장저와 걸익이라는 도가(道家) 계열의 은자(隱者)들이 공자에 대해서 비판하는 내용을 통해 공자 스스로의 생각을 밝힌 것이다. 나루터라는 것은 강이라는 자연적인 난관을 건너가는 출발점이라면, 나루터를 찾는다는 것은 곧 이 세상 사람들이 편안하고 의미 있게 사는 방법을 물어보는 것이다.

그런데 노자 계열인 장저와 걸익 두 사람은 공자가 왜 그렇게 세상의 혼탁함 속에 들어가 애를 쓰려고 하느냐, 세상을 떠나서 조용히 사는 것을 보여 주면 그것으로써 세상이 좋아지지 않겠느냐고 되묻는 것이고, 여기에 대해 공자는 세상 속에서 사람들과 부딪치면서 그 세상을 바꿔 가야 좋은 세상이 오지 않겠느냐, 그저 자기 한 몸의 평안만을 추구하는 것은 진정한 길이 아니라고 말하는 것이다.

이런 뜻으로 해서 '문진(問津)'이란 말은 흔히 학자나 선비들이 세상의 길을 묻는다는 뜻으로도 즐겨 쓰이고 있다. 학문을 하는 목적은 세상의 어려움을 피하지 말고 세상 속에 들어가서 사람들의 바른 삶을 이끄는 게 본분이라는 것이다. 그러기에 조선 중기 학자 주세붕(周世鵬, 1495~1554)은 일찍이 '문진가'라는 시조를 통해 "밭 가는 저 할아비 문진을 비웃지 말게나 / 사람이 되어서 조수(鳥獸)를 벗할 것인가 / 마음에 잊지 못하여 오락가락하노라" 하고는 우리나라 최초로 백운동서원을 세워 향촌의 풍속을 교화하려 나선 것이다. 이러한 주세붕의 생각은 퇴계 이황에 의해 받아들여져, 이황은 왕에게 아뢰어 '소수서원'이라는 사액(賜額)을 내리게 함으로써 서원이 선비들의 교육기관으로 정부의 공인을 받는 계기를 마련했다.

이화여대 최재천 석좌교수가 몇해 전부터 여러 다양한 분야의 학자들이 모이는 '문진포럼'을 꾸려 나가고 있는 것도 이러한 뜻이라 보인다. 강 건너로 상징되는 우리 목적지에 가려면 반드시 거쳐야 하는 나루터가 어디에 있는지를 인문사회학과 자연과학이 함께 찾아가자는 뜻이리라.

그런데 해방 이후 지금까지 우리 정치사를 보면 선거 때마다 새로운 세상을 만들어 가는 데 앞장서겠다며 대학에 있는 많은 학자들이 대통령 후보 측근에 가서 포럼을 만들고 거기서 갖가지 정책 자료집을 내놓고 선거가 끝난 후에는 논공행상에 따라 자리를 차지했지만, 바른 소리를 하지 못해 불명예 퇴진하거나 감옥에 가고 역대 대통령의 정치도 거의 모두 실패한 것을 보면 그들 학자의 '문진'이 잘못된 방향으로 추진됐다고 볼 수밖에 없다. 그것은 새로운 정치를 하겠다, 바른 정치를 해서 국민을 행복하게 하겠다는 주장이 결국에는 자신들의 안위와 복록에 목적이 있었기 때문이 아닌가 분석되는 것이다.

조선시대 인조 때 당파에 휩쓸리지 않고 벼슬보다는 향리인 경남 함안에서 바른 소리를 하고 인재를 가르쳐 이름이 높았던 간송(澗松) 조임도(趙任道, 1585~1664)는 당시 권력만을 탐하는 선비들의 행태를 보고 "세상 선비들이 말하는 학문이란 / 글을 배워 잘 외워 읽는 것 / 세상 선비들이 말하는 사업이란 / 글짓기를 일삼아 작록을 따는

것/마음과 입이 서로 맞지 않고/말과 행동을 서로 돌아보지 않네/
비록 만 권의 책을 독파했다 한들/덕행에는 아무런 도움이 되지
않네"라고 〈세유탄(世儒歎)〉이란 글에서 한탄했다. 《澗松集》

　대통령 선거 때만 되면 연구와 강의를 하던 교수, 학자들이 후보
자문단이란 이름으로 대거 등장하고 있다. 새로운 이름도 있지만
몇 차례 말을 바꿔 타는 사람도 눈에 띈다. 대한민국은, 그렇지 않
아도 지구온난화로 뜨거운데 대권에 편승하기 위한 열기로 더욱
뜨거워지고 있다. 그런데 경선 과정에서 정책의 타당성 여부에 대
한 토론보다도 상대방의 신상이나 약점을 물고 뜯는 사례가 자주
나오는 것을 보면 자문을 제대로 하는지 걱정이 들기도 한다. 저마
다 세상을 건네주는 나루가 되겠다고 외치지만 속으로는 자신의
복록만을 추구하는 사이비 선비가 그중에 있기 때문이다.

　요즘은 강을 건너는 배도 작은 배가 아니다. 문득 그 옛날 공자가
고민한 나루터, 곧 진정으로 국민과 세상을 위하고 바른 세상으로
인도할 나루터는 어디인지, 지금 세상에 맞는 큰 배를 끌고 갈 진
정한 선장과 선원은 누구인지를 다시 묻게 되는 것이다.

떼거리는 아니지요

연암 박지원은 홍대용의 문집 서문에 써준 글에서 당시 지식사회를 이렇게 비판했다.

옛날의 이른바 양묵노불(楊墨老佛, 양주·묵적·노자·불타를 일컬음)도 아니면서 의론의 파벌이 넷이나 되고 옛적의 이른바 사농공상(士農工商)도 아니면서 명분의 주장이 넷이나 되니, 의론이 서로 충돌되어 진(秦)·월(越)의 사이보다도 더하고 명분이 너무 그어져 화(華)·이(夷)의 구별보다도 엄격하다. 형적이 혐의쩍으면 서로 들으면서도 모르는 체하고 신분 위세에 구애되면 서로 상대하면서도 감히 벗하지 못한다.

좁은 땅덩어리에서 네 파벌로 나뉘어 이전투구를 벌이던 지식사회가 서로 종교나 신앙이 다른 것도 아니고 계급이 다른 것도 아닌

데 왜 서로 못 잡아먹어 난리냐는 것이다.

인조 때 문신 정온(鄭蘊)도 거들었다.

> 우리나라 붕당(朋黨)의 폐해가 당송(唐宋)의 말기보다도 심해 사분오
> 열돼 서로 밀쳐내고 끌어들여 자기에게 붙는 자는 비록 불초하더라
> 도 훌륭하다고 하고 자기와 의견이 다른 자는 훌륭하더라도 불초하
> 다고 해 오직 사당(私黨)을 심는 일에만 힘쓰고 국사는 제쳐두고 생각
> 지 않았으니, 이것이 시사(時事)가 날로 잘못돼 수습할 수 없게 된 이
> 유입니다.

대체로 조선시대의 당쟁을 부정적으로 보는 그것을 보더라도 우
리는 단합보다는 분열과 대립을 잘하는 민족이란 인식을 일부 갖
고 있는 것 같다. 그것은 시데하라 아키라(幣原坦) 등 일제 때 일본
학자들이 주장하던 것인데 그것이 알게 모르게 주입된 때문이라
하겠다. 그렇지만 조선 당대에도 이런 현상을 개탄하는 목소리는
있었다. 다만 이것이 우리 민족성의 문제라고는 인식하지 않았는
데, 일제강점기를 거치면서 그런 생각이 심화된 것은 사실이다.

그런데 민족성이라는 것은 그 형성 요소를 해명할 수는 있으나 시
비 또는 가치론의 대상으로 삼을 수 없다. 민족성은 그가 형성한 문
화나 문물에 대해 비난과 칭찬을 받을 수는 있지만 비난과 칭호를
받을 민족과 민족성이 따로 있는 건 아니다. (조지훈,《한국문화사 서설》)

최근 우리 정치현실을 보면서 그런 생각을 하는 이도 많을 것이

다. 국회의원 총선거를 앞두고 한동안은 야권이 분열해 탈당이니 뭉쳐 모이니 하며 노선을 달리하고 논란을 퍼더니, 이젠 여권에서도 친(親)이니 비(非)니 하면서 쟁론을 벌이고 있다. 한정된 후보자리를 놓고 누가 공천되느냐의 싸움일 것이지만 장외에서 보는 유권자나 국민은 달갑지 않다. 그동안 무엇을 얼마나 잘했느냐가 평가 기준이 아니라 서로 자기 파를 더 만들기 위한, 자기만 살기 위한 싸움으로 느껴지니 더욱 그렇다.

그런데 원론으로 되돌아가 보면, 우리가 국민성 자체를 좋고 나쁘다거나 헐뜯을 수 없는 것처럼 서로 파벌이 나뉘고 의론이 다른 것을 무조건 당쟁에 비유하거나 분열주의로 자책하는 것은 역사를 제대로 본 것이 아니라는 주장이 있다. 우리가 비난하는 조선시대의 당쟁(당시에는 이를 黨議, 곧 서로 다른 편끼리 의론하는 것이라고 했다)은 조선의 지배층이라는 특수한 계층에서 일어난 것으로 민중 전체의 습성이 아니며, 당쟁 기간을 보면 조선 500년 가운데 180년이고, 가장 격심했던 시기라 할 숙종 6년(1680) 경신대출척(庚申大黜陟, 경신년 남인이 정권에서 축출되고 서인이 정권을 잡은 사건)으로부터 영조 3년(1727) 정미환국(丁未換局, 정미년에 노론을 내치고 소론을 불러온 일)까지 50여년 사이에 정치적 이유로 희생된 사람은 79명으로 1년에 1.6명 정도라는 분석도 있다.

파벌이나 당파는 도쿠가와 시대의 일본, 북송(北宋) 시대의 중국, 30년 전쟁시대의 유럽에도 있었고 그 피해는 우리보다 훨씬 더했다. 일본은 조슈벌이니 사쓰마벌이니 하며 메이지 시대부터 이어지고 있는 정계세력의 영향이 지금까지 지속되고 있다. 그런 일본인을 가리켜 파벌심이나 사대주의 사상이 농후한 민족이라고 말하는 사람은 거의 없다.

구한말 우리나라를 다녀간 프랑스인은 당시 조선에 네 개의 정당이 있다고 말했다. 조선시대 당파를 입헌군주제 하의 정당의 기원으로 보는 것이 설득적일 수 있다. 그리고 당쟁이 조선 패망의 원인이 아니라 조선 왕조를 지속시켰다고 보는 견해도 있다. 당쟁은 자리와 감투 싸움이요, 정권 다툼인 것은 사실이지만 대립하는 두 세력이 싸울 때 상대방에 약점을 잡히지 않으려고 조심했으므로 부정·부패가 견제됐고, 그 덕택에 백성은 비교적 편안했다는 것이다. (김용덕,《당쟁효용론》) 오히려 송시열의 출현 이후 노론이 정권을 확실하게 잡자 자파 일색으로 요직을 독점해 부정과 부패가 만연하게 됐고, 그에 견디다 못한 민란 등으로 조선이 패망하게 됐다는 주장이다.

어쨌든 총선거를 앞두고 당을 떠나거나 다시 결합하고, 서로 노선을 등지는 것은 정치의 통상적인 얼굴이 아니냐는 목소리도 가능하다. 이런 과정을 통해 유권자의 생각을 듣고 새로운 대표가 되는 것이 민주정치의 필요악적인 절차 혹은 과정이라는 뜻이다. 그러나 목적이 문제이고, 정치적 신의도 문제다. 또 이럴 경우 선거 이후에 과연 토론과 협의라는 절차를 지키며 국민과 나라를 위한 정치를 할 수 있겠느냐는 걱정도 많다. 그게 안 되면 정말 사색당쟁(四色黨爭)의 재연이다.

감당나무의 노래

　　기원전 11세기에 동이족의 나라 상(商)을 대신해서 들어선
주(周)나라가 고대 중국의 중심으로 번성하게 된 것은 주공(周公) 단
(旦), 소공(召公) 석(奭)과 같은 훌륭한 왕실 인척이 왕을 잘 보필해
기반을 든든히 다진 것이 큰 역할을 했다. 소공 석은 주 문왕(文王)
부터 강왕(康王)까지 4대에 걸쳐 정사(政事)를 돌보았으며, 특히 무
왕(武王)이 죽고 성왕(成王)이 어린 나이로 즉위하자 주나라의 서쪽
지역을 맡아 다스렸다. 소공이 다스렸던 지역에서는 귀족에서 서
인에 이르기까지 모두 제 할 일을 얻어 실직자가 없었다는 말이 나
올 정도로 모범적인 통치가 이루어졌다고 전해진다.

　　소공은 곳곳을 순시하며 백성들의 어려움을 살폈는데, 순시를 할
때 관청에 올라가지 않고 관청 밖 감당(甘棠)나무 아래에서 백성의
송사를 듣고 공정하게 해결해 주었다. 그래서 후대 사람들도 매번
어진 정치를 생각할 때 소공이 앉았던 감당나무를 마치 그를 대하

듯 좋아하며 그의 선정을 기렸다고 한다. 이때 사람들이 부른 노래가 곧 《시경》 소남편(召南篇)에 나오는 〈감당〉이란 노래다.

우거진 저 감당나무
자르지도 말고 베지도 마세요
우리 소백께서 지내셨던 곳입니다.
우거진 저 감당나무
자르지도 말고 꺾지도 마세요
우리 소백께서 쉬셨던 곳입니다.
우거진 저 감당나무
자르지도 말고 휘지도 마세요
우리 소백께서 즐기셨던 곳입니다.

여기서 어진 정치를 펴고 떠난 후에 그를 그리워하는 마음을 '감당지애(甘棠之愛)'라고 한다. 6세기 초 중국 양(梁)의 주흥사(周興嗣, 470~521)가 지은 네 글자 250구절로 된 천자문 안에도 '존이감당(存以甘棠) 거이익영(去而益詠)'이란 구절이 있는데, "감당나무를 그대로 두어라. 떠나갔어도 더욱 기려 읊으리라" 하고 지도자의 덕을 숭상하는 풍습을 묘사한 내용이다.

다산 정약용도 《목민심서》 맨 마지막 장 해관편(解官篇), 곧 '벼슬을 떠남' 제6조에서 "이미 떠나간 뒤에도 사모하여 그가 노닐던 곳의 나무까지도 사람들이 아끼게 되는 것은 감당의 유풍이다"라며 관직을 맡은 사람이 떠난 후에도 오랫동안 칭송이 그치지 않는 것을 성공과 실패의 가장 중요한 잣대로 제시한 바 있다.

감당나무는 팥배나무라고 해서 배나무와 비슷하지만 키가 배나무보다 작고 흰 꽃이 피어 배보다 작은 열매가 열리는 나무로 알려져 있다. 서울 성균관 명륜당에는 수령 300년 된 팥배나무, 곧 감당나무가 있었는데, 2010년 6월 이 나무가 고사해서 난리가 나기도 했다. 2008년까지만 해도 봄에는 하얀 꽃, 가을에는 붉은 열매가 열리며 많은 벌과 나비가 노니던, 수세(樹勢) 왕성하던 나무였는데 2009년부터 기둥에 이끼가 많아지다가 결국 말라죽고 말았다. 원인은 대성전 내 방범장치와 소화장치 등을 설치하면서 나무 밑을 무분별하게 파헤쳤기 때문으로 추측되는데, 300여 년 동안 문묘와 함께했던 팥배나무가 후손들의 무책임과 관리 소홀로 영원히 사라지게 되자 많은 사람들이 이를 애석해했다.

그 때문일까, 우리나라에는 숱한 정치가들이 있지만 감당나무의 노래를 불러줄 대상이 없다는 탄식이 나오고 있다. 해방 70년, 건국 65주년, 외세의 지배를 벗어나 우리만의 역사도 이제 상당히 길지만 정치는 안정되지 못하고 민의를 대변한다는 국회는 늘 편이 갈려 싸우고 있고 대통령을 두 명이나 동시에 구속하지를 않나, 정권마다 총리를 몇 번이나 바꿔야 할 정도로 제대로 된 인물이 없다.

사회에서도 늘 사용자와 피사용자 사이에 순리적인 해결보다는 대립과 투쟁의 논리가 여전히 많다. 그러다 보니 나라는 발전했지만 존경할 만한 인물이 없다는 탄식이 나오는 것이다. 꼭 대통령이

나 총리 등 고위 지도자들뿐만 아니라 각 지방의 도백이나 수령들도 자리를 뜬 후에 그 덕을 기려 자발적으로 선정비를 세울 만한 그런 대상이 없다는 자조의 목소리가 많다.

그러나 지도자가 있어야 국민이 있는 것이 아니고 국민이 제대로 되어야 훌륭한 지도자가 나오는 것이 아닐까. 그리고 어떤 방법으로든 상대를 거꾸러뜨리기 위해 끊임없이 비방하고 흠집을 내는 현재 풍토 속에서라면 어느 누구도 인재로 자라거나 지도자로 성공할 수가 없지 않을까.

어느 시기건 어떤 상황이건 어려운 때일수록 일단 뽑은 지도자, 일단 모신 지도자를 중심으로 일을 잘하기 위해 마음을 합쳐 나가야 그 지도자가 성공할 수 있는 것이라면, 어느 누구건 모든 조건에 맞는 절대적인 재목은 없다는 생각에 다소의 흠집을 문제 삼지 말고 그의 생각과 비전과 행동력을 기준으로 사람을 보고 같이 걸어가면 지도자는 자연히 그 속에서 나오지 않을까.

300년 된 감당나무가 베어졌기 때문에 우리나라에 그 덕을 칭송할 인재가 없게 되었다고 한탄할 일이 아니라, 이제라도 새로운 감당나무를 심고 길러야 할 때인 것 같다. 5년 10년 20년 꾸준히 이 나무를 가꾸면 우리도 그 그늘에서 다시 노래를 부를 수 있지 않을까.

뻐꾸기처럼만

우리 역사상 가장 박학한 학자이며 현실비평가로 유명한 다산 정약용은 《목민심서》,《경세유표》같은 저술 외에도 2천 편이 넘는 한시를 남겼는데, 그중에서 가장 가슴을 아프게 하는 것이 〈애절양(哀絶陽)〉이란 시다.

> 갈밭마을 젊은 여인 울음도 서러워라
> 고을문 향해 울부짖다 하늘 보고 호소하네
> 군인 남편 못 돌아올 수는 있다지만
> 예부터 사내가 생식기 잘랐단 말은 듣지 못했네

이 시는 순조 3년(1803) 전남 강진의 갈밭마을에서 고을 관리가 한 농부의 생후 3일 된 아이를 군적에 올려놓고 아이가 군대에 가지 않는 현물세인 군포(軍布)를 내야 한다며 대신 소를 빼앗아가자,

자신이 애를 낳은 때문이라며 자신의 생식기(陽)를 잘랐고(切), 이에 그 마누라가 고을 원님 앞에 가서 항의했으나 소용이 없자 큰 소리로 울부짖었다는(哀) 참상을 고발한 것이다.

당시 조선에서는 모자라는 세금을 충당하기 위해 아직 배냇물도 마르지 않은 갓난아기에게서도 군포를 징수했다. 또 도로나 다리, 성을 쌓는 일 등에 동원령을 내리면 양반과 중인들을 제외하고 가장 힘없고 가난한 양민들만 동원됐고, 나중에는 이 동원령에 몸으로 응하지 못하면 포목으로 그 대가를 내야 하는 이른바 신포(身布)가 백성들을 힘들게 했다. 따라서 신포의 고통을 벗어나려고 백성들은 족보를 위조해 아버지나 조상을 버리고 아예 신분을 모르는 딴 고장에 이사 가서 양반 행세를 하며 사는 등 양민을 면하려는 궁리만 하는 것이 현실이었다.

다산은 이러한 현상을 비판하면서 이 시를 이렇게 마무리했다.

부유한 집은 일 년 내내 풍악 울리며
쌀 한 톨 비단 한 치 내놓지 않네
모두 같은 백성인데 왜 이리 다른가
여관에서 뻐꾸기 편만 자꾸 외우네

여기서 느닷없이 뻐꾸기가 등장한다. 이것은 《시경(詩經)》 조풍(曹風)에 나오는 '뻐꾸기'를 말한다. "뻐꾸기 뽕나무에 앉았는데 / 그 새끼는 일곱 마리네 / 어지신 군자여 / 거동이 한결같구나 / 거동이 한결같으니 / 그 마음 변함없네"라는 내용으로, 뻐꾸기는 먹이를 물고 와서도 일곱 마리나 되는 새끼들에게 똑같이 먹이는데 그처럼 지도자는 백성들을 골고루 사랑하고 골고루 혜택이 돌아가도록 해야 한다는 뜻을 담고 있다. 뻐꾸기가 새끼를 먹일 때의 순서를 보면 아침에는 위에서 아래로 내려오고 저녁에는 아래에서 위로 올라가면서 굶는 새끼가 없도록 공평하게 한다고 알려져 있다.

다산은 양민들의 비참한 삶을 보며 미물인 새조차 제 새끼 일곱 마리를 모두 고르게 먹이는데, 왜 임금은 제 백성에 대해 차별을 두는가, 왜 양반은 하는 일 없이 놀고먹는데도 신포를 안 내고, 왜 백성은 뼈가 시리도록 일만 하는데 신포를 내야 하는가, 오죽하면 자신의 생식기를 스스로 자르는 비극이 일어나는가 하고 고발한 것이다.

조선조 후기에 해당하는 당시는 민주주의, 국민평등이라는 개념이 없었던 때지만 다산은 일찍 민주적인 애민사상을 갖고 있었기에 비록 몸은 유배지에 18년이나 있으면서도 모든 백성을 평등하게 대해야 한다는 생각을 방대한 저술과 시 속에 담아냈다.

그러한 다산의 생각이 현대라고 다르지 않을 것이다. 요즘에는 그런 일이 크게 줄었지만 우리나라 고위관리나 부유층 자제들이 이런저런 사유로 군대를 가지 않은 사실이 여전히 문제가 되고 있지 않은가. 또 일부 인사의 자제들이 군대에 가서 이른바 '꽃보직'을 받았다는 의혹이 여전한데, 그것이 일부러 권력을 동원해서 그렇게 한 것인지, 아니면 그 권력의 위세를 겁내는 하급 관리들이 알아서 봐준 것인지는 모르지만 그런 의혹들이 밝혀지면서 국민은 이러한 현상이 여전한 것이 아닌가, 혹은 특정한 정권 아래서 더 많은 것이 아닌가 의혹의 눈초리를 보내는 것이다.

성호(星湖) 이익(李瀷)은 이러한 신포의 차별을 서자의 차별, 문벌의 차별에까지 확대하며 그 부당함을 지적한다.

> 왕이란 자리(王者)는 평등하게 사랑하는 것이니, 모두가 왕의 백성입니다. 비유하자면, 부모가 여러 아이를 기르되 한 이불 밑에 같이 있으면서 강자는 약자를 짓누르고 약자는 차이는데도 부모가 금지하지 않고 오히려 강한 자를 두둔하고 약한 자를 나무라는 것과 같으니, 《시경》에서 말하는 이른바 뻐꾸기의 의리가 과연 이런 것입니까? 벌열(閥閱, 고관대작이나 문벌)이나 한족(寒族, 한미한 집안)을 막론하고 다 같은 서민인데 서민으로서 서민을 제어하니, 약한 자는 강한 자에게 먹히기 쉽지 않겠습니까? 《성호사설》 제8권 인사문)

대체로 국민이 바라는 것은 무슨 일이든 정당한 절차에 따라 모두에게 공정한 기회를 주며, 그 속에서 능력과 적성이 있는 사람을 선발하라는 것, 또 뒤로 특혜를 주고받는 불공정을 하지 말며, 국민의 세금을 개인적인 이익에 함부로 쓰지 말라는 것이라 하겠다. 가장 대표적인 예로 대기업은 상속 때 세금을 거의 내지 않았는데 혹시 대통령이 거기에 연관 의혹이 있다면 사람들이 뻐꾸기보다 못한 불공정한 처사라는 생각을 품지 않을 수 없을 것이다.

공직과 사심

    중국 역사에서 공과 사를 가장 엄격히 구분한 청렴한 공무원의 모범으로 칭송받는 이는 후한 광무제에서 명제 때 활동하던 제오륜(第五倫)이다. 삼강오륜의 오륜이 아니라 성이 제오, 이름이 륜인 이 사람은 회계태수(會稽太守)로 있을 때 녹봉이 2천 석이었으나, 아내가 직접 부엌일을 하고 자신은 말을 사육하면서 손수 꼴을 베었으며, 이렇게 절약하면서 받은 녹봉 가운데 한 달분 양식만 남겨 두고 나머지는 모두 가난한 백성에게 나눠 주었다. 임기가 끝나고 돌아갈 때 백성들이 말고삐를 붙잡고 울부짖으며 "우리를 버리고 어디로 가십니까"라고 했다.

    그가 공과 사를 엄격히 구분한다는 말을 들은 어떤 사람이 물었다.

    "공(公)께서도 사사로운 마음(私心)이 있습니까?"

    제오륜이 대답했다.

    "전에 나에게 천리마(千里馬)를 준다는 사람이 있었는데, 내가 비록 받지는 않았지만 국가의 주요 인재를 선발하고 천거하는 정승회의 때 마음에 잊을 수가 없었어요. 물론 끝내 등용하지는 않았습니다만."

그는 또 조카가 아프다고 하니 하룻밤에 열 번 문병을 갔지만 자기 아들이 병들었을 때는 문병을 가지 않았는데 대신 밤새 잠을 이루지 못했다며 자신에게도 사사로움이 어찌 없겠느냐고 털어놓았다. 《후한서》 제오륜열전)

예부터 사대부들에게는 집안일을 관장하거나 시중을 들고 잡무를 처리해 주던 사람들, 곧 겸종(傔從)이 있었고 이들 사대부가 높은 벼슬에 오르거나 지방에 나가게 되면 겸종들은 그 밑에 가서 주공(주인)의 경제적인 이익을 챙기면서 자기 잇속도 챙기는 것이 불문율이었다고 한다.

한편 사대부로서도 지방관으로 나갈 경우 복잡하게 얽혀 있는 지방 행정 실무를 향리들과 접촉해 처리하고 주공의 지방 살림살이를 주공 편에 서서 챙겨 주는 존재로서도 겸종은 필요했다. 게다가 중앙 권력에 진출할 때 자기 집안의 겸종을 중앙 관청의 요소요소에 밀어 넣는 것은 정보의 수집, 연락의 편의 등을 위해서도 필수적이었다. 그렇기 때문에 주공과 겸종은 끈끈한 관계를 맺으면서 서로의 이익을 돌보았던 것이다.

대신을 지내는 집안에는 겸종이 수십 명에 이르고, 그중에는 몇십 년이나 혹은 몇 대에 걸쳐 겸종을 지낸 이들이 있었다. 19세기 대표적인 명문가 중 하나인 연안 이씨 이만수(李晩秀) 집안은 겸종이 거의 30명에 이르렀고, 철종 연간 좌의정을 지낸 박영원(朴永元)의 겸종으로 호조 서리를 오랫동안 지낸 이윤선(李潤善)은 부친인 이기혁 때부터 박영원을 주공으로 모셨다. 즉 대를 이어 한집안의 겸종을 지낸 것이다.

겸종과 주공의 관계는 매우 끈끈해서 단순히 주종 관계에 그치는 것이 아니라 때때로 서로 부자지간 같은 관계로 인식하기도 했다. 실례로 조태채(趙泰采, 1660~경종 2년 1722)의 겸종이었던 홍동석(洪東錫)이 선혜청 서리를 맡고 있을 때, 간관(諫官)이 자신의 주공인 조태채를 탄핵하는 장계(狀啓)를 옮겨 적도록 했는데, 홍동석은 붓을 던지면서 주공과 겸종의 관계는 부자와 같은 의리가 있고, 이에 자식이 아버지의 죄를 적을 수 없다고 했다. 심지어는 사약을 받는 자리에까지 쫓아가서 그 아들이 오도록 기다려야 한다며 금부도사가 주는 사약을 발로 차서 사형 집행을 한 달 이상이나 늦추기까지 했다. 《里鄉見聞錄》) 이처럼 끈끈한 관계가 형성될 수 있었던 것은 결국 양자의 이해관계가 맞아떨어진 결과다.

문제는 이러한 겸종이 온갖 부정부패의 원인이 된다는 점이다. 그래서 다산 정약용은 《목민심서》 율기(律己) 6조 중 제3조 제가편(齊家篇)에서 벼슬에 나갈 때는 겸종이 설혹 노고가 있더라도 선물을 보내 주겠다는 등의 방법으로라도 만류를 해서 따라가지 않도록 해야 하며, 친척이 따라가는 것도 말려야 한다고 했다. 그러면서 제오륜이 겸종을 하나도 데리고 가지 않아 부인이 직접 부엌일을 한 것과 명나라 때 왕서(王恕)라는 사람이 운남순무(雲南巡撫)로 나가면서 "하인을 데리고 가고 싶었으나 백성들의 원망을 살까 두려워 늙은 몸을 돌보지 않고 단신으로 왔다"면서 하인을 데리고 가지 않은 것을 모범 사례로 들고 있다.

최근 우리 사회에서는 주요 행정관서의 장들이 자기 주위 사람을 불러서 직접 자리를 주고 쓰는 경우가 많다. 이들 중에는 학문이나 정책 연구, 현장 경험 등이 뛰어나 정무직으로 채용되는 경우가 많지만 개중에는 개인적인 일상이나 몸관리를 담당하다가 갑자기 높은 자리를 받기도 한다. 그런 경우에는 공직자로서 국민이 낸 세금을 받는다는 정신자세나 태도, 공직자로서의 윤리와 덕목을 넘어서서 주공과 겸종처럼 주종관계, 나아가서는 홍동석의 경우에서 보듯 부자관계처럼 끈끈해지고, 그 관계를 악용해서 이권을 챙기거나, 주공의 잘잘못에 대해서는 눈을 감고 은폐하는 행위까지 우려되고 실제로 그런 일이 벌어졌다.

요즘은 공직자의 문호를 개방하는 추세다. 그만큼 공직자를 선발하는 것은 공개채용이 원칙이 돼야 한다. 행정이나 정부 부처의 필요 인원을 쓰더라도 발탁이라는 이름 아래 기관장의 재량이나 선택권으로만 넘기지 않고 최소한의 기준으로 공개하고 검증하는 시스템이 필요하다는 것도 바로 이런 이유에서다. 최근 우리 사회를 뒤흔들었던 사태에서 경험한 값비싼 교훈이라 하겠다.

부끄러운 상대별곡

"화산 남쪽 한수 북쪽 천년 승지 서울. 청계천 광통교를 건너 종로 운종가로 들어가면, 가지 축축 늘어진 멋진 소나무와 우뚝 솟은 늙은 측백나무에 에워싸인 추상같은 위엄이 서린 사헌부. 아! 오랜 세월을 두고 청렴결백한 바람이 감도는 광경 어떻습니까. 모인 관원들은 모두 영웅호걸과 당대의 인재들, 아! 나까지 보태서 몇 분이나 됩니까."

고려 말에 벼슬길에 올랐다가 친원파와 친명파의 갈등 속에서 한때 유배를 당하기도 했지만 곧 인품과 덕망으로 조선조에 들어 대사헌에 오른 양촌(陽村) 권근(權近, 1352~1409). 그는 출근을 하면서 직장인 사헌부의 위용과 자신의 포부를 담아 〈상대별곡(霜臺別曲)〉이란 가사를 짓는다. 검찰과 감사원을 겸하고 언론 기능까지 있어서 왕이라도 잘못이 있으면 사정없이 탄핵하던 부서이기에 사헌부는 서리 상(霜)자를 써서 상대(霜臺)라 불리었다. 또 그렇기에 추관

㈜秋官), 곧 가을관청이라고도 했다.

우두머리 대사헌이 부임하는 날에는 모든 관원이 도열해서 예로 맞이하게 돼 있는데, 왕이 흠결이 있는 자를 총애해서 낙하산으로 임명하게 되면 취임하는 날 관원들은 도열해 맞지 않고 자리에 앉은 채 본 척도 하지 않았다. 그러면 그는 자리에 앉아 보지도 못하고 코를 쥐고 돌아가야 하고, 왕이 직접 사헌부에 와서 통사정을 해야 할 정도였다. 비록 왕족이라도 비리가 드러나면, 그 죄목을 판자에 써서 가시더미와 함께 그 집 대문 앞에 세워 놓았다. 탄핵당한 왕족을 좀 봐 달라고 왕이 대사헌을 은밀히 불러 당부를 하는 일도 있었지만, 대사헌은 "그렇게 하면 관원들이 소신을 탄핵할 것입니다" 하며 거절했다고 한다.

사헌부의 임무는 시정(時政)을 논의하고, 백관(百官)을 규찰하며, 기강과 풍속을 바로잡고, 억울한 일을 없애 주는 일이었다. 이런 일은 서릿발처럼 엄해야 하는 관계로 사헌부 관리들의 몸가짐은 어느 관원보다 엄했다. 그렇다고 녹봉을 많이 받는 것이 아니어서 의관은 늘 추레하고, 얼굴은 영양실조로 파리했지만 그 기상은 어느 누구보다 당당했다고 한다.

사헌부는 관원의 인사에도 관여해 임금이 결정 임명한 관원의 자격을 심사하여 이에 대한 동의 여부를 결정하는 서경(署經) 기관이기도 했다. 이렇듯 시정·풍속·관원에 대한 감찰, 인사 행정에서 엄정함을 추구하는 사헌부이기에 직원 간에도 상하의 구별이 엄해 하위자는 반드시 상위자를 예로써 맞이하고, 최상위자인 대사헌

(大司憲)이 대청에 앉은 다음 도리(都吏)가 '모두 앉으시오'를 네 번 부른 다음에 자리에 앉는 등 자체 내의 규율부터 엄격했다고 전해 진다. 《용재총화》권1에 전하는 내용이다.

사헌부가 비리를 규찰하는 곳이라면 형조(刑曹)는 구체적으로 범 죄를 적발하고 사법절차를 진행하는 곳이라 하겠는데, 요즘으로 치면 청와대 민정수석실과 검찰이라고 하겠다. 두 기관의 하는 일 이 모두 엄정해야 하고 추호도 개인의 이익이나 민원이 개입돼서 는 안 된다는 뜻에서 이들에 대해서는 직급도 우대해 주고 사회적 으로는 위엄과 존경을 보내고 있다.

요즘 우리 정부가 이렇게 어려움에 처한 것이 검찰과 민정수석실 이 제대로 역할을 하지 못했기 때문이라는 비판이 많다. 몇몇 전현 직 검사들이 대형 비위에 연루되어 국민의 질책이 따갑다. 검사에 게 맡겨진 권한을 개인적 치부에 악용했기 때문일 것이다.

또한 최순실 씨 등의 국정농단이 이처럼 오랫동안 계속될 수 있 었던 것도 대통령 주변을 잘 감시하고 문제가 있으면 대통령에게 해결을 요구했어야 하는 민정수석실이 임무를 제대로 하지 않은, 말하자면 직무유기를 했기 때문으로 많은 사람은 믿고 있다.

검찰만이 아니라 사법부도 때로는 법조계의 비리를 걸러내지 못 하고 국민의 법 감정과 배치되는, 팔이 안으로 굽는 제 식구 감싸 기식 판결로 국민을 분노케 한다. 고위 검사이기에 잘 봐달라고 100억 원이 넘는 돈을 주었다는데도 우정이라고 판결한다.

추상같은 검사로 알려졌던 최재경 전 민정수석은 임명되기 한 달

전쯤 한 언론에 작금의 검찰 모습이 가을관청이 가을추위에 떠는 모습이어서 안타깝다고 했다. 그러면서 세상에 "가을이 꼭 필요하듯, 검찰 기능을 마냥 없애거나 줄일 수는 없다. 가을의 위엄을 되찾기 위해서는 검찰 스스로 추관(秋官), 상대(霜臺)의 서릿발 같은 자기 정화가 필요하다. 문제 있는 사람은 가차 없이 제거하고 잘못된 부분은 과감하게 고쳐야 할 것이다"라고 했으나 그 자신 그러한 소신과 상관없이 임명장을 받고 한 달도 안 돼 물러나는 상황이 벌어졌다.

권근의 〈상대별곡〉은 사헌부 관원들이 출근할 때 "학 무늬 가마와 난새 무늬 수레를 타고 출근하는데, 앞에서 소리치고 뒤에서 옹위하며 좌우로 잡인들의 접근을 막으면서, 아! 사헌부 관원들이 등청하는 모습! 어떻습니까. 그 모습 엄숙하구나"라고 자랑스럽게 묘사하고 있다.

다른 정부 부처에 한두 명 있는 차관이 50명 가까이나 있는 검찰과 법무부, 그들 모두에게 번쩍이는 출퇴근용 고급 승용차가 제공되는데, 이들이 예전처럼 시민들의 존경을 받으며 당당하게 출근하려면 국민이 맡겨 준 막중한 책무를 다해야 하고, 스스로 사소한 잘못도 용납하지 않는 자세로 추상같은, 아니 엄동설한 같은 기강을 다시 일으켜 세워야 할 것이다. 우리 사법 신뢰도는 세계 42개 나라에서 39번째라고 한다. 왜 맨날 특검을 해야 하는가.

신독(愼獨)을 생각한다

　　18세기 동아시아엔 중국, 조선, 일본 세 나라가 있었다. 당시 중국과 조선은 전형적인 유교적 중앙집권제로서 국가를 운영하는 관료들은 까다로운 과거시험을 통과하기만 하면 당대에 권력을 가지면서 신분이 수직적으로 급상승할 수 있었다. 이 과거시험은 중세 유럽의 기독교처럼 주자학이라는 도그마에서 한걸음도 벗어날 수 없고 고전을 통째로 암기하고 그 바탕 위에 문장을 잘 쓰는 능력을 평가받는 것이었다.

　　일본의 소설가이며 역사연구가인 시바 료타로(司馬遼太郎)는 저서 《메이지(明治)라는 국가》에서, 이렇게 훈련된 중국이나 조선 관료들은 유교적으로는 수준이 있었지만 다른 문화는 일절 인정하지 않고 자기 이외의 세계에 대한 생각은 정지된 상태였다고 주장했다. 그러기에 당시 일본에 대해서는 과거시험을 채택하지 않고 관직이 세습되고 있어 야만국이라고 보는 시각이 많았지만, 실제 일본에서는 학문이나 예술, 의술, 무예 등이 뛰어난 사람들이 중앙이나 지방에서 높은 지위에 등용되었고, 하층민의 뛰어난 인재들을 뽑아서 대를 물려주는 합리주의가 있었다고 한다.

우리나라 과거제도는 후주인(後周人) 쌍기(雙冀)의 건의로 고려 광종 9년인 958년에 당나라 제도를 모방하여 창설했다. 그런데 원래 중국은 우리나라와 달리 아무나 과거를 볼 수 있는 것이 아니라 각 지역 군현의 장(長)의 천거(薦擧)를 받아야 과거시험에 나갈 수 있었기에 이를 과거(科擧)라 했는데, 우리나라 과거에는 천거하는 법이 없으니 그저 이름만 과거이지 실제로는 과거가 아니라고 다산 정약용은《목민심서》이전편(吏典篇)에서 지적했다.

과거제도를 처음 채택한 한나라 무제(武帝)는 네 과목을 정했으니, 첫째는 덕행(德行)이 뛰어나고 지조가 청백(淸白)함이요, 둘째는 학문이 통달하고 행실이 착하며 경서에 정통한 박사(博士)요, 셋째는 법령을 밝게 알아 의심나는 옥사를 결단함이요, 넷째는 꿋꿋하고 지략이 많아서 인격이 현령을 맡길 만함이었다. 요컨대 이렇게 구분해서 먼저 행실을 보고 사람을 뽑자는 것이었는데, 우리나라에서는 성적만을 고찰하며 어진 이를 천거도 하지 않고 응시하도록 하고 있으니, 이 두 가지가 천하의 웃음거리라고 다산은 통탄했다.

요즘 고위 공무원이나 법조인들의 비리가 연일 터져나오고 있다. 사회통념을 무시하고 돈만을 위해 수단과 방법을 가리지 않는 법조인들, 자신의 성적 욕망을 주체하지 못해 창피를 당하는 고위직들, 권력과 권한을 자신의 이익을 위해 교묘하게 사용한 의혹을 받는 사례들이 연이어 나오는 것은 어떤 이유에서일까. 그것은 우리의 고시제도가 과거 고려나 조선시대의 과거시험처럼 일단 지식을 평가하는 절차를 통과하기만 하면 곧장 신분이 상승되는데, 그러한 자격이 있는지 없는지를 도덕적으로 평가받을 기회가 없이 무조건 임용되는 제도에 있는 것은 아닐까.

정약용은 과거제도의 폐해를 시정하는 방법으로 첫 단계에 공공기관의 추천제를 도입, 활용할 것을 제안했다. 과거를 보기 전에 군수나 현령이 향교에서 여러 사람의 의견을 물어 덕행·경술(經術)·문예 세 가지 조건을 갖춘 인재를 단계별로 뽑아 이들에게 응시 기회를 주자는 것이다. 그러나 지방관들이 공정하게 추천을 할 것인지가 또 다른 문제가 될 수 있다. 현재 사법고시를 없애고 법학전문대학원을 채택한 것도 나름대로 사법고시의 문제를 개선하자는 취지였겠지만 일반인들의 응시 기회가 없어진다고 해서 반발이 심하다. 그만큼 인재 선발과 관리는 어려운 일이다.

그러므로 이 문제는 일본처럼 인재 발탁의 문호를 고시 이외로 넓히는 것도 방법일 것이다. 그렇지만 보다 근본적으로는 고시로 선발된 관료들, 특히 고위직에 오른 사람들이 자신의 권한을 남용했을 때는 정말로 국가 차원에서 철저하게 처벌을 해야 해결될 수 있다고 본다. 잘못을 감시하고 견제할 사람들이 자기나 주위 사람들의 과오에 눈을 감아주고, 또 적당히 조금만 버티면 살아남을 수 있기에 비리와 불법이 빌붙어 있을 수 있는 것이라면, 깨끗하지 않으면 결코 살아남을 수 없는 사회가 되는 것이 우선이다.

인재를 발탁할 때는 주위의 평가가 제대로 반영될 수 있어야 한다. 우리 사회에서 인사는 인사권자의 고유권한으로 인정된다. 뛰어난 능력으로 조직이나 사회를 개혁할 사람들이 뽑혀야 하지만 인사권자의 자의적 판단에 의존하다 보니 왕왕 독선이나 독단으로 흐르는 사례가 많다. 그 틈 사이로 인격이 갖춰지지 않은 인사들이 세상으로 뚫고 나와 권한을 잘못 사용함으로써 문제가 일어나는 것이라 하겠다.

유교 경전《대학(大學)》에 나오는 개념으로 '신독(愼獨)'이라는 것이 있다. 혼자 있을 때 더욱 마음을 바로 세워 스스로 떳떳한 인간으로서의 바른 마음가짐과 바른길을 가야 한다는 것이다. 이러한 가르침이 단순히 개인의 내부적인 도덕 문제에 머물지 않고 사회적으로 넓어져야 한다. 조금이라도 어긋나면 이 사회에서 용납되지 못한다는 것, 그러기에 유혹에 흔들리지 않고 스스로를 지키고 바른길을 가는 것이 본인이 살 길이라는 인식이 우리 사회에 확고하게 정착되면 사법부 수장의 사과가 없더라도 이런 현상을 극복할 수 있지 않겠는가?

18년의 쌍곡선

　예전에는 권불십년(權不十年)이란 말이 유행이었다. 아무리 막강한 권력이나 권세도 10년 못 간다는 말이다. 꼭 10년 만을 의미하는 것이 아니라 권력이 영원할 것 같지만 오래가지 못해 결국은 무너진다는 의미라 하겠다. 그것이 박정희 대통령이 권력을 잡은 지 18년 만인 1979년에 갑자기 변고가 생기면서 우리 현대사에서는 권불 18년이란 말이 생긴 것 같다.

　조선시대 역대 왕 가운데 18년 동안만 권좌를 지킨 왕이 바로 태종 이방원이다. 그는 1400년 초 넷째 형 방간과 박포 일당을 제거하고 세자가 되었다가 11월에 조선 3대 왕으로 등극했는데, 18년이 지난 1418년에 셋째 아들인 충녕대군, 곧 세종에게 양위를 한다. 왕조실록을 보면 이 과정에서 태종은 장기집권의 문제를 깊게 생각해 왔음이 드러난다.

돌이켜 생각하면, 사직(社稷)을 정하는 것이 어찌 사람의 힘으로 되겠는가? 하늘이 실로 정한 것이다. 나의 상(像)과 모양은 임금의 상이 아니다. 위의(威儀)와 동정(動靜)이 모두 임금에 적합하지 않다. 무일(無逸)한 것을 가지고 상고한다면 재위(在位)한 것이 혹은 10년이요, 혹은 20년이었는데, 20년이면 나라를 누린 것이 장구한 임금이다. 나는 나라를 누린 지 오래다. (태종실록 18년 8월 8일조)

태종은 집권하자마자 왕자들이 신하들의 왕권다툼에 휩쓸리지 않도록 인척과 외척의 힘을 제거했고, 각종 개혁조치로 왕조의 기틀을 닦았지만, 형제의 목숨을 빼앗고 집권했다는 것 때문에 아버지 태조로부터 냉대받은 것에 대해 늘 힘들어했음을 보여 준다.

힘들었던 것은 그간에 태조(太祖)가 매우 귀여워하던 두 아들을 잃고 상심하던 것을 생각하면 비록 내 몸이 영화로운 나라의 임금이 되었지만 어버이를 뵙지 못하고, 혹은 백관(百官)들을 거느리고 전(殿)에 나아갔다가 들어가 뵙지 못하고 돌아올 때는 왕위를 헌신짝 버리듯이 버리고 필마(匹馬)를 타고 관원 하나를 거느리고, 혼정신성(昏定晨省)하여 나의 마음을 나타내고자 생각하였다. (태종실록 18년 8월 8일조)

태종은 집권 후 9년째 세자에게 자리를 물려주려고 했으나 신하들의 반대로 뜻을 이루지 못했다. 이때 태종은 이미 왕이 권력을 오래 잡고 있으면 문제가 된다는 것을, 명나라 태조가 일찍 손자 건문

(建文)에게 양위하지 않아 삼촌인 주태(朱棣)가 난을 일으켜 조카로부터 황권을 빼앗은 사건, 그리고 자신의 아버지가 적절하게 권력 이양을 하지 않아 왕자의 난이 일어난 것에서 예를 찾는다.

> 내가 보기에 홍무황제(洪武皇帝, 명 태조)가 천하를 다스리기를 30여 년이나 하였으니 오래지 않은 것이 아니며, 향년(享年)이 70이니 수(壽)하지 않은 것이 아니다. 그때 건문(建文)의 나이 장성(壯盛)하였으니, 만일 일찍이 그 위(位)를 바르게 하여 세력을 굳히고 번왕(蕃王)의 병권(兵權)을 회수하여 경사(京師)에 두어 편안히 부귀(富貴)를 누리게 하였다면 남은 일이 없었을 것이다. 또 우리 태조(太祖)께서도 일찍이 이방석(李芳碩)에게 전위(傳位)하고 물러나서 후궁(後宮)에 계셨다면, 우리들이 마침내 움직이지 못하였을 것이다. 어찌 무인(戊寅)의 변(變)이 있었겠는가? (태종실록 9년 8월 10일조)

태종으로서는 '무인의 변'이라고 불리는 2차 왕자의 난을 일으킨 것은 자신이 죽을 위기에 처해 어쩔 수 없이 행한 것이며, 권력이라는 것은 적절한 때 후계자에게 물려줄 방책을 마련하고 적법하게 넘겨주어야 나라가 온전히 유지된다고 생각했음이 《조선왕조실록》이라는 세계 최장의 역사서를 통해 읽게 된다.

박정희 대통령의 통치가 18년 만에 불행으로 끝난 것에 대한 원인분석은 여러 가지가 있겠으나, 비정상적인 방법으로 권력을 잡은 태종이 일찍이 느꼈던 그 어려움과 문제를 역사로 배워 권력 이양이나 승계 등에 민주적인 방법과 국민의 뜻을 존중하는 방법을 선택했더라면 그런 비극을 초래하지는 않았을 것이라는 점에는 우리 모두가 동의할 것이다.

공교롭게도 박근혜 대통령도 정치무대에 나선 지 18년 만에 권력에서 강제로 내려오는 불행한 일이 생겼다. 박근혜 대통령이야 장기집권의 문제는 아니었지만 일찍이 청와대에서 성장하면서, 과거 조선시대 왕자들이 엄격한 교육을 받은 것에 비해 최고지도자로서의 생각과 몸가짐, 특히 민주적 훈련을 제대로 거치지 못한 채 대통령이 되었기에 집권기간 동안 국민의 목소리를 직접 들으려 하지 않고 자신을 비춰 볼 거울도 가까이에서 갖지 못한 것이 탄핵이라는 수렁에 빠지게 된 주요한 요인이 아니었을까 생각된다.

조선왕조에서 현대에 이르는 우리 역사를 돌아보면, 천 년 이상 지속된 왕조정치에서 갑자기 국권을 빼앗기고 일제통치를 받으면서 모든 정치행위가 중지됨으로써 왕조정치에서 민주정치로 접어드는 완충과정이 없었다. 또 그것이 해방 이후 우리 정치가 민주적인 정치제도를 따라가기 위한 과속주행이 불가피해지면서, 전 세계 다른 어느 나라보다도 정치적인 소용돌이가 많은 요인이 되지 않았나 분석된다.

대한민국 정치사에서 18년이란 시간의 의미를 제기한 분수령인 10·26을 또 한 번 넘기게 되니 정치에서 권력의 속성, 합리적인 절차의 중요성, 그리고 권력 이양 방법, 권력 독과점에 의한 폐해까지도 모두 교재로 삼아야겠다는 생각이 든다.

천화동인(天火同人)

주역의 괘가 어쩌니 저쩌니 하면 많은 사람들은 골치 아파한다. 사실 이를 정확히 꿰고 있는 분들은 우리 사회에도 많지 않으리라.

그런데 최근 사람들이 주목하는 괘가 하나 있다. 바로 천화동인(天火同人)이라는 괘다. 64괘 중에 열세 번째인 천화동인 괘는 하늘(天)에 해당하는 건괘(乾卦)가 위에 있고 불(火)에 해당하는 리괘(離卦)가 아래에 있다. 아래에 있는 불은 훨훨 타올라 위로 올라가서 위에 있는 건괘와 같이 어울린다. 이렇게 불이 타올라 하늘에서 빛나 사람들과 하나가 되는 모습을 천화동인이라 했다.

이 괘에 대한 주역의 설명(卦辭)은 "사람들과 함께하되 광야에서 하면 형통하리니, 큰 강(大川)을 건넘이 이로우며 군자의 곧음(貞)으로 함이 이롭다"는 것이다.

왜 이 괘가 주목을 받는가를 알려면 이 앞의 열두 번째 비(否)괘를 보아야 한다. 이 괘는 위에는 하늘을 뜻하는 건괘, 아래에는 땅을 뜻하는 곤괘(坤卦)가 있다. 하늘 아래에 땅이 있으니 그저 당연히 평안한 세상 같지만 하늘의 기운은 가벼워서 위로 올라가고 있고, 땅의 기운은 무거워서 아래로 내려가니 두 기운이 서로 만나거나 소통되지 못해 엉망인 것을 상징한다. 말하자면 "천지가 교합하지 못하여 만물이 소통되지 못하며 상하가 교합하지 못하여 천하가 무정부 상태가 된다"는 뜻이 된다. 또 "소인이 안에 있고 군자가 밖에 있으니, 소인의 도가 성장하고 군자의 도가 소멸된다"는 뜻이어서 마치 우리나라의 상황을 생생하게 묘사하는 듯하다.

그런 다음에 이 천화동인의 괘가 오는데, 이 괘는 불 기운이 타올라 하늘과 같이한다는 것이다. 하늘이라는 것은 끌어올린다고 올라가는 것도 아니고 끌어내린다고 내려오는 것도 아니어서, 자연의 기운이 피어나 저절로 하늘로 올라간다는 뜻이기에 땅에서 솟아오른 해가 중천으로 떠오르는 형상이라고도 할 수 있다.

그런데 이때 광야, 곧 들판에서 사람들이 함께한다는 것으로, 들이란 것은 먹을 것도 없고 조건도 없다. 그러므로 여기에 모이는 사람은 이익을 추구하려는 것이 아니라 진심으로 모이는 것이며, 누구나 뜻만 같으면 자연스럽게 모일 수 있다는 특징이 있다. 이때에 사람들은 뜻을 같이하고 힘을 합해 막힌 것을 소통시키고, 어지러운 세상을 다스려 바른 정치를 하고 태평한 세상을 이룬다.

하늘의 해가 만물에게 공정하게 고루 비추듯 사람도 모든 사람에게 공정하게 대한다면 모두 하나가 된다. 이때 안으로 문명한 덕을 가져 사리판단을 밝게 하고, 밖으로는 흔들리지 않는 항구적인 자세, 곧 군자로서의 바른 행동과 바른 생각을 갖게 되면 모두 동인(同人)이다.

사람이 같이하는 것(同人)은 힘을 합해 막힌 것을 통하게 하기 위한 것이다. 사람은 혼자 살아갈 수 없다. 인간이 인간일 수 있는 것은 너와 내가 서로 기대어(人) 살아가는 존재이기 때문이다. 그래서 인간은 공동체를 이루고 관계를 만들어 서로의 관심사를 나누고 의견을 나누고 교류한다. 이렇게 동인(同人)하는 것은 인간존재가 가지고 있는 속성이라고 할 수 있다.

이러한 괘가 2년여 동안 우리나라의 사정을 설명해 준 것 같다. 사람들은 광장, 곧 들판에 모여 한마음을 보여 주었고, 그들의 마음엔 사심이 없었다고 보여진다. 그러한 마음을 합해 드디어 큰 강을 건넜다. 이렇게 해석할 상황이 펼쳐진 것이라면 우리나라의 형세는 가히 천화동인이란 괘가 설명하는 바로 그 상황으로 들어선 것임이 분명해진다. 국민의 거대한 마음이 움직이자 지난 시대의 과오를 청산하기 위한 사법적인 조치도 진행되고, 새로운 세상을 위한 선거도 큰 탈 없이 치러져 새로운 지도자와 지도부가 등장했다.

공자는 천화동인 괘를 설명하는 단사(彖辭)에서 "문명하고 굳건하며 중정(中正)으로 응함이 군자의 정도(正道)이니, 오직 군자이어야 천하의 마음을 통할 수 있다"고 했다. 이 말은 앞으로는 치우치거나 어느 한쪽의 이익만을 추구하지 않고 세상 모두를 고루 이롭게 하는 큰 길을 같이 걸어야 천하의 마음이 통할 수 있으며 정치가 제대로 펴질 수 있다는 것이다.

지금 우리나라가 천화동인의 괘에 들어섰다면 밝은 길을 똑바로 가는 군자, 사사로움을 버린 군자만이 모든 것을 투명하게 밝힐 수 있고 우리 모두가 함께 나아갈 방향을 지시할 수 있다. 모든 것이 훤하게 밝혀진 뒤라야 같은 방향을 보고 길(道)을 갈 수 있다.

이런 점에서 천화동인 괘는 어울림의 지혜를 알려 준다. 첫째는 모든 것을 오픈해서 투명하게 하라는 것, 둘째는 끼리끼리 패거리를 만들지 말라는 것, 셋째는 욕심을 내어 분란을 일으키지 말라는 것, 넷째는 자기 위치, 자기 자리에서 원칙을 찾으라는 것, 다섯째는 공감 능력을 배양하라는 것이라고 어느 분은 말한다.

그동안 끼리끼리 자기들만의 이익을 위해 패거리를 조성하고 작은 이익에 눈을 팔고 사람 사이의 소통을 멀리하던 데서 환골탈태해 바람이 통하는 넓은 들판, 아니 광장에 나가서 대동의 큰 마음으로 함께 앞길을 열어가야 한다는 것을 주역의 천화동인 괘는 우리 사회에 간절하게 말해 주고 있는 것이리라.

아니, 이런 정도였나

　　평창동계올림픽 폐막식을 본 사람들은 입을 다물지 못했다. 개막식에서 휘황한 전자불꽃과 깊이 있는 전설과 신화를 재현해 낸 영상으로 우리 민족의 인간 존중 사상과 미의식, 끊이지 않고 무궁동(無窮動)처럼 이어지는 신명의 활동사진, 그렇게 형성된 거대한 개막과 폐막의 쇼는 우리 국민을 넘어 세계인들을 놀라게 한 대박이었다.

　　둥글게 만든 한가운데 무대에 때로는 한 대, 때로는 수백 수천 대의 텔레비전 수상기가 눕고 세워지고 올라가고 내려가면서 시시각각 헤아릴 수 없는, 미처 다 느낄 수도 없는 영상과 소리와 체험으로 인간의 감각을 무한대로 확장했다. 개폐회식을 지켜 보던 나는 이렇게 소리 질렀다.

　　"그래, 이 모든 것이 백남준이잖아!"

　　올림픽 개막 행사와 폐막 행사가 비밀에 가려져 있어서 우리는 도대체 무엇을 준비하고 있는지 전혀 몰랐다. 그런데 뚜껑을 열어 보니 바로 백남준이 영상과 음악, 소리 그리고 시공을 통해 구현하려 했던 지구인의 흥과 신명, 바로 글로벌 그루브(Global Groove)였다. 거기에는 노래와 춤이라면 상고시대부터 핏속에 흐르면서 어느 민족에게도 지지 않았던 한국인의 신명의 리듬이 넘치고 있었고, 색동저고리를 즐겨 입던 한국인의 화려한 색채감이 있었고, 어느 순간이라도 지루함을 박차고 뛰어나가서 뭔가 일을 만들어 내는 한국인의 맥박과 박력이 있었다.

그것은 일찍이 앞으로의 세상은 전기매체에 의해 지금까지 보지 못했던 인간 감각의 엄청난 확장을 볼 것이라는 캐나다의 미디어 학자 마셜 매클루언의 예언이 한국의 평창이라는 땅과 공간에서 한국인에 의해 실현된 것이다.

우리가 알고 있는 백남준이란 사람은 세계적인 비디오 예술가였다. 그런데 뭐가 세계적이고 왜 그가 그렇게 당대를 흔들어 놓았던가? 음악가였고 행위예술을 하던 백남준은 매클루언의 예언적인 책을 통해 앞으로 전기 전자가 인류를 지배할 것임을 일찍이 간파하고 그 과학기술을 인류를 위한 예술수단으로 만드는 작업을 시작했다.

독일에서 고물 텔레비전을 구해 거기에 전기와 자석으로 비뚤어진 영상을 넣기 시작해 그러한 영상을 조각과 해프닝의 수단으로 활용하기 시작했고, 프랑스 퐁피두센터에서 300대의 컬러텔레비전을 눕혀 놓고는 거대한 삼색기를 만드는 등 텔레비전 화면을 통해 메시지를 전하기 시작했다.

1984년에는 단순한 통신수단인 인공위성을 통해 전 세계 예술가들을 불러모아 지구촌 축제를 처음 성공시킨 데 이어, 86년과 88년 스포츠 축제를 계기로 위성을 통한 소통과 화합의 예술적 한마당을 만들어 세계인들에게 즐거움을 제공하고 세계 평화의 터를 닦았다.

그러면서 한편으로는 전자기술이 앞으로는 무한대의 정보를 제공할 것임을 알고 오늘날 인터넷을 위한 정보통신망 구축을 맨 처음 외쳤고, 우리가 들고 다니는 무선전화, 곧 핸드폰 시대가 될 것임을 예견했다. 그리고 레이저로 달려가 레이저 기술을 이용해 어느 일정한 평면이나 공간이 아니라 시공간 어디에서나 예술을 펼치고 즐길 수 있음을 열어 보여 주었다.

그것이 그의 예지를 알게 된 많은 기술인과 예술인, 예능인들의 노력에 의해 마침내 21세기에 지금까지의 모든 감각의 세계를 넘는 초절정의 예술을 감상하고 즐길 수 있는 데까지 이르게 된 것이다.

폐막식 무대 한가운데에 펼쳐진 많은 사각형 영상의 집합들을 보면서 나는 백남준이 1982년 파리에서 시도한 삼색 비디오전의 재현을 보았고, 바닥에서부터 공중에 이르기까지 누웠다 세워졌다 모였다 흩어지는 영상들, 드론을 타고 하늘에 거대한 형상을 만들고 그것으로 평화의 오륜을 만드는 절묘한 기술에서 백남준의 레이저 쇼를 보았다.

이런 기술은 우리가 만든 것도 있고 밖에서 들여온 것도 있지만,

그것을 이렇게 저렇게 만들고 꾸민 것은 우리 한국인이다. 그것은 우리가 알게 모르게 1984년 이후 백남준을 만나고 그의 예술을 접하고 그의 이상을 곳곳에서 배우고 확인한 데 따른 필연적인 결과였다. 백남준이란 한 한국인이 그처럼 희구했던 인간을 위한 기술 활용, 소통과 평화를 위한 예술의 역할이 평창이라는 공간에서 후손인 한국 젊은이들에 의해 구현된 것이다.

그러므로 백남준은 비디오 예술을 하는 미술가 혹은 조각가가 아니라 시공간 예술가, 전자 예술가, 소통의 예술가였고 미래를 위한 예지자, 선지자였다. 미국 스미소니언 미술관이 2012년 12월 백남준의 전시회를 열면서 내건 제목 그대로 그는 '지구의 예언자'였다. 그런데도 이번에 큰 아쉬움이 있다면 그런 백남준을 폐막식 때 홀로그램으로 한 번이라도 비춰 주었다면 오늘 우리가 누리는 이 휘황한 전자예술 잔치의 창시자가 한국인 백남준이었음을 세계인들이 금방 알았을 것이다. 그런데 올림픽 전시장 몇 곳에 그의 비디오 작품을 진열하는 것으로 끝남으로 해서 이 세계적인 대잔치의 숨은 주재자였던 백남준을 널리 알리지 못하고 말았다.

평창올림픽은 대성공으로 끝났다. 앞으로 인류 역사는 또 어떻게 발전하고 변화할 것인가. 그 어떤 상황이 되어도 미래를 보는 뛰어난 예지력으로 새로운 세상을 내다본 백남준의 공적은 지워지지 않을 것이다. 우리 후손들은 백남준을 더욱 키우고 알려야 하며, 그가 우리에게 보여 준 예지력과 영감과 상상력을 살려 21세기 인류에게 더욱 찬연한 빛을 만들어 선사해야 할 일이 남아 있다.

제4부
역사는 말이지요

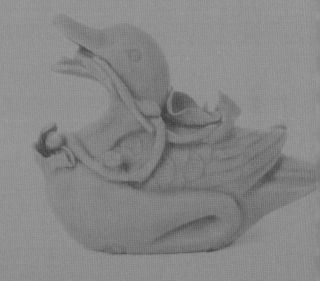

단군을 생각한다

단종을 밀어내고 보위에 오른 세조가 1455년 7월 4일 근정전에서 백관들의 하례를 받아 정식으로 업무를 시작한 바로 다음날, 세자보덕(世子輔德)의 직위에 있던 양성지(梁誠之)가 장문의 건의문을 올린다.

우리 동방 사람들은 대대로 요수(遼水) 동쪽에 살았으며 만리지국(萬里之國)이라 불렀습니다. 삼면이 바다로 막혀 있고, 일면은 산을 등지고 있어 그 구역이 자연적으로 나뉘어 있고 풍토와 기후도 역시 달라서 단군(檀君) 이래 관아(官衙)와 주군(州郡)을 설치하고 독자적인 성위(聲威)와 교화(敎化)를 펴왔으며….

일연의 《삼국유사》에 신화로 전하는 단군의 사적을 역사적인 사실, 정치제도의 선례로서 천명한 것은 아마도 이때부터일 것이다.

세조는 양성지의 상소 중 '천지신명에게 제사지내야 한다'는 말을 깊이 받아들여 이듬해 설날 서울 남쪽 교외의 원구(圓丘)에 직접 나가 제사를 지냈다. 그리고 반년 후에는 역대 시조의 위패 중 조선단군신주(朝鮮檀君神主)를 조선시조단군지위(朝鮮始祖檀君之位)로, 고구려 시조 동명왕을 '고구려시조동명왕지위'로 고쳐 정하였다. 단순한 위패가 아니라 우리나라 시조의 위패라고 정식으로 명기한 것이다. 그러고는 직접 지은 시(御製詩)를 단군사(檀君祠)에 내렸다.

> 동쪽 나라에 성인이 일어나시니
> 요 임금과 같은 시대라네
> 산꼭대기에 사당이 남아 있는데
> 오색구름이 박달나무를 에워쌌구나
> 東海聖人作
> 曾聞并放勳
> 山椒遺廟在
> 檀木擁祥雲

우리나라에서는 예부터 단군이 감응하여 난 때로부터 하늘에 제사를 지내었으니, 강화도 마니산에 있는 제천단이 그 증거이며, 조선왕조에서도 태조 이성계가 한양에 도읍을 정하고 서울 남교(南郊)에 원구를 쌓고 하늘에 제사지내어 비를 빌었다.

그런데 황세의 나라가 아니면 하늘에 제사지낼 수 없다는 신하들의 반대로 하늘에 대한 제사를 잠시 중단하였다가, 중원이 아닌 해외 나라들은 애초부터 하늘로부터 명을 받았기에 지낼 수 있다고 해 다시 원구에 나가 제사를 시작했다. 그러나 세종 때 또 신하들의 말이 많아 중단하였는데, 세조가 양성지의 상소를 받아들여 다시 제사를 시작한 것이다. 세조는 심지어 4년 후인 1460년에는 왕세자를 거느리고 서쪽으로 평양을 순행(巡行)하여 단군, 기자(箕子), 동명왕(東明王)의 전(殿)에 제사를 지냈다.

단군에 대한 제사는 단순히 제사 형식에 그치는 것이 아니라 국가 자주의식의 흥기를 뜻하는 것이다. 이런 의식을 고취한 사람이 양성지다.

대개 금(金)나라 사람은 요(遼)나라의 풍속을 이어받아 3월 3일과 9월 9일에 하늘에 절하고 버드나무를 쏩니다. 우리나라는 해동(海東)에 웅거(雄據)하여 삼국(三國)으로부터 전조(前朝)에 이르기까지 교천(郊天)과 향제(饗帝)를 하지 않음이 없었습니다. 이제 옛것을 다 따르지 못하더라도 요(遼)·금(金)의 고사(故事)를 조금 모방하여 3월 3일과 9월 9일은 친히 교외에 나가서서 활쏘기대회(大射禮)를 행하고, 해마다 상례로 삼게 하소서. 이와 같이 하면 거의 우리의 무위(武威)를 크게 떨치고 사기(士氣)도 또한 증가하여 스스로 대단한 풍속을 이루게 될 것입니다.

그는 우리 역사를 알고 우리 역사에서 배워야 한다면서,

동방의 사람이 중국에 성(盛)한 것이 있는 줄만 알고 동국(東國)의 일을 상고할 줄 모르니 대단히 옳지 못하다. 바라건대 바로 앞 고려 태조의 구민(求民)이나 성종의 정제(定制) 등을 모범으로 삼아야 한다.

라고 했고(論君道十二事) 단군 이래의 민족사 정립과 교육을 강조해 문과시험에 중국사와 더불어 삼국사기와 고려사 등을 부과할 것과, 국왕의 경연(經筵)에서 국사를 강의할 것을 여러 번 진언했다. 왕부터 우리 국사를 배워야 한다는 것이다.

중국 고대 요순(堯舜)만을 유일한 이상적 군주로 떠받드는 시절에 단군을 국조로 모셔 받들기를 주장했고, 중국 역사만을 일반 교과서로 사용하던 시절에 우리 동국사(東國史)도 배울 것을 역설한 것이니 감히 생각하기 어려운 경지가 아닐 수 없다.

그는 문신이면서도 군비에 대한 관심 또한 커서 국방에 관한 저술을 많이 했으며, 우리나라에는 문묘는 있으나 무묘(武廟)가 없으니 마땅히 무묘를 세워 역대 명장을 모시자고도 주장하였다. 다만 양성지의 갖가지 건의는 탁견이지만 강력한 힘을 지닌 세조로서도 쉽게 채택하기 어려울 정도로 현실을 뛰어넘었다. 문무를 동등하게 대우하자는 그의 건의도 결국 실현되지 못하고 점점 무(武)를 천시하는 풍습을 이루어 조정과 온 국민이 문약에 빠져 마침내 뒷날 왜적의 침략을 앉아서 당하게 하였음은 역사가 가르쳐 주고 있다.

우리가 단군이 옛날 조선을 세웠다고 하는 날을 국경일로 기리는 것은 더듬어 올라가면 세조 때 양성지에 의해 제창된 우리 뿌리를 세우고 자주적 의식으로 문과 무를 고루 숭상해 자립을 해야 한다는 생각을 이어받는 것에 다름 아닐 것이다. 세조 이후 약 330년이 흐른 다음 정조가 세조의 단군 숭양 사상을 이어받아 하늘에 제사 지내던 원구단을 새로 단장해 세우고 평양 근처의 단군묘도 보호하도록 했다. 그 정조 때 다시 사람들의 삶과 문화가 풍성하게 피어올랐다.

뻬앗기는 사람들

2008년 6월 중국은 갑자기 '중국의 첫 할머니'라는 한 여성의 가상 인물상을 공개했다. 아득한 역사 이전 시대이니만큼 옷을 입지 않은 윗몸을 긴 머리채로 가린 젊은 여성상으로, 중국 랴오닝성(遼寧省) 뉴허량(牛河梁)이란 데서 1980년대에 나온 진흙으로 된 한 여신상 얼굴을 토대로 실제 인물로 복원한 것이란다. 이 여신이 갑자기 중국 문명의 할머니로 둔갑한 셈이다.

그전까지 중국은 자신들이 황허 지역에서 문명을 시작했다고 가르치며 란저우(蘭州)의 황허 강변에 '대지의 어머니'라는 거대한 석상을 만들어 놓기도 했는데, 갑자기 동북지방 메마른 반사막지대에 살던 사람들이 조상이라며 이들의 존재를 역사 속에 편입시키자고 나왔다.

여신상이 나온 뉴허량이라는 곳은 수도 베이징에서부터 동북쪽으로 한참 가다가 롼허(灤河)라는 강을 건넌 다음 노로아호산(努魯兒

虎山)이라는 산맥 바로 밑에 자리 잡고 있다. 1983년부터 1985년까지 이곳을 발굴 조사한 결과 제단 형식의 여신전과 파편 상태로 발견된 여신 얼굴, 그리고 곰뼈 등이 나왔다.

여신상이 나온 이 지역의 고대 역사를 '홍산문화(紅山文化)'라고 부른다. 이미 1906년에 일본 고고학자 도리이 류조(鳥居龍藏)가 뉴허량 동북쪽의 홍산(紅山)이라는 붉은 바위산 인근에서 거대한 사각형의 제단(壇)과 신전(廟), 적석총(塚) 등 후기 신석기 문화를 발견한 이후에 그런 이름을 갖게 되었는데, 여기에 1980년대 초 뉴허량 유적지가 나옴으로 해서 이 일대는 고대 신석기 문화의 중심지가 되었다.

기원전 3500년쯤으로 추정되는 홍산문화는 통상 청동기 시대에나 출현 가능한 분업화가 이루어진 국가 형태를 띠고 있으며, 가면과 옥(玉) 장식 등에 곰 형상이 투영된 유물이 많이 발견되어 국내 학자들은 곰토템을 지닌 웅족(熊族)과의 연관성, 곧 고조선(청동기 시대) 이전 한민족 원류와의 관계를 자주 언급하고 있다. 즉 홍산문화는 단군조선의 건국 토대일 가능성이 높은 유적이라는 것이다.

이곳에서 발견된 돌과 흙으로 거대하게 쌓은 3층 제단 형식의 유적이 우리 관심사였다. 중국에서 피라미드식으로 된 네모난 제단이나 무덤은 모두 한족(漢族)의 것이 아니다. 산둥성 취푸(曲阜)에 있는 소호 금천씨(少昊 金天氏)의 능, 만주 지린성 지안현에 있는 장군총, 그 다음이 당항족이 세운 서하왕국(西夏王國, 1038~1227)의 이원호(李元昊)와 그 이후의 왕릉들이 네모난 피라미드식이다. 그런 것들에 앞서서 뉴허량에서 돌과 흙으로 쌓은 3층 제단 형식 유적이 나오니 우리로서는 지안 장군총의 원류로 주목하게 되는 것이다.

이러한 피라미드 형식은 고구려 땅에 수없이 많다. 그 무덤이 백제를 따라 한강변에까지 내려와 석촌동에 고분군을 만들었다.

홍산문화는 빗살무늬토기 등을 사용한 대표적인 북방인들의 문화이고 빗살무늬토기는 우리나라 신석기 문화 초기를 대표하는 토기이므로 홍산문화는 우리나라 신석기 문화를 이끈 사람들과 관련성이 높다고 보지 않을 수 없다. 또 뉴허량 유적지에서 나온 진흙을 빚어 만든 여신상과 인물상들은 전형적인 몽골리아 인종을 보여 주고 있으므로 이 문화를 이룬 사람들을 우리 조상으로 보아 틀리지 않을 것이다.

한편 훨씬 남쪽에서 후대에 발생한 량저(良渚)문화로 분류되는 저장성(浙江省) 여항현(餘杭縣) 요산(瑤山)의 제단도 네모나게 3층으로 쌓은 것이므로 뉴허량의 제단과 형태상 같다고 봐야 한다. 이런저런 이유로 일찍이 이 문화를 연구한 이형구 씨는 우리 민족문화의 발상지를 멀리 시베리아에 갖다 붙이는 것보다도 홍산문화로 곧바로 연결해야 한다고 주장한 바 있고, 재야 역사학자들도 입을 모으고 있다.

그러나 중국은 자국 내 이민족의 문화나 역사 흔적을 모두 자신들의 역사에 편입시키기 위해 홍산문화를 본격적이고 집중적으로 연구한 후 이 일대에 나타나는 곰토템이 한민족의 것이 아니라 중화민족의 것이라는 주장을 펴고 있다. 그들은 인근 적석총 등에서 나온, 모양이 돼지 같기도 하고 곰 같기도 한 옥으로 만든 조각을 그전까지는 돼지라고 하다가 갑자기 곰 모양이라며 '옥웅룡(玉熊龍)'이라고 이름을 바꿔 부르고 이것을 곰토템 황제족 기원설의 입증자료로 제시했다. 거기에다가 여신상에 법의학자가 멋대로 살을 붙이고 몸을 만들어 이를 중화민족의 할머니로 발표한 것이다.

중국 랴오닝성의 한 관리는 이렇게 말했다.

> 중국 북방은 야만의 땅이라서 이 홍산문화를 중국의 정규 역사교과서에 넣는다면 모두 전통 역사관을 크게 바꾸는 것이라고 믿을 것입니다. 그렇지만 요즈음 유행하는 역사의 뿌리 문제에서 보면 뉴허량 홍산문화 유적에서 나온 여신상이야말로 진정으로 중화의 할머니가 되는 것입니다.

이런 식으로 그들은 홍산문화를 그들의 역사에 편입시켜 버렸다. 역사라는 것이 만들어진 것이 아니라 새롭게 해석하고 다시 세우는 것이라면, 과거를 새롭게 해석하고 이를 자국의 것으로 끌어들이는 중국을 어찌 비난만 할 수 있겠는가. 그러나 그것이 억지로 주변 민족의 역사를 빼앗는 것이기에 문제가 되는 것이고, 그것을 눈뜨고 빼앗기는 사람들이 있으니 더욱 통탄할 일이 되는 것이다. 단군왕검이 처음 우리 나라를 열었다는 개천절은 그렇게 점점 메아리 없는 아우성으로 변하고 있는 것인가?

하나의 줄기에

　일 년 중 첫 번째 계절이요 그 첫 번째 계절인 봄 가운데 첫째 달이요 그 첫째 달인 정월 중에서도 첫째 날은 무엇일까. 정월 초하루, 곧 우리말로 하면 설이다. 이처럼 세 가지 첫 번째인 경사스런 날이기에 설은 삼원(三元)의 명절이라고 했다.

　음력을 사용하던 옛날 궁궐에서는 한 해의 첫 번째 경사인 새해(설)를 맞는 기쁨을 시를 지어 나눴다. 그것을 영상시(迎祥詩)라고 하는데, 계묘년(1483)을 맞아 당시 임금인 성종이 사림파를 이끌고 있던 김종직(金宗直, 1431~1492)에게 영상시를 짓도록 하였다.

　대궐이 삼원절을 맞으니
　군왕의 치세가 억만년이로고
　한나라 궁전의 초화꽃이요
　요임금 때 핀 명협이로다

閨三元節

君王億萬年

椒花明漢殿

蓂莢媚堯天

　초화(椒花)는 산초꽃으로 매화보다도 일찍 피므로 새해를 상징하는 꽃인데, 진(晉)나라 유진(劉臻)의 아내 진씨(陳氏)가 정월 초하루에 '초화송'을 지어 올린 적이 있다. 명협(蓂莢)은 중국 요임금 때 섬돌에 피어오른 풀인데 달력풀이라는 별칭이 있다.

　전설에 따르면 요임금의 극진한 덕치로 온 세상이 평온해지고 나라가 잘 다스려지자 상서로운 징조들이 궁전에 나타나기 시작했는데, 명협이란 풀도 그중 하나다. 명협은 매달 초하루부터 깍지(잎)가 하나씩 생기기 시작해서 보름날까지 열다섯 개에 이르렀다가 열엿새부터는 하나씩 떨어져 월말이 되면 모두 떨어져 버린다. 그러므로 이 풀의 깍지 수를 보고 날짜를 알 수 있기에 달력 구실을 했고, 그런 까닭에 역초(曆草), 곧 달력풀이라고도 부른 것이다.

　그런데 우리 고대사의 수수께끼 가운데 '칠지도'라는 칼이 있다. 일본 나라현 덴리(天理) 이소노카미(石上) 신궁에 소장된 백제 시대의 것으로, 큰 칼 하나에 6개의 가지가 붙어 있다. 이 칠지도를 명협이라는 풀로 설명한 학설이 나와 관심을 끌고 있다.

　중국인들이 이 명협을 그림으로 표현한 것 가운데 산둥성 자상현(嘉祥縣) 무씨사당(武氏祠堂) 석실(石室)에 있는 화상석(畵像石)의 명협

그림이 칠지도 형태와 매우 흡사하다는 것이다. 명협은 깎지가 15개, 3개, 6개 달린 것이 있는데, 여기서 관심은 6개 달린 육협이다. 깎지 6개가 서로 엇갈려 달려 있는 모양이어서 이 깎지를 일렬로 고정하기 위해 가운데 줄기를 세우면 칠지도 모양과 같게 된다.

칠지도가 중요한 것은 거기에 새겨진 명문 때문이다. 그 명문은 숱한 논란 속에 "단단한 강철로 칼을 만들어 보내니 이 칼로 온갖 적병을 물리치고 후세에도 전해 주어라"는 뜻으로 크게 볼 수 있다. 그런데 일본 측에서는 《일본서기》 진구황후조(神功皇后는 삼한을 정벌했다는 전설상의 인물. 신라와 가라 7국을 평정한 후 백제를 복속시켰다고 하는 《일본서기》의 기록으로 인해 임나일본부설의 기반이 되었다. 황후라는 호칭은 《일본서기》의 표현일 뿐 실제로는 왕비쯤 될 터인데 과거 일본 왕들을 모두 천황이라고 표기하니 황후가 되었다.)에 나오는 기록을 이유로 백제가 일본에 상납했다고 하고, 우리 측에서는 백제가 제후국인 일본 왕에게 하사했다고 주장해 서로 대립하는 상황이다. 다만 백제 왕실에서 만들어 보낸 것이고 상납이라면 굳이 줄기 하나에 깎지 6개가 나오는 형태를 만들 이유가 없다는 면에서 백제가 일본에 하사한 칼이란 우리 측 주장이 더 설득력을 갖고 있던 상황이었다.

이런 가운데 등장한 명협 관련설(조경철의 주장)은 논란의 흐름을 바꾸었다. 명협이 깎지 6개를 고정시키는 역할을 가운데 줄기가 했다면 칠지도 육지(六枝)를 지탱하기 위해 가운데에 한 개의 줄기가 필요했기 때문에 육지이면서 칠지도라는 이름을 가질 수 있게 되는 것이다. 이때 깎지 한 개당 한 달을 표현한다고 가정하면 6개

깎지의 명협은 1년을 나타낸다고 유추할 수 있다. 곧 달력을 상징하는 것이다. 고대에 있어서 달력은 중국의 경우 황제가 새해 달력을 만들어 제후들에게 나누어 주었고, 우리나라도 중국 황제로부터 미리 받은 달력을 새해에 신하들에게 나누어 주었다.

그러므로 백제가 일본에 선물로 보내 준 칼이 이 같은 달력의 형상을 하고 있다면 그것은 백제가 일본에 하사한 결정적인 증거가 될 수 있다. 곧 일본은 당시 백제의 제후국이었다는 뜻이 된다. 더구나 이 칼에는 '태ㅁ(泰ㅁ) 4년'이란 연호가 있다. 이 연호가 백제의 것인지 중국의 것인지에 대해서도 논란이 있을 수 있지만, 당시 연호라는 것은 황제만이 사용할 수 있는 것이기에 이 연호가 우리가 모르는 백제의 것일 수도 있다. 결국 백제가 군이 명협이라는 달력풀 형상으로 칼을 만들고 거기에 연호를 새긴 것은 백제가 달력을 통해 여러 번국 혹은 제후국과 관계를 맺고 있었기에, 이들이 백제에게 갈라져 나온 가지임을 상기시키기 위해 달력을 상징하는 칼을 만들어 보낸 것이란 설명도 설득력을 갖게 된다.

그러나 여기서 새삼 칼을 주었느니 바쳤느니를 따지기보다는 주변국과 같이 새해를 축하하고 공존하자는 뜻이 그 안에 담겨 있다고 새롭게 풀이하는 것도 의미가 있을 것이다. 그런 뜻에서 가까운 일본, 중국뿐만 아니라 대만과 그 너머의 베트남, 필리핀 등 모든 주변국과 협력하고 번영하자는 마음을 백제가 명협이라는 달력풀 형태로 1500여 년 전에 정성 들여 만든 칠지도에서 읽고 그 마음을 함께하면 어떨까?

흉노족의 고리

    한국에서 역사적인 대통령 선거를 이틀 앞둔 2017년 5월 7일 중국 허난성(河南省)의 은허(殷墟)에서 희귀한 고분과 유물이 공개됐다. 이곳에서 흉노족의 것으로 보이는 무덤 18기가 발견된 것이다.

    무덤이 발견된 곳은 허난성 안양(安陽)시 인두(殷都)구, 곧 옛 은나라 수도가 있던 곳의 다쓰쿵(大司空)이라는 한 촌이다. 무덤은 벽돌로 사람 들어갈 정도로 그리 크지 않게 나란히 만들었는데, 18기 모두에서 청동과 쇠로 만든 솥(鍑)이 나왔다.

    한자 발음으로 '복'이라고 읽는 이 솥은 2리터쯤 물이 들어가는 둥그렇고 길쭉한 물통 형태로, 맨 위 양쪽에 나 있는 고리에 나무나 쇠를 꿴 뒤 양쪽으로 세운 받침대에 걸고서 그 밑에 불을 때어 물을 끓여 양고기나 야채 등을 삶아 먹을 수 있게 한, 이동을 주로 하는 유목민족들이 편리하게 사용하는 기본 식기구다. 이 솥은 사용한 흔적까지 남아 있는데 이것을 무덤마다 묻었다는 것은 무덤의 주인공이 유목민족, 그중에서도 흉노족이라는 것을 스스로 밝히는 것이다.

중국 역사 고고학계에는 엄청난 충격이었을 것이다. 왜냐하면 이 흉노족 무덤이 나온 곳은 지금까지 흉노의 영역으로는 전혀 생각되지 않았던 중국 깊숙한 내륙이고, 그것이 하필 은나라의 수도이기 때문이다. 이 무덤들은 은나라 말기의 무덤군 위에 조성돼 있어서 시기적으로는 후한(後漢) 말기에서 위(魏), 진(晉) 초기, 즉 지금으로부터 약 1800년 전에 만들어진 것으로 중국 학자들은 보고 있다. 무덤에서는 금귀고리, 옥목걸이 그리고 철제단검도 나왔다. 모두 유목민족들이 쓰다가 무덤에 묻은 것이다.

국내 언론이 거의 주목하지 않았지만 이 무덤은 우리 역사와 중요한 연결고리가 될 수 있다. 이 쇠솥과 같은 형태의 솥이 1990년대 초 경남 김해 대성동 유적 29호분과 47호분에서 나왔고, 양동리 235호분에서도 나왔다. 김해 대성동 고분군은 금관가야 왕족들의 무덤인데 여기에서 쇠솥이 나온 것은, 이들이 어디에서 왔는가를 밝히는 귀중한 단서가 된다. 무덤에서 나온 단검은 스키타이를 비롯한 고대 유목민이 쓰던 이른바 아키나케스 단검(短劍)일 것이다. 이 단검은 흑해에서 중국 북부, 한반도에까지 분포하고 있다. 거기에 금귀고리가 있다고 한다. 마치 우리나라 경주나 김해 어느 곳에서 막 발굴된 무덤을 보는 듯하다.

중국 내에서의 흉노족은 우리 역사와 연관이 깊다. 신라 문무왕

비문에는 자신이 후한(後漢) 무제(武帝)에게서 투후(秺侯)라는 작위를 받은 흉노족 김일제(金日磾)의 후예임을 자처하고 있는데, 우리 역사가들은 흉노족 김일제가 조상이라는 설은 믿기 어렵다고 한다. 그런데 1954년 중국 장안에서 발견된 신라부인 김씨의 묘비에도 "먼 조상의 이름은 일제(김일제)이시니 흉노 조정에 몸담고 계시다가 한에 투항하여 무제 아래서 벼슬하셨다"고 쓰여져 신라 왕실과 흉노와의 관련성을 밝히고 있다.

그렇지 않아도 은(殷), 요즘은 상(商)이라고 하는 나라는 시조신화로 "(목욕을 갔던) 간적(簡狄)이 제비알을 삼켜 아들을 낳았는데 그 아이가 설(契)이다" 하여 알에서 태어났다고 밝히고 있어《사기》은본기), 우리 고구려나 신라와 같은 난생신화 계통이고, 이 때문에 은나라와 우리가 같은 동이족이라는 주장이 이어져 오고 있지 않은가.

그러한 은나라의 수도인 은허에서 옛 은나라 사람들 무덤 위에 조성된 18기의 흉노족 무덤은 무엇을 의미할까. 그들이 후한시대부터 그 이후 살았던 사람들이라고 한다면 흉노족의 영역도 아닌 허난성 은허에 왜 흉노인들이 대를 이어 모여 살았을까. 중국 학계도 궁금하기는 마찬가지여서 이 분야에 심층 연구가 필요하다고 입을 모으고 있다.

공자의 고향이자 동이의 땅으로 유명한 산둥성 취푸(曲阜)에는 중국의 전설시대 인물인 소호 금천씨(少昊 金天氏)의 무덤이 있다. 이 무덤이 고구려나 백제의 무덤처럼 중국에 거의 없는 사각의 피라미드인 것이 특이한데, 앞에서 본 신라부인 김씨의 묘비에는 "태상

천자(太上天子)께서 나라를 태평하게 하시고 집안을 열어 드러내셨으니 이름하여 소호씨 금천이라 하는데, 이분이 곧 우리가 받은 성씨(김씨)의 세조(世祖)이시다"라고 뚜렷이 밝히고 있다. 즉 김일제 이전에 소호 금천씨가 자신들의 조상이라는 것인데, 이 신라부인 김씨는 당나라 사람의 후처로 들어가 장안에서 살다 864년 32세 나이로 생을 마감했기에 문무왕 김춘추에 이어 훨씬 후대 사람들까지 자신들의 시조를 그렇게 알고 있다는 뜻이 된다.

옛 사람들이 자신의 조상을 중국의 명문가에 함부로 연결짓는 사례가 많다고는 하지만 이렇게 뚜렷이 밝힌 것을 무시하기는 쉽지 않다고 하겠다. 어떤 연구가들은 김일제는 한나라 무제가 죽은 이후 왕망이 세운 신(新)나라에서 대우를 받다가 후한이 일어난 뒤 동북쪽으로 도망가 살게 된 과정을 밝혀 냈는데, 이것도 신라부인의 비문 내용과 일치하고 있다.

이런저런 사정을 감안하면 김일제의 후손이든 누구든 흉노족들은 은나라의 수도 은허가 그들의 조상의 땅이라고 알고 거기서 터를 잡고 살다가 묻힌 것이 아닌가. 그러니 그들 속에서 우리 역사와의 연결고리도 보이는 것이 아닌가 하는 상상을 해 본다. 앞으로 중국에서의 심층연구가 몹시 기다려진다.

단일민족이란 울타리

　　지금부터 천여 년 전인 서기 1017년은 고려국의 8대 왕 현
종이 즉위한 지 8년 차를 맞은 해로 고려가 북방의 거란족에 의해
극심한 압박을 받을 때였다. 6년 전 거란의 1차 침입으로 황폐해진
국토를 재건하기 위해 현종은 막강한 무신의 권한을 축소하고 문
신을 발탁하여 나라를 되살리려 애를 썼다. 이때 북방에 살던 여진
인과 거란인의 내조(來朝), 곧 귀순이 잇달았다.

　여진 말갈(靺鞨)의 목사(木史)가 부락을 거느리고 귀순한 것이 시
작이다. 현종은 이들에게 작위를 주고 이어 의물을 내려 주었다.
또 거란의 매슬(買瑟)·다을(多乙)·정신(鄭新) 등 14명이 와서 의탁했
다. 흑수말갈(黑水靺鞨) 아리불(阿離弗) 등 6명도 왔다. 9월에 거란의
군기곤기(群其昆伎)와 여진의 고저(孤這) 등 10호가 와서 의탁했다.

　이후 북방인의 내조는 점점 늘어났다. 13년 뒤인 현종 21년엔 거
란의 수군(水軍) 지휘사로 호기위(虎騎尉)의 벼슬을 가진 대도(大道)

이경(李卿) 등 6명이 내투(來投, 귀화)했다. "이때부터 거란과 발해인이 귀화하는 일이 매우 많았다"고 《고려사》에 기록되어 있다. 그 전해에 발해의 후예인 대연림(大延琳)이 거란에서 발해부흥운동을 일으켜 흥요국(興遼國)을 세운 게 도화선이 됐다. 이후 여진족의 금(金)나라가 건국(1115)되는 12세기 초까지 수많은 이민족 주민이 고려에 귀화했다. 여진과 말갈만이 아니라 중국의 송나라에서도 고려로 많이 넘어왔다.

한 연구에 따르면 고려 건국 후 12세기 초까지 약 200년 동안 가장 많이 귀화한 주민은 발해계로서 38회에 걸쳐 12만2,686명이 귀화했다. 전체 귀화인 가운데 73%를 차지한다. 발해국이 멸망한 결과다. 그다음으로 여진계 주민이 4만4,226명에 달한다. 거란계 주민은 1,432명이 귀화했다. 이들은 거란의 피정복민으로 억압을 받아오다 고려와 거란의 전쟁이나 거란의 내분을 틈타 고려에 귀화했다.

한인(漢人) 귀화인은 송나라와 그 이전의 오월(吳越), 후주(後周) 등 이른바 오대(五代)의 주민을 포함해 42회에 걸쳐 155명이 귀화했다. 고려에 귀화한 이민족 주민의 총수는 약 17만 명으로, 12세기 고려 인구를 200만 명으로 추산한 《송사(宋史)》의 기록에 근거할 때 결코 적지 않은 비율을 차지한다(박옥걸, 《고려시대의 귀화인 연구》).

이처럼 고려가 다양한 종족과 국가 주민의 귀화를 받아들인 사실은, 우리 역사를 일컬을 때 전가(傳家)의 보도(寶刀)처럼 거론돼 온 단일민족론을 다시 생각하게 한다. 일찍이 사학자 손진태 씨가 《조선

민족사개론》에서 정의한 그대로 우리는 유사 이래 동일한 혈족이 이 땅에서 동일한 문화를 지니고 공동의 운명체로서 살아왔다는 의식을 공유하고 있다. 반만 년이라는 역사 속에서 공동의 민족투쟁을 해 나오면서 공동의 역사를 지니고 생활해 왔다고 믿는 것이다. 그런데 고려 초기를 생각하면 우리가 같은 피를 가진 단일민족이라고 부르는 것은 어폐가 있음을 알게 된다.

단일민족의 중요한 기준을 피의 순수성으로 본 것은 지금의 입장에서 볼 때 너무 주관적이다. 또 다른 기준인 지역과 문화의 동질성도 고정불변한 것은 아니다. 고유문화도 외래문화를 수용, 융합해 새로운 문화로 창조된다. 변화하지 않는 문화는 존재하지 않는다. 수많은 종족이 고려 왕조에 귀화한 사실은 오히려 다양한 문화와 풍습이 고려에 유입돼 새로운 문화, 사회체제로 변화하는 계기로 볼 수 있다. 단일민족론에 대한 반성과 성찰이 필요한 시점이다.

국민대 박종기 교수는 고려 태조 왕건의 아버지도 896년 궁예에게 귀순하면서 고조선과 한사군의 땅, 말갈과 발해의 땅, 한반도 남부지역을 아우르는 통일왕조를 꿈꾸었음을 지적하면서 그 아들인 왕건의 고려 건국에는 특정한 민족보다는 한반도와 만주에 살고 있는 여러 종족을 아우르는 통일국가의 건설이라는 이념이 반영돼 있었다고 분석한다. 한반도 최초의 실질적인 통일국가를 지향한 고려의 의지가 대륙 정세의 변동으로 나타난 수많은 이민족의 귀화를 적극 받아들인 것이라는 해석이다.

몽골의 침략으로 고통을 받았던 고려 후반기에 이승휴(李承休)는

"부여 · 비류국 · 신라 · 고구려 · 옥저 · 예맥의 임금은 누구의 후손인가. 대대로 단군을 계승한 후예다"라고 《제왕운기(帝王韻紀)》(1287)에서 밝혔다. 일제 식민지 지배를 목전에 둔 한말의 지식인들이 이승휴에게서 우리가 단군의 후손이기에 단일민족이라는 개념을 추출해 근대 민족의식을 고취했다. 그러나 1000년 전 우리는 이미 단일민족이 아닌 다문화국가였다. 따라서 지구가 하나가 되고 수많은 인종과 언어가 교차하는 21세기라는 이 시대에도 단일민족론이 여전히 유효한가를 묻지 않을 수 없다.

단일민족의 기준인 동일한 핏줄, 동일한 문화, 동일한 땅은 고정불변이 아니고 변화 · 발전하는 것이라면 이 시대에 우리는 어떤 민족관을 가져야 하는지, 우리나라에 오는 중국 동포, 아시아 각국의 이민자, 이웃 일본으로부터 귀화하는 사람을 어떻게 포용하고 살아가야 하는지를 고민해야 할 것이다. 신생아 출생률이 세계에서 가장 낮은 수준이라고 걱정하는 이 나라는 여전히 단일민족이라는 관념 속에 갇혀 있는 것은 아닐까?

중국의 운명, 우리의 운명

　　중국 근현대사에서 가장 중요한 인물을 들라면 2차 세계대전 중에 중국을 지배한 장제스(蔣介石)와 대전이 끝난 후 장제스를 밀어내고 대륙을 차지한 마오쩌둥(毛澤東) 두 사람일 것이다. 장제스는 1911년 중국이 신해혁명으로 근대국가로 탈바꿈한 이후 쑨원(孫文)의 뒤를 이어 1928년부터 중국을 통치해 온 인물이다.

　　그런 그가 쓴《중국의 운명》이란 책이 새삼 조명을 받고 있다. 일본과의 전쟁이 한창이던 1943년에 나온 이 책에서 장제스는 일본의 침략으로 바람 앞의 등불 신세가 된 중국의 참담한 현실을 격정적으로 묘사했다.

　　최근 100년 이래 국세는 부진하고 민기(民氣)는 소침(消沈)하여 5000년 이래 일찍이 보지 못한 정세를 초래했다. 중화민족의 생존에 필요한 영역은 분할되고 불평등조약의 속박과 압박은 국가와 민족의 생활

기능을 끊었다. 5000년의 역사에 국가·민족의 흥망성쇠가 때로 나타났으나 최근 100년 동안처럼 내우외환이 절박하고 재흥(再興)의 기초까지도 단절되려 한 위기는 없었다.

이런 진단과 함께 장제스는 중국이 다시 일어서려면 정신적으로, 물질적으로 자유와 독립심을 갖춰 모든 방면에서 강해져야 한다고 역설한다. 5000년의 역사 속에 형성된 민족 고유의 특성을 회복해서 사회를 개조하고 정치를 쇄신해 중국을 부강하게 함으로써 일본의 침략을 저지하고 새 나라를 건설해 세계 역사의 주체가 되자고 역설했다.

이 책은 출간 후 중국의 비참한 현실을 모두 외국 탓으로 돌렸다는 비난을 받았고, 이 때문에 영어 번역판과 중국어판까지도 회수되는 수난을 겪기도 했다. 그런데 우리나라 언론인 송지영 씨가 1946년 7월에 이 책의 한국어 번역판을 냈다. 129쪽밖에 안 되는 얇은 책이지만 초판을 무려 2만 부나 발행했다. 송 선생에 따르면 해방 전 선생이 중국 난징(南京)에서 공부할 당시 중국의 지식인들은 거의 모두 장제스가 쓴 이 책을 읽었고, 그때 이미 세계 14개 나라에 번역돼 수백만 부가 팔려나갈 정도로 중요한 책이었다고 한다. 당시 중국 친구들은 송 선생에게 이 책을 읽어 보지 않았으면 중국과 동아시아의 운명에 대해서 논할 자격이 없다고까지 했다는 것이다.

그런데 일제 치하에 살던 우리 동포들은 이 책을 접할 수가 없었다. 일제는 당시 조선인뿐만 아니라 일본인들도 이 책을 보지 못하도록 했다. 장제스가 본 중국 근대사의 문제, 열강의 중국 침략에서 중국인들을 각성시키는 국민정신의 태동 같은 것을 우려한 모양이다. 그런데 이제 일제로부터 광복이 되고 새 나라를 건설해야 하는 중대한 시점인 만큼 우리 국민도 이 책을 읽고 새 나라를 어떻게 만들어 갈 것인가를 고민하자는 것이 송 선생의 뜻이었다. 실제로 광복을 맞은 이 땅의 많은 젊은이가 마음놓고 이 책을 읽으며 중국의 미래, 나아가서는 한국의 미래에 대한 꿈을 키웠을 것이다.

일본의 패망 후 73년을 맞는 지금 '중국의 운명'은 어떻게 변했는가. 대륙을 흔들던 장제스의 중국은 마오쩌둥에 밀려 대만이란 작은 나라가 됐지만 경제적으로는 크게 발전했다. 대륙은 공산화돼 공산당 일당 독재 속에 갇혀 있다가 덩샤오핑이란 불세출의 지도자를 만나 개혁·개방을 한 후 세계 2위의 경제력을 가진 대국이 됐다. 이제 대륙의 중국은 경제력에다 군사력까지 갖추고 세계 질서와 역사를 좌지우지하려 하고 있다.

장제스가 본 중국의 운명과 꿈은 그렇게 달라졌다. 거기에는 중국인들이 각 방면에서 과거 역사에 대한 각성을 통해 스스로가 강해지겠다는 열망이 있었기에 가능했다고 하겠다.

2차 세계대전에서 패망한 일본은 6·25전쟁을 계기로 세계 2위의 경제대국으로 올라섰다가 최근에는 다소 추락했지만 여전히 재기를 노리며 감췄던 속셈을 서서히 드러내고 있다. 우리는 해방 이후 남쪽이 크게 발전해 국제사회의 중요한 멤버가 됐고, 문을 닫아

건 북한은 가장 낙후된 상황에서도 핵무장으로 동북아의 긴장을 높이고 있다.

지난 70년 중국의 운명은 장제스가 꿈꾸었던 것과는 다른 길을 갔지만 그래도 대만과 대륙은 서로를 인정하고 왕래하며 경제적 · 사회적 교류를 통해 중국 민족의 재흥을 가져왔다. 남북한은 45년 전 7 · 4공동성명으로 새 길을 찾는 것 같았지만 그 뒤 다시 으르렁거리며 서로를 가로막은 장벽을 치울 방도를 찾지 못하고 있다.

그동안 사드(THAAD, 고고도미사일방어체계) 배치 문제로 한국을 압박해 온 중국은 동북아의 현 상황을 현대판 삼국시대로 규정하고 있다. 미국과 연합한 일본이 가장 강력해서 삼국시대 위나라에 비견된다면, 중국은 오나라, 한국은 촉나라라고 할 수 있다며, 한국은 중국과 협력해야만 살아남을 수 있다고 우리에게 중국식 해법을 권하고 있다. 주위의 모든 나라가 자국 이익 위주 정책으로 우리를 압박하는 형국이다.

결국 관건은 중국의 운명이 아니라 우리의 운명이고 우리의 선택이다. 우린 과연 어떻게 '신삼국시대'라는 이 상황, 일본 · 미국 · 중국 · 러시아라는 4강대국의 틈바구니에서 독립국이라는 자존을 세울 수 있을까. 어떻게 하면 남과 북이 소통해서 전쟁 위기를 해소하고 한 형제로 다시 만날 수 있을까? 지금 추진되고 있는 남북, 북미 대화가 한반도의 평화와 번영으로 이어지기를 우리 모두 기대하고 있다.

치원함의 교훈

제갈량이 아들에게 교훈이 되라고 준 글(誠子書) 중에 "마음이 편안하고 고요해야 먼 곳을 보고 이룰 수 있다"는 뜻의 영정치원(寧靜致遠)이란 글귀에서 이 '치원(致遠)'이란 말이 멋있어 보였던지, 중국인들은 청나라가 말기에 구축한 북양(北洋)함대에서 새로 구입한 순양함의 이름을 '치원'이라 붙였다.

북양함대는 서양 제국의 침략에 위협을 느낀 청나라 북양대신 리훙장(李鴻章)이 국력을 기울여 조성한 해군력이다. 중국은 영국 암스트롱 조선창에서 1척에 28만5,000파운드(백은으로 84만5,000냥)씩 지불해 치원(致遠)과 정원(靖遠) 등 2,300톤급의 순양함 2척을 구입했고, 독일에서는 7,335톤급 철갑함인 기함 정원(定遠), 진원(鎭遠)을 포함해 장갑 순양함으로 경원(經遠)과 내원(來遠) 등 2척을 구입해 대함대로 본격 출범했다. 당시로서는 동양에서 최정예 함대였다.

모두 먼 바다를 아우르거나(定, 致) 평정하거나(靖, 鎭) 경영하거나

(經) 다스리고 온다(來)는 뜻을 넣은 이름들이다. 북양함대는 1891년 일본의 시나가와, 나가사키, 고베 등을 친선 방문하며 위용을 자랑해 해군력 준비에 뒤진 일본에 큰 충격을 주었다.

그런데 이렇게 북양함대가 발족했지만 순양함이나 전함의 작전을 도와줄 부속 함정과 배에 장착하는 총포류 등 장비의 업그레이드는 제대로 이루어지지 않았다. 그것은 당시 청나라를 이끌던 서태후가 1894년 자신의 회갑잔치를 성대하게 벌이기 위해 베이징에 있던 청기원이란 정원에다가 1888년부터 해군 경비 3,000만 냥을 끌어다 이화원이라는 새로운 정원을 대규모로 만드는 작업을 시작한 때문이었다.

그러는 사이에 일본은 같은 영국의 암스트롱 조선창에 군함 건조를 의뢰하는 등 필사적으로 1894년까지 55척 6만 톤의 함대를 갖추어 놓았고, 특히 북양함대에는 없는 속사포 155문을 갖춤으로써 배의 시속도 중국보다 1해리 빠르고, 포의 발사 속도도 4배에서 6배나 빠른 우위를 확보해 놓고 있었다.

이러한 전력의 차이는 곧바로 전투에서 드러났다. 1894년 조선의 동학란(동학혁명)을 진압하고 조선에 대한 지배권을 확립한 일본은 여세를 몰아 9월 15일 평양성으로 쳐들어갔고, 이에 겁을 먹은 청군 지휘관 엽지초(葉志超)가 백기를 내걸고 전군을 철수하는 바람에 조선 전역이 일본군의 손아귀에 들어갔다.

이어 9월 17일에는 압록강 하구 황해바다에서 일본 해군이 청나라 북양함대를 공격했다. 항속과 화력에서 앞선 일본군은 낮 12시쯤 북양함대의 우익을 돌아 약한 배를 공격하고 중국은 일본 함대의 허리를 끊으려 시도했는데, 항속과 공격력의 차이를 보이며 곳곳에서 함정이 상처를 입었다. 등세창(鄧世昌)이 지휘하는 치원(致遠)도 화력이 바닥난 끝에 중상을 입고는 일본의 선봉인 요시노(吉野)에 맹돌진하다 포격을 맞고 가라앉아 중국 해군 250명이 그대로 수장되었다.

오후 3시 북양함대의 배 4척 침몰, 2척 도주, 2척 중상, 오로지 정원(定遠), 쇄원(鎭遠) 두 척만 분전하다가 오후 5시 30분 일본군의 철군으로 전투 종결. 이로써 북양함대가 거의 궤멸하자 일본군은 곧바로 압록강을 건너 중국군을 공격해 불과 3~4일 만에 압록강을 돌파하고 11월에는 다롄과 뤼순을 점령했다. 일본군은 이때의 승리를 기념해 아이들과 부녀자가 포함된 뤼순 시민 6만 명을 무참하게 학살했다.

제갈량이 치원이라는 말을 원대한 목표를 이룬다는 뜻으로 썼다면, 그것을 보고 배 이름을 정한 북양함대는 그 치원이라는 어의를 살리지 못하고 배와 장병 모두를 황해바다의 물고기밥이 되게 하고 말았다. 그 배후에는 백은 3,000만 냥을 빼돌려 이화원이란 황실 정원을 만들게 한 서태후가 있었다.

중국에서는 갑오전쟁이라고 부르는 이 황해바다에서의 패배를 서태후 혼자에게만 그 책임을 돌리는 것은 옳지 않을 것이다. 이미 목숨을 바쳐서라도 이기겠다는 군 기강이 세워져 있지 않은 청나라 군대는 바다에서만이 아니라 육지에서도 틈만 보이면 도망가기에 바빴으니 어찌 싸움에 이길 수가 있을 것인가.

북양함대의 경우는 그나마 싸움에서 도주하지는 않고 용맹하게 싸운 것으로 기록되어 있지만, 청나라가 그처럼 국력을 기울여 구축한 북양함대가 일본에게 허망하게 궤멸되고 그 해군기지까지 전멸된 것은 중국뿐만 아니라 전 세계 모두에게 큰 교훈이 아닐 수 없다. 일본에 패한 중국은 이듬해인 1895년 4월 시모노세키에서 일본과 조약을 맺어 랴오둥반도와 대만, 펑후다오(澎湖島) 등을 일본에 넘기고 현금 2억 냥을 배상하며 조선에 대한 지배권도 일본에 넘기는 굴욕을 감수해야 했다.

　시모노세키조약이 맺어지고 청일전쟁(갑오전쟁)이 일어난 지 120년이 지났다. 그동안 치원함은 일본군의 어뢰 공격을 받아 침몰한 것으로 알려져 있었지만 중국 학자들의 연구 결과 일본군이 쏜 포탄이 치원함의 어뢰발사관을 명중, 어뢰가 폭발함으로써 가라앉게 됐다는 새로운 결과가 나왔다. 중국은 북양함대가 있던 류궁다오(劉公島)를 비롯한 곳곳에서 이를 잊지 말자는 행사를 많이 가졌다. 또 중국의 수중 고고반이 그때 가라앉은 치원함의 잔해를 압록강 앞 황해바다에서 발견했다는 소식에다가 치원함을 다시 복원해 역사의 교훈으로 삼는다는 소식도 들려왔다.

　그러니 중국의 과거 아픈 역사가 다시 반복될 것으로는 생각되지 않지만, 전 국민이 정신을 차리지 않는다면 제갈량이 남긴 '영정치원'이란 글귀 하나도 제대로 실현하기가 저렇게 어렵다는 것을 새삼 실감하게 된다.

태평양의 파고

　한동안 즐겨보던 중국 드라마 얘기다. 한 사무실 벽에 '관해청도(觀海聽濤)'라는 액자가 걸려 있는 것이 눈에 들어왔다. 예전 중국에서 많은 분이 좋아하던 계공(啓功) 선생의 글씨체같이 위에서 아래로 내려긋는 획이 비슷한 데다 글자체도 힘이 있어 보이기는 한데 일류 서예가가 쓴 것 같지는 않았다

　이 액자가 눈에 들어온 것은 2009년 11월 18일 미국 오바마 대통령이 중국과의 관계를 새롭게 풀어가자며 중국을 방문했을 때 중국 측으로부터 선물로 받은 액자의 글씨와 같은 글귀여서였다.

　취임한 그해 중국을 찾은 오바마 대통령을 중국 측은 대대적으로 환영했다. 그 일환으로 중국의 군사박물관 등 몇 개 기관이 장군 100명에게 금색으로 만든 호랑이 모양의 일종의 부적인 금옥호부(金玉虎符)를 수여하는 의식을 거행하면서 한 개 더 만들어 오바마 대통령에게도 증정했고, 이어 군인이면서 유명한 서예가인 위안웨

이(袁偉) 장군이 쓴 '관해청도'를 액자에 넣어 증정한 것이다.

이 글귀는 언뜻 보면 "바다를 바라보고 파도 소리를 듣는다"는 아주 평범한 말이다. 큰 바다는 잔잔하다. 그 바다를 보다 보면 작은 파도 소리는 거의 들리지 않는다. 안 들리는 파도 소리를 억지로 들을 이유는 없다. 그런 만큼 넓은 바다를 대하듯 일상의 작은 일에 쉽게 기뻐하거나 슬퍼하지 말고 담담하고 안정된 마음으로 세상 일을 해나가라는 뜻도 된다. 말하자면 제갈량이 자기 아들에게 써 준 영정치원(寧靜致遠, 고요한 마음을 가져야 멀리 뜻을 이룰 수 있다)과 같은 뜻이다. 다만 한문이라는 것이 해석이 다양할 수 있으니 "바다를 봐야 파도 소리를 들을 수 있다"는 일종의 조건문으로 해석할 수도 있다.

당시 취임 후 곧바로 중국 방문을 택한 오바마 대통령에게 무엇을 선물할까 고민한 중국 당국이 이 행사에서 자연스럽게 서예작품을 증정하는 것으로 미국 대사관 측과 협의했고, 서예가인 위안웨이 장군은 '등고망원(登高望遠)', '관해청도', '진애화평(珍愛和平)' 등 세 글귀를 써놓고 새벽까지 고민하게 된다. 그러다가 당시 오바마 대통령이 취임한 지 얼마 되지 않은 만큼 국내외의 복잡한 정세 속에서 위기가 오더라도 초연하고 평온한 마음을 지키는 것이 중요하다는 뜻에서 '관해청도'로 하기로 하고 이 글귀를 표구해 미국 대사관으로 보냈다고 중국 언론은 보도했다.

실제로 오바마 대통령은 중국 방문 전부터 '강력한 중국, 번영하는 중국'은 국제사회 힘의 원천이 될 수 있으며, 미국은 중국을 봉쇄

하지 않을 것이라는 새로운 대중국 구상을 내놓았다. 과거 미국이 국제사회에서 보여 준 일방주의 외교에서 벗어나 상호 협력을 강조하면서 아시아를 중시하겠다는 이 같은 선언에 중국도 이를 과거와는 다른 모습으로 받아들였다. 오바마 대통령이 베이징에서 후진타오 국가주석과 공식 만찬을 갖기 전 중국에 사는 그의 이복동생 마크 은데산조와 5분간 만나 얘기를 나눈 것도 중국 측의 배려에 의한 것이었다.

그런데 이 글귀에 묘한 뜻이 있는 것을 미국 사람들은 모르고 있었다. 이 글귀 속의 바다(海)는 중국 지도부가 있는 중난하이(中南海)를 뜻하며, 파도(濤)는 국가주석인 후진타오(胡錦濤)의 마지막 이름 도(濤)를 뜻한다고 중국의 일부 언론이 주장한 것이다. 즉 이 말은 오바마 대통령이 "중국 베이징의 최고 권부를 찾아와 후진타오 주석의 말을 들어라"는 뜻이 되는 것이다. 겉으로는 넓은 태평양을 무대로 해서 큰 그림을 그리자는 뜻이지만 실제로는 중국의 말을 들어야 한다는 뜻으로도 해석할 수 있는 대목이다.

이 같은 말이 떠돌자 위안웨이 장군은 "중국은 큰 물결이 일고 바람이 휘몰아치더라도 초연함을 잃지 않고 역사를 이어왔으니, 지금 지구촌에 경제위기가 닥치는 가운데 오바마 대통령도 이 글 귀처럼 넓고 깊은 마음을 가져달라는 뜻"이라고 부연 설명을 하는 것으로 논란을 봉합했다.

그러나 어쨌든 현재는 미국도 중국도 최고지도자가 바뀌고, 두 나라 관계는 갑자기 급변했다. 트럼프 미국 대통령은 대화와 타협보다는 상대를 압박하는 방법으로 자국의 이익을 추구하는 방식을 취하고 있고, 시진핑 중국 국가주석도 최근 당·정·군을 장악하고 최고지도자로서의 임기 제한을 풀어 사실상 황제의 지위에 올랐다는 분석처럼 더욱 강력해진 지위를 깔고 미국의 요구를 고분고분 따르지만은 않을 태세다.

북한의 핵과 미사일 위협에 대응하기 위해 미국과 한국이 사드를 설치하려고 하자 중국은 미국 대신 한국에 경제 압력을 가해 이 문제를 풀려고 해 한국도 격랑 속으로 함께 들어갔다. 태평양의 파도가 높아지고, 파도 소리가 엄청 커진 것이다.

어쩌면 TV 드라마에서 다시 본 '관해청도'라는 짧은 글귀가 지금부터 미국과 중국 두 나라에 같이 필요하고 그 뜻을 다시 살려야 할 때가 아닌가. 아니 오히려 우리와 중국, 우리와 일본, 우리와 북한 사이에 더욱 필요한지 모르겠다. 보다 큰 그림을 보고 냉정하고 담담한 마음으로 현안을 대응해 나가야 태평양 주변의 높은 파도가 잦아들 수 있을 것이다. 서로 잃지 않으려고, 지지 않으려고 하다가는 모두 잃기만 할 재앙이 닥칠 수도 있기 때문이다.

두 은인

임진왜란이 정유재란으로 이어지며 막바지 전쟁 중이던 1598년 추석이 사흘 지난 음력 8월 18일, 이 동아시아의 국제전을 일으키고 지휘하던 도요토미 히데요시가 갑자기 죽는다. 그의 사망으로 울돌목 패전 이후 남해안 일대 왜성에서 장기 농성 중이던 일본군들이 철수함으로써 길고 지긋지긋한 7년 전쟁이 끝나게 된다. 그의 사망은 예상 밖이었다. 사망 당시 나이가 62세였으니까.

사망 원인은 무엇이었을까. 뇌매독, 대장암, 이질, 요독증, 노쇠 등이 거론되는 가운데 독살설이 있다. 이게 무슨 말인가? 누가, 언제, 어떻게 독살을 시켰단 말인가? 이 물음에 답해 주는 사람이 바로 양부하(梁敷河)다.

부산 동래 사람인 양부하는 열두 살에 임진왜란으로 일본군 포로가 되어 오사카에 있는 도요토미 히데요시에게 바쳐진다. 양부하가 양가집 아들이라고 하자 히데요시는 일본어를 가르쳐 양부하는

석 달 만에 일본어가 능숙해진다. 침략전쟁 중에 전투는 조선에 나간 장군과 병졸들의 몫이므로 히데요시는 하는 일이 없어 근신들에게 옛날이야기를 하게 하고 손뼉을 치며 놀았는데, 양부하가 총명하다며 그를 항상 좌우에 있게 했다.

이때 강화(講和, 휴전)을 협의하기 위해 중국 사신으로 심유경(沈惟敬)이 일본에 온다. 심유경은 히데요시를 만나 자리에 앉은 후 환약 한 알을 꺼내 먹는다. 두 번째 회견할 때도 또 환약을 먹으니, 히데요시가 괴상히 여겨 뭐냐고 물었다. 사신이 "바다를 건너올 때 습기로 인하여 몸이 불편하므로 항상 이 약을 복용하는데 약을 먹으면 기운이 솟고 몸이 경쾌합니다"라고 대답한다. 히데요시가 "거짓말 아닌가" 하고 묻자, 사신이 "감히 그럴 리가 있겠습니까" 한다. 그러자 히데요시는 "내가 일전에 교토에서 돌아와 몸이 매우 피곤한데 나도 복용하면 어떻겠소" 하니 사신은 "좋습니다" 하며 주머니에서 환약 한 알을 꺼내 주니, 히데요시가 반을 쪼개 주면서 "그대와 함께 나누어 먹으려 하오" 하였다. 사신이 받아서 삼키니 히데요시가 한동안 눈여겨보다가 그가 팔뚝을 펴며 기운을 내는 모양을 보고 비로소 입안에 넣고 물을 마셨다. 다음날 아침에도 사신을 만나 환약 한 알을 나누어 먹었다.

그런데 이 약에는 독약이 들어 있는데, 사신 심유경은 객관으로 돌아오는 즉시 해독약을 복용해 괜찮았지만 그런 정황을 모르는 히데요시는 이로부터 사지가 파리하여 점점 심해졌기에 의원을 청하여 약을 썼으나 효험이 없고 침으로 찔러도 피가 나오지 않게 되었다. 히데요시는 자신이 중독된 것은 모르고 "어찌 산 사람이 피가 나오지 않느냐?" 하였지만 끝내는 희첩(姬妾)을 시켜 약쑥으로 뜸을 뜨다가 홀연히 말하기를, "내가 다시 일어나지 못하겠다" 하고는 숨을 거두었다.

사망 후 여러 희첩들은 히데요시의 말을 좇아 문병하는 자가 있으면 "약간 차도가 있다"고 대답하고, 일이 있으면 여러 희첩들이 상의하여 결정하였는데, 시신 냄새가 밖으로 풍겨 나감에 따라 대신들이 비로소 알게 되었다고 한다. 그가 죽은 뒤 히데요시의 아들이 어려서 휘하에 있던 도쿠가와 이에야스(德川家康)와 모리 테루모토(毛利輝元)가 두 편으로 갈려 큰 전투 끝에 도쿠가와가 승리해 일본의 지배자가 되며, 양부하는 이 전쟁이 끝난 뒤 비로소 조선으로 귀국하게 된다.

이같은 전말은 이익(李瀷) 선생의 《성호사설(星湖僿說)》 인사문편(人事門篇)에 나오는데, 원래 판서 임상원이 펴낸 《염헌집(恬軒集)》에 실려 있던 것이다. 양부하는 당시의 전쟁과 풍속을 모두 목격했으나 문자를 몰랐기 때문에 연도나 인명, 지명을 모두 일본어로 써서 알 수 없는 것이 있었지만, 강항(姜沆)이 쓴 《간양록(看羊錄)》과 대조해 보니 내용의 앞뒤가 부합하더라고 이익은 말한다. 특히 독이 든 환약을 먹는 문제는 달리 본 자가 없으니 이 외부에서 살펴서 알 일이 아니고 밤낮으로 옆에 있던 부하가 긴히 마음에 기억하여 잊지 않았으니, 아마도 허황한 말은 아닐 것이라 하였다.

그런데 정작 심유경은 일본과의 강화를 추진하면서 사기 문서를 만들어 조정을 속인 죄로 히데요시가 죽기 1년 전쯤 처형된다. 성호 이익은 양부하의 일생을 전하면서 "생각하건대 심유경이 우리나라에 정성을 다하였는데 원통하게 극형을 당했으니 더욱 슬픈 일이다"라고 하였다. 당초에 심유경이 평양에서 왜적과 땅을 그어 약속을 정하여 50일 동안 움직이지 못하게 한 것, 왜적이 한양에 웅거하고 있을 때 심유경이 일본의 고니시 유키나가(小西行長)를 속여, "명나라에서 군사를 동원하여 너희들의 돌아갈 길을 끊어 버리겠다" 하였기에 왜적이 남쪽으로 철수함으로써 당시 선조가 도성으로 돌아오게 된 일, 그리고 히데요시가 죽어 부산에 있던 왜적이 철수해 돌아가고 나라가 비로소 평온해진 것이 다 심유경의 공이라고 말한다.

심유경은 명나라 병부상서였던 석성(石星)이 발탁해 파견한 인물이다. 우리나라를 돕는 데 결정적 역할을 한 석성도 일본과의 강화 협상 과정에서 문서 위조와 협상 잘못 등의 책임을 물어 처형된다. 임진왜란으로 누란에 빠졌던 조선을 구한 중국의 두 은인이 모두 억울하게 숨진 것이다. 히데요시를 독살해 임진왜란을 끝나게 한 심유경과 그의 상관 석성을 재조명하고 그들의 은공을 기려 주는 것이 좋을 것이다. 꼭 사드 배치 문제로 우리와 관계가 틀어진 중국 사람들 기분좋으라고 하는 것이 아니라, 인간의 도리이기 때문이다.

이웃 나라가 맞는가

　　1895년 9월 17일, 압록강 하구 황해바다에서 일본 해군이 청나라 북양함대를 공격함으로써 청일전쟁, 중국이 말하는 갑오전쟁이 시작된다. 두 달 후인 11월 북양함대를 격멸시키고 중국의 다롄과 뤼순을 점령한 일본군은 이곳에서 6만 명의 시민을 무참하게 학살한다. 그러나 이것은 1945년까지 중국 본토 곳곳을 침략해 3,500만 명이 죽거나 부상한 일본 침략전쟁의 서막에 불과했다.

　박근혜 대통령을 조선왕조 민비에 비유하는 산케이신문 칼럼을 보면 "일본이 (조선에) 독립을 촉구하자 청나라에 찾아가 청일전쟁의 화근을 만들었고, 일본이 이기자 러시아에 매달려 러일전쟁의 원인 중 하나를 만들었다"고 했다. 일본은 청나라에 예속된 조선을 독립시켜 주려 했는데, 조선이 청나라에 붙음으로써 청일전쟁이 일어났다는 식이다. 조선의 독립을 일본이 시켜 주었는데 그 공도 모르고 또다시 중국에 가 붙음으로써 일본이 이제 위험해지고 있다는 논리를 펴고 있는 것이다.

아베 신조 일본 총리는 종전 70주년 담화에서 일본이 아시아에서 최초로 입헌정치를 세우고 독립을 지켜 냈으며, 러일전쟁은 식민지 지배하에 있던 많은 아시아와 아프리카 사람들을 고무시켰다고 말했다. 그러나 러일전쟁 후 일본이 한국을 병탄하자 인도의 독립운동가 네루는 "소수의 침략적 제국주의 국가에 또 한 나라를 추가한 것에 불과하다"며 일본의 야욕을 비난했다.

일본의 우익 교과서들은 태평양전쟁을 묘사하면서 괄호 안에 '대동아전쟁(Greater East Asia War)'이란 표현을 추가로 넣었다. 1945년을 전후로 인도와 동남아 지역 국가들이 독립할 수 있도록 일본이 도와주었다는 내용도 추가했다. '태평양전쟁'은 서구 열강으로부터 아시아를 해방시키기 위한 '대동아전쟁'이었음을 배우게 하기 위한 목적이 깔려 있는 것이다.

일본은 한국에 대해 수도 없이 사과했다고 말한다. 그런데 그 속을 들여다보면 중국의 속국 신세에서 해방시켜 주었다느니 일본 통치로 조선의 발전이 있었다느니 하는 점을 꾸준히 부각시키고 있다. 그런 가운데 산케이신문이 지도자까지 들먹이며 이웃 나라에 대한 노골적인 반감을 드러낸 것이다. 무라아먀 도이치 전 총리의 말처럼 사과는 사과를 받는 쪽에서 이제 충분하다고 할 정도가 돼야 사과라 할 것이다. 속에 딴 마음을 먹고 겉으로 어떻게 하면 모면할까 하고 온갖 머리를 짜내어 하는 사과는 진정한 사과가 아니다. 그러기에 한국민들의 마음이 흔쾌하지 않은 것이다.

얼마 전 중국 전승절 기념행사 과정에서 잘된 것이 몇 가지 있다. 우리 정부가 일본 산케이신문 칼럼에 대해 취소는 요구했지만 사실상 무시한 것은, 그런 편협되고 편향된 일부 우익들의 발언에 일일이 대응하는 것이 바람직하지 않다는 판단에 따른 것으로 한일 간의 새로운 미래를 위해서는 잘 판단한 일이며, 중국 정부가 자국의 전승절 기념행사에 대한 산케이신문 기자의 취재 신청을 거부한 것도 올바른 역사를 거부하고 언론으로서의 정도를 벗어난 신문에 대한 국제적인 당연한 조치였다. 블라디미르 푸틴 러시아 대통령이 "2차 세계대전의 역사를 부정하고 이를 바꾸려는 사람이 있지만…"이라며 일본 총리의 운신을 비판한 것도 바로 이런 면에서 온당하다 하겠다.

《로마인 이야기》로 우리나라에 많은 독자를 갖고 있는 시오노 나나미는 야스쿠니 신사 유슈칸(遊就館)의 '대동아전쟁' 전시실을 보고 나서 "몰리고 몰려서 어쩔 수 없이 일어선 것이 일본에서의 2차 세계대전이었다고 주장하는 것이 목적이었다. 이 목적을 위한 수단이 전시 내용인데 제법 잘 되었다" 하면서 "적이었던 쪽까지도 납득할 수 있는 역사인식, 다른 말로 하면 중립적이고 객관적이고 바른 정도의 역사 인식을 찾는다고 하면 학문의 장에서 구할 수밖에 없다"고 주장했다. 아베 총리가 침략에 대한 정의는 역사가에게 맡겨야 한다고 한 말과 통한다.

야스쿠니 신사 문제는 일본도 전쟁에 끌려들어갔다는 인식, 그리고 침략을 통해 이웃을 살해하고 괴롭힌 최고 책임자들에게 절을 하고 기리고, 그들의 행적을 배우려 한다는 것이 문제 아닌가. 그들은 전쟁영웅이 아니라 전범이다. 한국이나 중국이 승전 70주년을 같이 기념하는 것은 그런 전범들의 범죄가 다시 일어나지 않도록 하자는 것인데, 다시 청일전쟁을 거론하며 자신들이 위기가 온 것인 양 호들갑을 떠는 일본의 태도에서 한일 두 나라는 밝은 미래를 기약하기가 이리 어려운가, 한숨을 쉬게 된다.

일본이 가야 할 길

　　지금으로부터 150년 전인 1868년은 일본에서 메이지유신이 이뤄진 해다. 2년 전인 1866년 12월 25일 고메이(孝明) 일왕이 갑자기 죽자(독살설이 있음) 아들인 메이지(明治)가 이듬해 1월 9일 왕의 자리를 이어받아, 탈상이 끝난 후인 1868년 10월에 즉위하면서 메이지 시대를 열었다.

　일왕 메이지는 이 해에 도쿠가와 막부 추종세력의 반란을 진압하고 수도를 도쿄로 옮겼으며, 국가 권력을 쇼군(將軍) 대신에 일왕이 갖는 중앙집권체제로 바꾸는 등 일련의 대대적인 개혁을 추진했다. 이후 군사적으로 강력해진 일본은 이웃 나라인 한국과 중국을 침략하고 태평양 국가에 전쟁을 일으켜 수많은 군인과 민간인들이 살상되고 자국민들도 엄청난 피해를 입는 비극을 초래했지만, 일본인들은 메이지유신이 일본을 세계적 강국으로 일으켜 세운 대단한 업적이라고 믿고 있다.

그러한 메이지유신의 주연은 우리가 잘 아는 사카모토 료마(坂本龍馬, 1836~1867)다. 사카모토 료마는 도사번(土佐藩) 출신의 하급무사였으나 고향을 벗어나 각지를 돌며 서양의 무력침략에 대비해 일본을 일으켜 세워야 한다며 가이엔타이(海援隊)라고 하는 일종의 종합무역상사를 세웠고, 서로 원수지간이었던 사쓰마(薩摩)번과 쵸슈(長州)번 사이에 동맹을 성립시켜 이들이 조정의 권력을 잡게 했으며, 권력을 막부에서 일왕에게 돌려주어야 한다는 대정봉환(大政奉還)을 기안함으로써 메이지유신 달성에 결정적 기여를 하였다. 그는 작고한 소설가 시바 료타로(司馬遼太郎)의 소설《료마가 간다》가 베스트셀러가 되면서 한때 일본 젊은이들로부터 가장 닮고 싶은 인물 1위에 오르기도 했다.

그런데 메이지유신은 사카모토 료마가 스스로 이끌어 낸 것이 아니라 당시 아편으로 큰 돈을 번 영국이 일본에서도 돈을 벌기 위해 음모와 사주를 한 데 따른 것이라는 새로운 학설이 일본에서 화제가 되고 있다. 이같은 주장을 펴는 사람은 미국 스탠포드대학 후버연구소의 일본인 석좌 교수 니시 토시오(西銳夫)다. 후버연구소는 2차 세계대전이 끝났을 때 일본에서 수많은 관련 문서들을 대량으로 입수해 간 곳으로 유명한데, 이곳에서 연구한 니시 교수가 메이지유신의 영국 음모설을 주장하고 있는 것이다.

니시 교수의 새 학설은 일본의 조그만 번 출신의 떠돌이 무사였던 사카모토 료마가 무슨 자금으로 무역회사를 만들고 해군조련소를 건설하고 또 반란군과 싸울 무기와 탄약을 조달해 주었느냐는 의문에서 시작한다. 그의 연구에 따르면 영국의 동인도회사와 홍콩 상하이은행의 큰손인 자딘 매터슨이 유신 세력과 비밀회합을 가졌는데, 그렇게 영국이 사카모토 료마 등의 유신 세력에게 배후에서 돈을 대어 줌으로써 유신 세력이 무장을 하고 막부 세력을 이길 수 있었다고 주장한다.

영국은 아편을 팔아먹기 위해 인도와 청나라를 굴복시키는 데 군사적·재정적 희생이 너무 커서 일본에 대해서는 전략을 변경했다. 즉 현지 테러리스트들에게 자금과 무기, 군함 등을 제공해 이들이 기존의 권력을 쫓아내도록 하고 그 공백을 뚫고 들어갔다는 것이다.

실제로 남북전쟁이 막 끝난 미국으로부터 30만 정의 중고 소총과 탄약이 태평양을 건너 일본 관군(사쓰마, 쵸슈 군)에게 인도되었는데, 이것은 자딘 매터슨의 나가사키 지점장이던 토마스 그라버가 수배해 준 것이다. 그라버는 영국으로부터 군함과 최신의 암스트롱포(砲)를 관군에게 팔았고 거액의 무기대금까지 대신 지불했다고 한다.

전쟁이 끝난 뒤 영국은 도쿄 황궁 옆의 가장 좋은 곳에 대사관을 허락받고 유신 정부의 교역과 금융을 손에 넣은 후 각 방면의 자문역이 되었다. 이처럼 영국이 유신 후 막대한 이권을 챙긴 것이야말로 곧 일본 막부체제의 전복에 영국이 개입했다는 증거라고 말한다.

이에 대해 일본인들의 반론도 당연히 많다. 료마의 애국심을 깎아 내리려는 불순한 의도가 있다고 말한다. 어쨌든 옳고 그름이야

차차 학문적으로 걸러질 것이다. 다만 니시 교수는 영국 음모론에 머물지 않고 메이지유신으로 테러리스트들이 집권한 이후 일본의 전통적인 미덕과 관념을 무시하고 전쟁의 승리만을 추구하는 이상한 풍조가 일본을 흔들어 놓았다고 개탄했다. 유신 세력은 전쟁 후 수천 수만의 저항군 시신을 들판에서 썩어가도록 방치하는 등 무사도에서는 있을 수 없는 잔학상을 보였다고 한다. 그런 이상한 풍조가 일본을 태평양전쟁이라는 참화의 태풍으로 몰고 갔다는 것이다.

현대 일본은 여전히 메이지유신에 대한 칭찬 일색이다. 사카모토 료마에 대해서도 아직 다른 평가가 없다. 니시 교수는 평화로운 일본 열도의 문을 무력으로 깨고 들어온 구미 열강에 대한 재평가 없이 일본이 여전히 구미의 제국주의 논리에서 헤어나지 못하고 있다고 지적한다. 따라서 새로운 일본은 이제 배려와 예의 등 도덕성이 융합된 일본인 전래의 전통과 미학을 회복하는 길로 나아가야 한다고 말한다.

올해로 메이지유신 150년을 맞는 일본, 다시 전쟁 속으로 뛰어들고 싶어 하는 것이 아닌가 생각될 정도로 집권층이 팽창주의로 나가는 일본 사회가 이제 이런 지적에 눈을 돌릴 수 있을까? 메이지유신의 어두운 그림자를 인식하는 것은 일본을 위해 필요한 것 같다. 일본의 진로를 놓고 열변하는 니시 교수의 목소리가 신선하게 들리는 이유다.

억울한 창씨개명 1호

　　1980년 영국 외무성이 공개한 외교문서 '사토 페이퍼(Satow Paper)'는 주일 영국공사관을 찾아온 한 조선인 승려가 유럽의 선진 문명을 배우려는 열망을 이렇게 묘사했다.

　　오늘 아침 아사노(朝野)라는 이름을 가진 조선인 승려가 찾아왔다. 그는 아사노라는 이름이 조선야만(朝鮮野蠻, Korean Savage)이라는 뜻이라고 재치 있게 설명하면서, 세계를 돌아보고 자기 나라 사람들을 개화시키기 위해 비밀리에 일본에 왔노라고 말했다. 그의 일본어는 서툰 편이었지만, 우리는 서로 충분히 이해할 수 있었다. 그는 외국 문물이 엄청나다는 것이 거짓이 아니라는 것을 돌아가서 자신의 동포들에게 확신시키기 위해, 유럽의 건물이나 그 밖에 흥미 있는 것을 찍은 사진을 구입하고자 했다. 또한 영국을 방문하기를 열망했다.

이 승려가 이동인(李東仁, 1849~1881)이다. 그는 경기도 삼성암의 승려로 1878년 부산에 있는 일본 사찰의 한 별원을 찾아와 국제정세를 문의하며 일본의 근대 문명에 대해 깊은 관심을 표명했다. 그러고는 이듬해 일본 공사관의 도움을 받아 일본 화물선을 타고 밀항해 교토의 혼간지(本願寺)라는 절에서 숙식하며 일본어를 익히고 세계 정세와 문명을 공부한다. 이때 자신의 이름을 일본식으로 '조야계윤(朝野繼允)'이라고 썼다. '조야동인(朝野東仁)'으로 쓰기도 하고, 도쿄에 있을 때는 '조야각지(朝野覺遲)'라고도 썼다. 각지(覺遲)는 늦게 깨달았다는 뜻이다.

이동인은 1880년 12월 27일 서울에 와서 고종을 알현하고 외교 사정 등을 보고한다. 자신이 수집한 괘종시계와 태엽시계를 선물로 주어 조정대신들이 서양 문물을 접할 수 있도록 했고, 램프와 잡화, 성냥 등을 구입해 와 왕실과 세도가들에게 선물했는데, 이것이 서양과 일본 문물의 첫 상륙이었다. 그리고 이듬해인 1881년 2월 25일 통리기무아문(統理機務衙門)의 참모관에 임명된다. 통리기무아문에서는 신식 군대를 창설한 이후 무기와 군함의 필요성을 절감하고 이동인을 일본에 파견해 구입에 관한 일을 맡겼다. 이에 따라 이동인은 3월 9일 일본으로 떠나기 위한 준비에 바쁘게 돌아다니던 중 갑자기 행방불명되었다. 아마도 그의 활동을 무서워한 정파에 의해 암살, 암매장됐을 것으로 추측된다.

이동인이 개화기 정치와 외교 무대에서 활동한 것은 3년에 못 미치는 짧은 기간이었다. 이동인의 행적을 보면 그는 우리나라를 개화시키기 위해 애를 쓰다 희생된 개화의 선구자였다. 그는 일찍부터 개화파인 유대치와 김옥균 등을 만나 개화사상을 체득하고, 개화의 모델이었던 일본을 배우기 위해 일본과의 접촉에 애를 썼으며, 일본에 밀항해 근대 문명을 직접 체험한 후 국내 개화파에게 근대 문물을 전하고, 국제 정세를 제공했다. 또 교토에서 도쿄로 옮겨 본격적으로 근대화 방안을 모색하고 구체적 실천을 위해 활동했다.

물론 그때까지 조선과 아시아를 정복하려는 일본의 야심을 알아채지는 못했지만, 서구 문물에 대항해 아시아가 일어서야 한다는 취지의 흥아회(興亞會)에 참여하고 여러 외교관과도 만나 조선의 미래에 대해 논의했다. 영국인 사토를 만난 것도 국제 정세를 공부한다는 뜻도 있었지만 영국의 군사력으로 러시아의 위협을 막아 달라고 촉구하는 뜻도 있었다.

이런 이동인에 대해 백과사전 등에서 그를 창씨개명 1호인 것처럼 기술해 놓은 것이 있다. 위키백과에는 임종국이 쓴 《실록 친일파》를 인용해 "개화기에 활동한 인물 가운데 처음으로 창씨개명을 한 사람이며(1880년 10월), 일본명은 아사노 도진(淺野東仁)이다"라고 못박아 놓았다. 그런데 그를 창씨개명 1호라는 낙인을 찍어 놓는 것은, 근대 우리나라 역사에서 개화를 이끌어 내려 불철주야 애쓴 이동인에 대한 명예훼손으로 비칠 수 있다.

알다시피 창씨개명은 일본 정부에 의해 조선인을 식민지 통치에 적극 이용하기 위해 1939년 이후 강제적으로 추진된 것이고, 이때 창씨개명에 참여한 사람들은 정미칠적(丁未七賊) 중 하나인 송병준,

일본군 대대장 출신 김석원, 전 국무총리 정일권, 일제 때 악덕 경찰로 소문난 노덕술 등 일제에 붙어 일신의 안전을 기하려는 인물이 앞장섰지만, 이동인은 그런 창씨개명이 아니라 일본에서 개화문물을 공부하기 위해 가명으로 쓴 것일 뿐이다. 일본 이름으로 표기된 원래 쓰던 성 朝野가 '조선의 야인(野人)'이라는 뜻에서 붙인 것이라면 淺野東仁이란 일본 이름도 朝野의 일본어 독음을 살려 거기에 자기 이름 동인을 붙인 것이다. 늦게 깨달았다는 이름을 쓴 것도 그런 의도였다고 봐야 한다.

우리 민족이 일제 사슬에서 벗어난 8월이 되면 일제시대 친일 문제를 반성하는 움직임이 많이 있지만 적어도 이동인에 대해 붙여 놓은 '창씨개명 1호'라는 올가미는 본인이 억울해할 것이다. 예명 혹은 필명을 그렇게 썼다고 풀이해 주는 것이 옳지 않은가. 그것이 문명 개화를 위해 최후까지 애쓴 이동인에 대한 최소한의 예의라고 생각한다.

벚꽃은 꽃입니다

봄의 색깔은 무슨 색인가. 분홍색인가, 우윳빛인가, 진달래 색인가, 살색인가, 개나리의 노란색인가. 아무리 생각해도 정확하지는 않다. 결국 답은 '봄꽃 색'이라고 할 수밖에 없다.

요즘 우리 강산엔 벚꽃을 비롯한 봄꽃 천지다. 전에는 진해 벚꽃을 애기했지만 지금은 전국 어디서나 벚꽃이 만발해 꽃동산으로 만들어 놓았다. 개나리도 여느 강 언덕을 모두 노랗게 물들였다. 그 꽃길을 걷거나 달리며 꽃의 화려한 잔치를 감상하는 것이 이제는 봄의 최대의 청복(淸福)이 됐다.

옛 사람들은 동서남북과 중앙의 오방(五方)을 각각의 신장(神將)이 맡고 있다고 생각했다. 오방에는 각각 배정된 색깔이 있다. 동쪽은 푸른색이기에 동쪽을 맡은 신장은 청제(靑帝) 또는 동황(東皇)이라고 불렀으며, 봄의 아름다움은 이 동황의 조화라고 생각했다. 버들잎도 푸르고 연잎도 푸르고 복사꽃, 벚꽃도 붉은 이 봄날에 이덕무

(李德懋)는 "이 봄의 물색이 너무도 번화롭구나. 동황님의 조화 대단한 줄 알겠네(三春物色盛繁華 知是東君造化多)"라고 봄날을 읊었다.

봄꽃 하면 벚꽃을 뺄 수 없다. 벚꽃 하면 아무래도 이 문화를 퍼뜨린 일본이 연상되는데, 일본 벚꽃의 대표는 요즘엔 도쿄의 우에노(上野)공원이지만 예전엔 나라(奈良)에 있는 요시노(吉野)산이었다. 산 전체를 따라 올라가면서 3만여 그루가 자라고 있어 만개할 때의 장관을 보기 위해 전국에서 수많은 구경꾼이 몰리는 곳이다. 그런데 이 요시노산은 우리 고대사와 깊은 연관이 있는 나라 지방에 있어서 그런지 이곳에 자라는 벚꽃도 한반도와의 연관성이 거론되고 있다.

일본은 벚꽃의 나라답게 벚나무 종류가 200여 종에 이르지만 전국적으로 가장 널리 분포해 있는 것이 '소메이요시노(染井吉野)'라는 종류다. 일본의 꽃소식 북상전선의 기준으로 인용될 정도로 대표적인 이 품종은 메이지 초기에 도쿄 도요시마(豊島)구에 있던 소메이(染井)식목원에서 2종의 교잡종을 만들어 요시노사쿠라(吉野櫻)라는 이름으로 팔기 시작한 것에서 유래하여 소메이요시노라는 이름을 얻었다. 그만큼 요시노산의 벚꽃이 좋기에 이를 가져다가 만들었다는 뜻이다. 일본인 사이에는 "요시노의 벚꽃을 구경하지 않으면 눈을 감을 수 없다"는 말도 있다고 한다.

그런데 어떻게 요시노산이 일본 벚꽃의 명소가 됐을까. 일반적인 학설에 보면 7세기 말 이 지역에는 엔노오즈노(役小角)라는 행자(行者)가 있었다. 그는 백제에서 건너온 가라쿠니 히로타리(韓國廣足)

의 스승으로도 유명한데, 요시노산 가운데 오미네(大峰)산을 수도장으로 해서 수험도(修驗道)라는 종파를 개산(開山)한다. 아름다운 산천을 다니며 수도하는 종파로서 절에 나무로 '장왕(藏王)보살'을 만들어 봉안하고 이를 숭배하는데, 개산조(開山祖)인 엔노오즈노는 요시노산 기슭에 벚나무를 심고 "이 나무는 장왕보살의 신목(神木)이므로 손상을 입히는 자들은 벌을 받을 것"이라고 말했다. 그 때문에 사람들은 모두 겁을 먹고 나무를 꺾지 않았을 뿐만 아니라 신자들이 다투어 벚나무를 심었기에 벚나무가 날로 늘어 드디어 온 산을 가득 채우게 됐다는 것이다.

엔노오즈노 행자는 어느 날 신라로 날아가 있는 것을 보았다는 전설이 있는 걸 보면 한반도와 깊은 관계가 인물이며, 그가 창건한 요시노산의 긴푸센지(金峯山寺)라는 절은 들어가는 문이 한국의 어느 집을 들어서는 것 같은 느낌이다.

나라 땅은 일본의 고대 왕과 왕실의 역사가 묻혀 있고 한국에서 건너간 불교가 꽃을 피운 터전이다. 538년 백제 제26대 성왕(523~554 재위)이 왜 왕실로 백제 승려와 불경, 불상을 보내 불교를 포교하기 시작했다. 그 터전에 요시노산이 있기에 이곳 벚나무의 한반도 원산지설을 생각해 볼 수도 있다.

실제로 1912년 고이즈미 겐이치(小泉源一) 박사가 일본 소메이요시노 벚꽃의 원산지를 제주도 왕벚나무라고 말해 관심을 모았지만, 대부분 일본 학자들은 근거가 없다고 한다. 굳이 비교를 하자면 소메이요시노 이전 품종을 찾아서 해야 할 것이니 뿌리가 연결

될 수 없다. 따라서 이 벗나무가 한국 원산이냐 아니냐는 것보다는 일본 벗나무의 역사가 한국과 인연을 맺고 있었구나 하는 정도를 아는 것으로 충분하지 않을까 싶다.

이제 봄 벗꽃은 우리나라에 광범위하게 퍼져 있다. 지자체마다 꽃길을 조성한다며 많이 심고 또 잘 자라기 때문이리라. 그러니 이 벗꽃 완상 문화가 일본 것이니 아니니 논쟁 차원을 넘어야 할 것 같다. 왜 우리나라 곳곳에 벗나무가 퍼져 있는가. 그것은 우리나라 아무 데에 심어도 벗나무가 잘 자라고 또 봄에 활짝 핀 벗나무가 역시 보기 좋더라는 것 때문으로 보는 게 순리일 것이다.

미국 워싱턴 포토맥 강변의 벗꽃이 세계적인 볼거리가 됐듯이 이젠 얼마나 더 멋지게 만들어 사람들에게 기쁨을 주느냐가 기준이 돼야 하는 때가 아닐까. 그동안 버림받았던 매화와 산수유들이 남해안에서 큰 숲으로 조성돼 벗꽃에 앞서 멋진 꽃과 향을 피웠으니, 산수유와 매화를 먼저 보고 그다음엔 개나리와 벗꽃을 차례로 보며 즐기면 되지 않을까.

6·25의 바른 이름

　　1950년 6월 25일 북한의 남침으로 시작된 전쟁이 3년 뒤인 7월 27일 휴전을 하고서 어언 68년이 지났다. 잠시 전쟁을 쉰다는 것이 68년을 훌쩍 넘긴 것이다. 그런데 전쟁이 아직 끝나지 않은 것처럼 이 전쟁에 대한 호칭 혹은 명칭 논란도 남아 있다.

　우리는 무심코 '6·25전쟁'이란 용어를 쓰지만 이것이 과연 제대로 된 이름인지 헷갈린다는 이야기다. 6·25전쟁을 때때로 '한국전쟁'이라 부르기도 하는데, 이것은 미국 등 국제사회에서 'The Korean War'라고 부르는 것에 대한 번역의 개념에서 시작됐을 것이다. 그런데 자국에서 일어난 전쟁을 마치 남의 나라에서 일어난 사건인 것처럼 외국의 시선에서 보는 명칭을 쓰는 것이 되니 온당치 않다. 자주적인 시각이 결여돼 있고 객관적인 설명이 될 수 없기에 그렇다.

　원래 우리가 이 전쟁에 붙이고 쓰던 이름은 '6·25사변' 혹은

'6 · 25동란'이었다. 6월 25일에 일어난 사변(事變) 혹은 동란(動亂) 이란 뜻인데, 사변이란 단어의 뜻을 찾아보면 '사람의 힘으로는 피할 수 없는 천재(天災)나 그 밖의 큰 사건', 또한 '전쟁에까지 이르지는 않았으나 경찰의 힘으로는 막을 수 없어 무력을 사용하게 되는 난리', 그리고 '한 나라가 상대국에 선전포고도 없이 침입하는 일'이라고 사전에 규정하고 있다. 그런데 마지막의 설명이 좀 비슷한 것 같지만, 수백만 명이 죽고 다친 초대형 전쟁을 설명하기에는 모자란 느낌이다.

과거에 썼던 '동란'이란 말도 폭동, 반란, 전쟁 따위가 일어나 사회가 질서를 잃고 소란해지는 것으로 풀이되는데, 전쟁이란 엄중한 상황을 규정하는 데는 역시 모자란 것 같다. 아니면 1974년부터 우리가 쓰고 있는 '6 · 25전쟁'이다. 6월 25일에 일어난 전쟁이란 뜻인데 성격이 너무 제한적이어서 3년간의 전쟁을 포괄하지 못한다는 지적이 있다. 한편 중국에서는 '항미원조(抗美援朝) 전쟁'이라고 하다가 이제는 '조선전쟁'으로 바꾸어 쓰고 있는데, 역시 우리 입장에서는 맞지 않는 개념이다.

상황이 이렇다 보니 우리 주변국이나 국제사회에서 어떻게 부르건 간에 적어도 우리 내부에서라도 동의할 수 있는 중립적 · 객관적 이름을 새로 찾거나 만들어서 사용해야 한다는 목소리가 있는 것이다. 참고로 우리가 남북전쟁이라고 부르는 전쟁을 미국인들은 'The Civil War' 곧 '내전'이라고 부른다. 미국인들로서는 이해관계를 달리하는 남부 지역이 갑자기 독립을 선포하고 전쟁까지 하게 됐지만 기본적으로는 한 나라였기에 내전의 성격이 강하다고 봐서 자기들 시각에서 '내전'이라고 불러 크게 무리는 없을 것이다.

그러나 우리는 6·25를 내전으로 보기 어렵다. 우리는 당시 남북이 이미 다른 나라로 각각 선포한 다음이고, 남한을 돕기 위해 16개국이 참전했고, 북한을 돕기 위해 중국(중공)과 소련이 참여한 국제적 전쟁이기에 단순히 '내전'이라는 말로는 설명이 부족하다.

그래도 외국 입장에서는 여전히 'The Korean War'라는 영어 이름이 편할 것이기에 그 사람들이 어떻게 쓰는가의 문제까지 우리가 뭐라고 할 수는 없다. 이런저런 문제로 우리는 현재 '6·25전쟁'이란 용어를 쓰고 있지만 보다 중립적이고 객관적인 이름을 찾아야 한다는 결론에 이른다.

그렇다면 어떤 이름이 좋을까. 참고로 과거의 사례를 찾아보면 근대로부터 일제 통치 하에 있었던 여러 큰 사건에는 말하자면 임오군란이니 경술국치니 기미독립선언이니 하고 간지(干支)를 붙여서 표기해 오고 있다는 점이다. 6·25전쟁(현재로서는 가칭)에 대해서는 아직 간지를 쓰지 않는다. 전쟁이 일어난 1950년은 간지로 무슨 해인가. 2010년이 경인(庚寅)년, 1950년은 그보다 꼭 60년 전이다. 그러므로 1950년도 당연히 경인년이다. 우리가 쓰는 간지(干支)는 천간(天干) 10개, 지지(地支) 12개, 이것을 조합해서 이름을 붙이므로 60개의 간지가 생겨나게 됐는데, 1950년은 2010년의 60년 전이니 같은 경인년이 된다.

이렇게 제안해 본다. 우리 6·25전쟁도 간지를 붙여서 쓰면 어떠냐는 것이다. 1950년이 경인년이니까 '경인'이라는 간지를 앞머리에 붙여 보면 '경인○○' 혹은 '경인○○○○'이라는 형태가 될 수 있다. 그러면 ○○에는 무엇을 넣어야 할까.

그런데 아무리 고민해 봐도 요즘에는 동란이니 사변이니 하는 말 자체를 거의 쓰지 않고, 그러다 보니 우리가 흔히 쓰는 말 중에서 보다 가치중립적이고 객관적인 표현으로 '전쟁'만한 것이 없다는 생각이 든다. 그래서 고심 끝에 생각해 낸 것이 바로 '경인 남북 3년 전쟁', 줄여서 '경인전쟁'이다.

경인년에 일어나 남북 간에 3년 동안 진행된 전쟁이라는 것이다. 경인년이란 간지를 살림으로써 6월을 뜻하는 6·25라든가 1950년이라든가 하는 좁은 의미의 숫자를 버릴 수 있다. 경인년이란 간지는 1900년에서 2000년 사이에는 단 한 번이므로 근세 1950년의 전쟁임이 확실히 드러난다. 이런 이름을 쓴다면 '경인년인 1950년 6월 25일, 북한의 전면적인 남침에 의해 발동되고 양측의 공방에 의해 3년 만에 휴전을 한 남북 두 나라 사이의 전쟁'이라는, 제대로 된 이름과 의미도 다시 살아날 수 있지 않을까?

역사를 잊지 않으려면

　　국사교과서 국정화 문제가 우리 사회의 주요 이슈가 된 이후 사람들은 '역사'란 무엇인가에 대해 새삼 고민하게 되었다. 대학에 입학하면 E. H. 카의 유명한 저서를 읽고 '역사는 현재와 과거의 끊임없는 대화'라는 명제를 거의 다 외우게 되지만, 과거를 바라보는 출발점인 '현재'라는 시점은 계속 이동하고 있고, 과거를 보는 시각도 자신의 경험이나 가치관에 따라 다를 수밖에 없다.

　　《사기》라는 불후의 역사서를 남긴 사마천은 "사물은 성하면 쇠하니 진실로 그것이 변화하기 때문이다(物盛而衰 固其變也)"라며, 시대의 흐름에 따라 변하는 것을 있는 그대로 보여 주는 것이 역사임을 밝혔고, 이탈리아의 철학자 베네데토 크로체가 "모든 역사는 현재의 역사다"라고 말한 것도 이런 개념을 부연한 것이라 하겠다.

　　자라나는 후대에게 자기 나라의 어떤 역사, 곧 어떤 국사를 가르치느냐는 것이 문제가 되는 것은 그만큼 우리 국사가 아직 확립되지 않았다는 뜻이 된다. 동양 역사서의 원조가 된 사마천의《사기》이후 중국에서는 한 왕조의 역사는 그 다음 왕조에 가서 공식 편찬하는 것이 관례가 되었다. 당대의 역사는 그와 관련된 사람들이 생존해 있고 그에 따른 이해관계나 영향이 존재하므로 올바른 역사를 쓸 수 없다는 점 때문이었다. 그렇다고 당대 역사를 후대의 역사가에게만 맡기면 당장 눈앞의 자라나는 세대들은 어찌할 것인가.

7세기 후반 백제가 멸망하자 일본은 그때까지 백제와의 연관성을 다 덮어 버리고 일본 민족이 일본 땅에서 자생적으로 탄생했다는 식의《일본서기(日本書紀)》를 써서 그들의 정통성을 세웠다.

"역사를 잊은 국가에 미래는 없다"는 윈스턴 처칠의 말은 올바른 역사 교육의 중요성을 일깨우는 명언이다. 올바른 역사는 어떤 것인가. 일찍이 1900여 년 전 말과 단어의 개념을 정의한 허신(許愼)은《설문해자(說文解字)》에서 "역사는 일어난 일을 적되 그것은 중(中)을 지켜야 하고 중(中)은 곧 정(正)이다"라고 하였다. 중(中)은 치우치지 않음이요, 바르다는 정(正)은 그것이 역사 발전의 큰 길, 큰 방향에 맞아야 한다는 것이다.

근대 이후 오늘날까지 우리 역사를 되돌아보면 우리는 자유민주적인 시장경제체제라는 틀을 선택해 그 속에서 온갖 환란과 어려움을 극복하고 국민 대부분이 잘사는 나라가 되었으며, 그러기에 그것이 우리 역사의 큰 길이었다. 이와는 반대로 아직도 속박된 삶 속에서 최소한의 삶의 질에도 도달하지 못한 다른 한쪽의 나라는 역사의 큰 길이 아니었다. 그렇다면 우리가 쓰는 국사는 이러한 큰 길을 밝히고 앞으로도 그 길을 같이 걸어가는 방향이 되어야 하며, 지난 과정에서 일어난 부작용 등을 마치 역사의 큰 길인 것처럼 시사하는 것은 바른 역사 서술이라고 할 수 없을 것이다.

역사교과서는 일방적인 시각보다는 다양한 시각을 선택할 수 있어야 한다고 하지만 교육 현장에서는 어느 한 교과서를 채택하면 그 순간 단일한 시각을 신택해 가르치는 것이 된다. 역사학과 역사교육이 다른 점이 여기에 있다. 그러기에 역사학자들의 시각은 다양할 수 있지만 역사교재는 우리 사회가 공통으로 인식하고 있는 시각이나 범주와 다르면 안 된다는 목소리가 존재한다.

그런 가운데 얼마 전 편찬된 어느 교과서에 대한 집중적인 비판에다 해당 학교에 대한 압력 등으로 교과서 채택이 사실상 무산되는 상황, 말하자면 다른 시각에서 보는 역사를 아예 싹부터 자르려는 사례가 발생하고, 현재 점유율이 높은 교재들이 대한민국의 성취의 역사를 제대로 보기 힘들게 한다는 우려가 역사교과서 국정화로 선회하는 계기로 작용한 것이라는 분석도 있다. 교과서 편찬 시스템이 특정 시각의 인적 카르텔에 의해 독점되어 다른 시각이 용인될 틈이 없다는 어느 정치인의 지적도 그런 취지인 것 같다.

우리가 어릴 때 교과서는 사실 과목도 적고 많은 내용을 한 권에 압축해서 담았기에 일방적이었다고 할 수 있는데, 요즈음에는 부교재나 보조교재가 많아서 여기에 풍부한 자료를 담을 수 있다는 것이 과거와는 다른 특징이자 장점이다. 다양한 보조교재나 독서물을 통해 이해의 폭과 깊이를 넓힐 수 있다. 그러기에 차제에 국사만이 아니라 현재의 교과서 편찬 시스템을 바로잡아야 한다는 목소리도 나온다. 교과서가 우리 사회의 큰 길을 제대로 배울 수 있도록 심의 기준, 심의와 검정 인력, 그리고 부교재와 학습지도서 등의 내용 등을 꼼꼼하게 챙길 수 있도록 제도 개선이 필요하다.

다만 여러 사람들의 우려대로 과거를 한쪽 방향에서 미화하는 것이 되어서는 안 되고, 우리가 사회적으로 합의했거나 확립한 것들이 충분히 수렴되어야 올바른 교재가 될 수 있다. 지난 역사의 과오를 솔직하게 보되, 한국이라는 작은 나라가 아니라 세계라는 넓은 시점에서 역사의 큰 흐름을 배우는 것이 되어야 한다는 말이다.

역사 교육이 자국만이 아니라 이웃 나라의 과거 성장 소멸의 역사까지도 보고 그것을 거울로 하자는 것이라면 이웃을 통해 자신을 바르게 비춰 보는 일도 중요하다. "과거를 기억하지 않는 자는 과거를 반복할 수밖에 없다"는 조지 산타야나의 말이 과거를 바르게 보고 기억하여야 새로운 미래가 있다는 말이라면, 처칠과 산타야나는 우리에게 같은 말을 하고 있는 것이다.

다들 만나는데

　1976년 북한 학자들이 평양에서 서쪽으로 20km 정도 떨어진 평안남도 남포시 강서구역 덕흥동의 한 구릉에서 벽화묘를 발견했다. 묘벽과 천장에는 많은 그림과 글씨가 생생하게 남아 있어서 고구려 역사를 새롭게 밝혀 주는 계기가 됐는데, 그중 무덤의 앞방, 곧 주인공의 방 앞에 있는 방 천장에 별이 시내(은하수)처럼 그려져 있고 거기에 한 남성과 여성의 이별 장면이 있었다. 이 무덤의 주인공이 고구려 사람이냐 중국 사람이냐는 논란이 있지만, 무덤이 만들어진 서기 409년 당시에 고구려 땅에도 견우와 직녀의 전설이 있었음은 분명하다 하겠다.

　옛 사람들에게 하늘은 가장 두려운 존재이면서도 가장 가깝게 보며 존경과 사랑을 나누는 존재였을 것이다. 요즘 도시에서는 잘 볼 수 없지만 우리가 어릴 때 시골의 여름밤 하늘을 가로지르는 은하수를 바로 머리 위로 보면서 느낀 그 신비로움은 말로 표현할 수 없다.

그러니 하늘 한복판 은하수를 사이에 두고 유난히 반짝이는 두 개의 별, 그것이 여름 이맘때면 가장 크고 가깝게 보이니 칠석날 전설이 생겨났을 것이다.

칠석날 전설은 우리가 잘 알 듯이 옛날 하늘의 목동인 견우(牽牛)와 옥황상제의 손녀인 직녀(織女)가 서로 사랑에 빠져 일은 하지 않고 게으름을 피우자 화가 난 옥황상제는 두 사람을 은하수 동쪽과 서쪽으로 갈라놓았고, 두 남녀가 애타게 그리워하는 모습을 보다 못한 까치와 까마귀들이 매년 음력 7월 7일 밤(칠석)이 되면 옥황상제 몰래 하늘로 날아가 날개를 펴서 오작교(烏鵲橋)라는 다리를 놓아 두 사람을 만나게 해 준다는 것이다. 그러느라 까치와 까마귀는 모두 머리가 벗어지고, 이날 저녁 두 사람이 만나며 흘린 눈물, 다음 날에는 이별을 슬퍼하며 흘린 눈물이 비가 되어 내린다고 한다.

옛 사람들의 삶은 정말 힘들었을 것이다. 사랑하는 사람과 이별해 만나지 못하는 것은 다반사이고, 전쟁이나 부역을 당해 집을 떠나 객지를 떠도는 것도 헤아릴 수 없이 많았으리라. 그럴 때마다 칠석의 전설에는 또 마치 해마다 연인들의 이별의 눈물이 더해지는 대동강의 푸른 물줄기(고려 때 정지상의 시 구절 표현)만큼이나 눈물겨운 이야기가 더해졌을 것이다.

공자가 편찬한 《시경》 소아(小雅) '대동(大東)'에 보면 "직녀를 바라보니 하루 종일 일곱 번이나 베틀에 오르네. 일곱 번이나 오르면서도 나한테 줄 천은 짜지 못하네"라며 나라를 빼앗겨 부역과 징세에 시달리는 백성들이 하늘의 직녀성에 자신들의 신세를 하소연해

보지만 직녀성은 종일 움직이면서도 베를 짜주지 않는다고 한탄하는 구절이 있다.

시성(詩聖) 두보(杜甫)는 "슬프다, 그대 시집 못 간 처녀여! 마음이 울울하여 시름하는구나. 몸가짐을 항상 제대로 하고 베짜기에 온 힘을 기울였으나, 시부모 모실 길 없고 베짜기도 공이 없구나"라며 칠석에도 가난 때문에 시집을 가지 못하는 처녀를 위로하고 있다.

두 남녀가 오랜만에 만나는 날, 온갖 휘황한 등불이 하늘 곳곳에 달려 있는 가운데 바람이 향기로운 꽃냄새를 사방에 전해 준다. 아름답게 차려입은 직녀는 난(鸞)이란 새(봉황과 비슷하다)가 그려진 단선(團扇, 둥근 부채)으로 얼굴을 가리고 까마귀와 까치가 만들어 준 오작교에 서서 기다리면 견우는 용수레를 타고 온다.

수레가 출발하기 전 수레를 깨끗이 씻을 때 씻은 물이 지상에 비처럼 내려 이를 세거우(洗車雨)라고 한다. 이때 천상의 뭇별들은 이들의 애절한 만남을 그대로 지상 사람들에게 보여 주지 않으려는 듯 하늘을 흐릿하게 만들며, 당나라 시인 두목(杜牧)은 "구름 계단 달 위에서 한 번 만남이란, 한 해 쌓인 이별 한을 풀기에 부족하네. 가장 한스럽구나, 내일 아침 세거우 내려 은하수 뱃길 돌려 가지 못하게 했으면" 하고 연인들의 애틋한 상황을 동정한다.

연인들의 만남과 이별의 상징이 된 칠석. 중국이나 우리의 옛 왕실, 양반가 등에서 행하던 많은 민속은 이제 거의 잊힌 것 같다. 어릴 때 할미니의 손가락 끝으로 견우와 직녀성을 찾아보고 그 오랜 사연을 듣고 가슴을 쓰다듬은 기억 외에는.

그래도 조선 후기 영·정조 때의 문신 윤기(尹愭)는 아홉 살 때 벌써 칠석에 대해 "회포도 풀기 전에 한스럽게 이별하니 / 하룻밤 짧은 만남 한 해 내내 탄식하리 / 그래도 나으리라 부질없이 영약 훔쳐 / 해마다 독수공방하는 광한궁의 항아(嫦娥)보다는…"이라며 어른들도 놀랄 멋진 표현을 해내기도 했다. 칠석에 단 하루 만나는 두 연인이 달나라에 혼자 가 있는 항아보다는 더 신세가 낫다는 것이다.

견우직녀가 문제인가. 우리는 해방 이후 남북이 갈라진 지 73년, 전쟁으로 많은 형제가 죽고 가족이 생이별을 한 지도 68년이 지났지만 만나지도 가보지도 못할 뿐더러 소식조차 모르고 있지 않은가. 오늘 칠석을 맞아 남북으로 흩어진 이산가족의 한이 더욱 사무치는 것을 어이하리. 누가 어떻게 이 한을 풀어 줄 것인가?